吕

吕新作品系列

我把十八年前的那场鹅毛大雪想出来了

吕新/著

山西出版传媒集团 北岳文艺出版社
BEIYUE LITERATURE & ART PUBLISHING HOUSE
·太原·

图书在版编目(CIP)数据

我把十八年前的那场鹅毛大雪想出来了 / 吕新著. —太原：北岳文艺出版社，2018.1

(吕新作品系列)

ISBN 978-7-5378-5496-2

Ⅰ.①我… Ⅱ.①吕… Ⅲ.①中篇小说—小说集—中国—当代 Ⅳ.①I247.5

中国版本图书馆CIP数据核字(2017)第314603号

书名：我把十八年前的那场鹅毛大雪想出来了

著者：吕 新

策　　划：续小强

责任编辑：关志英

项目统筹：马 峻

装帧设计：张永文

印装监制：巩 璠

出版发行：山西出版传媒集团 · 北岳文艺出版社

地址：山西省太原市并州南路57号

邮编：030012

电话：0351-5628696(发行部)　0351-5628688(总编室)

传真：0351-5628680

网址：http://www.bywy.com　E-mail：bywycbs@163.com

经销商：新华书店　印刷装订：山西万佳印业有限公司

开本：890mm×1240mm　1/32　字数：198千字

印张：9　版次：2018年1月第1版　印次：2021年1月山西第2次印刷

书号：ISBN 978-7-5378-5496-2

定价：48.00元

目录

我把十八年前的那场鹅毛大雪想出来了

一

想起来像是在梦里一样，先是鸡在墙头上飞，狗在咬，驴在叫，接着又听见铁匠在狠狠地打铁，木匠在呼哧呼哧地拉锯子，胶皮轮子的马车从一家一家的门前哗啦哗啦地滚过，灰褐色的酱油色的麻雀嗖嗖地从树上房屋上栽下来。还有人在那个过程中不断地咳嗽，粗声喘气，有碗从手里滑落，摔成几瓣，又有针掉在地上，在那一闪而过的亮光中，有女人在屏声敛气地解裤带，慢慢地或者迅速地蹲下，小雨般的沙沙沙的声音是未婚姑娘们的声音，像滂沱大雨一样的声音，像倾盆大雨一样的声音，表明她是一个真正的彻头彻尾的表里如一的已婚妇女，一蹲下去，大雨如注，泥沙俱下，一泻千里……其实这样的说法或常识我也并没有亲眼见过，我也是听人们说的。等大部分的声音都逐渐平息下去以后，我听到了工作组毛组长的声音。毛组长说，谁是我们的敌人，谁是我们的朋友，这个问题是革命的首要问题，这个问题要是不解决，弄不清，其他的问题就都是白搭，就都没办法解决。人活着，就像活在黑夜里，无论干什么都不得要领，都是瞎捅一气，有时候甚至连自己是谁都不知道，说不清。工作组是干什么的？当然不是来吃干饭的，就是来解决这些问题的。是的，谁要是以为工作组是来吃闲饭的，吃白饭的，那他就大错特错了，那他就会犯大错误。

那时候，隐隐地听见有人在附近一带不知什么地方磕磕绊绊地拉二胡，拉得吱吱扭扭，根本不成个调子，好作用不起，却又起着副作用，让人牙根发酸。那时候，桃花和杏花漫天飞舞，如同红白两种颜色的雪片一样到处飘落，连毛组长的头上和身上也飘满了数不清的花瓣，他手下的那几个人就更不用说了，可以说，整个工作组都披上了盛装。空气是多么的芬芳啊，日子是多么的美好啊！在这样的情景里，我不禁有些冲动，想张开自己外面的嘴和里面的肺，狠狠地不顾一切地做一次真正意义上的深呼吸，想吐故纳新，想脱胎换骨，想丢掉包袱，开动机器，想鼓足干劲，力争上游，多快好省地建设社会主义！想水利是农业的命脉，想学制要缩短，教育要革命，想我们一定要把根治淮河和黄河的事情办好，想我们一定要统一祖国！想白求恩同志是加拿大的共产党员，为了中国人民的抗日战争，不远万里，来到中国，先在延安，后又去五台山，这是一种什么精神？这是一种崇高的国际主义精神！想人固有一死，有的轻如鸿毛，有的重于泰山，想砍头不要紧，只要主义真，砍头不过风吹帽，砍头不过碗大个疤，早死早托生，二十年后又是一条好汉，重新再来干革命……可是，看到毛组长手下的几个人都在盯着我，认真地注意着我的一举一动，我马上就决定取消这次不合时宜的深呼吸了。吃饭看家当，做事看时势，面对漫天芬芳灿烂的花瓣，我也只能像有些不胜酒力的人喝酒一样浅浅地尝一下，轻轻地舔一下了，没有办法。

毛组长像绣花一样将身上的花瓣一片一片地摘去，把自己抖落干净，仿佛一张照片一样站在两棵树之间。之后，他问我说，你们学校那个脸色苍白的人是谁。

那时候，我也正在打扫我身上的那些花瓣，有一片可能是带茸毛的花瓣掉进了领子里，怎么弄也弄不出来。毛组长手下的小刘看了我一会儿，忽然对我说：

“葛校长，你的样子像是在捉虱子。”

我说：“是么，那就当我是在捉虱子吧。”

随后，一边捉，我就一边告诉他们说，有一年的联欢会上，大家非要我表演一个节目，不上去表演就过不了那一关。大家用无比热烈的掌声给我施加压力，让我不自在，让我如坐针毡，形同热锅上的蚂蚁。掌声持续不断，一浪高过一浪，大家都快把手拍烂了，再不上去我就得要负责任了，就真的不像话了。后来，实在没办法了，完全躲不过去了，我就只好上去了。我这人老实，厚道得像一条老棉裤，我是不表演则已，一表演就是两个，还不是一个节目。我表演的第一个节目是二胡独奏《送公粮》，第二个节目是现场表演捉虱子。

“给我们说说，你是怎么捉的？”小刘说。

“用手捉。”我说。

“我知道是用手捉。”小刘说，“你知道我问的不是这个意思，我是问……”

我知道他想问什么。我说，故事的情节大致是这样的：有甲、乙两个老头坐在墙根下晒太阳，聊天，甲老头（姑且就叫他甲老头吧）忽然觉得脖子里有些痒，于是就伸手进去摸索，摸了一会儿，摸出一个东西来。甲老头拿到脸前看了看，然后自言自语地地，嘿，我还以为是个虱子呢，闹了半天不是个虱子。说完，漫不经心地就把那个东西扔了。坐在他旁边的乙老头（姑且也就叫他乙老头吧）眼疾手快，马上把甲老头扔掉的那个东西又重新捡了回来。乙老头放在手心里看了一会儿，也自言自语地说，唉，我还以为不是个虱子呢，闹了半天还就是个虱子。

说到这里，我要顺便说一句，我非常感谢畜牧兽医站的老李，是他的帮助，使我很好地表演完了那个节目。不能想象，要是没有他的有力的配合，无私的奉献，我不知最后怎样下台。那天本来没有人家老李什么事，他是趁吃完晚饭以后的一段空闲时间来帮助我们学校劁猪的，被我发现了，我就把他逮住了，先没让他去劁猪，而是让他配合我表演节目。老李真的很能干，劁猪是一把好手，一两分钟就能解决一头，没想到上台表演也同样让人喜出望外。那天，我扮演甲老头，他扮演乙老头，紧挨着我，坐在我的旁边。

大约半个多月以后，在孙文盛家的菜园子外面，我走着走着，一抬头看见了毛组长。

毛组长正在给一名奶孩子的妇女讲革命道理，期间还要穿插一些国际国内的形势。那名叫玉梅的妇女坐在一根放倒了的木头杆子上，她怀里的孩子吃一会儿奶，然后就把头转过来，伸出一只小手，要抓毛组长。

“好好吃奶，不要捣蛋。”

毛组长对那个孩子说道，他显然把那个孩子也当成了一名能听懂道理的革命群众，却忽略了那还是一个什么都不懂的孩子。然后又对孩子的母亲说：“综上所述，尽管局部地区有些恶劣，但总的方面是好的，形势可以说是大好，而不是中好，更不是小好。玉梅同志，我们应该看到光明的一面，对于那些黑暗的部分可以忽略不计。”

那个被高看成革命群众的孩子吃了两口奶以后，又伸出手去抓毛组长，被他的母亲马上抱紧了，做母亲的在那只小手上轻轻地打了一下。

“另外，不要怕乱。”毛组长瞥了一眼那个毛茸茸的小猴子一样的孩子，继续说道：“很多人都不理解乱，一说乱，就想当然地以为一切都坏了，一切全完了，实际上完全不是那么回事。很多时候，乱恰恰是一种好事，比不乱要好，甚至会好很多，因为最终只能是乱了敌人，锻炼了人民。历史的经验总在证明，无论大乱还是小乱，每一次乱过之后，人民的觉悟就会噌噌地往上走，就会有不同程度的提高，有的能提高一大截，有的就不只是一大截了，会是好几截。还有的，整个人会发生翻天覆地的变化，洗心革面，焕然一新。”

“这话我信。”名叫玉梅的妇女对毛组长说。她把一边的衣服放下来，很快又露出另一只乳房，瞄准孩子的嘴，准确地塞了进去。毛组长刚才所说的话让她忽然记起了一些往事，并在事隔多年之后的今天对那些早已随风远去的事情第一次有了自己的认识。

“那年我们去青泥洼看戏，”她说，“看到还不到一半的时候，戏台下面忽然就乱了，所有的人都乱成一堆，有的往东跑，有的往西跑，喊爹的叫妈的，哭得让人辨不清方向，好多人跑了半天以后才慢慢地醒悟过来，发现跑得离他们自己的家越来越远了。我们那时候多亏年轻，跑得快，要不然，早就也像坐在中间的那些人一样被挤死了，被踩扁了。从那以后，无论再到那里去看戏，我们都不往中间坐，我们总是站在后面，或者站在边上。”

毛组长兴奋地走来走去，嘴里不住地发出阵阵咝咝的声音。走了一会儿之后，他突然停下来，伸出一只手，近距离地指着玉梅的那只裸露在外面的带有乳晕的乳房说：

“这是什么？啊？这就是觉悟啊！这就是我刚才跟你说了半天的觉悟呀！你想想，要是没有亲身经历那样的一次乱，你们怎么会有后来那样的认识和行为？你们甚至可能还像以前一样在想，看戏不往中间坐往哪里坐？就得往中间坐，往前面挤，总不能像后娘养的一样站在后面，或者可怜巴巴地在边上溜达吧？可是，你们乱过了，从此就有了觉悟，就再不会像原来那么想了，宁可被人误以为是后娘养的，也要心甘情愿地站在后面，或者一身轻松地在边上溜达。而对于那些从来没有亲身经历过乱的人来说，他们可不这么想，每逢在人多的场合，他们至今还在执迷不悟，勇往直前，奋不顾身地往中间走，往前面挤，等到哪一天突然乱了，那就麻烦了，那他们就统统傻了，再想走也来不及了，最终等待他们的结果就只能是被活活地挤扁，踩死。”

“毛组长晚上到我们家吃饭吧。”

名叫玉梅的女人抱着孩子离去后，毛组长把我叫住，问我说：“你们学校那个脸色苍白的人是谁？”

我告诉他说，我们那里有好几个脸色苍白的人，除此以外，还有几个一年四季脸色总是像黄梨一样的秧子人，不知他问的是哪一个。

我说：“是霍起么？”

“不知道叫什么，”毛组长说，“就是那个经常穿一件旧的中山装的。”

“噢，那是邱亮。”我说。从他描述的样子来看，我敢肯定他说的就是邱亮。我只是不明白，邱亮除了脸白得像墙皮，总爱穿一件旧的中山装之外，再没有什么特别的地方，和别的人一模一样，他怎么会引起工作组而且是毛组长本人的注意呢？我对毛组长说，邱亮大名叫邱亮，小名叫亮亮，他爹是个矿工，日本人在的时候，就在井下挖煤，不止一次地亲眼看见过日本人往万人坑里埋人。就因为有那样的经历，后来成为周围一带好几个学校的革命传统教育顾问，经常给学生和老师们做报告。一辈子只喜欢两种东西，亮光和烧得滚烫的热炕头。邱亮小时候有个外号叫贼亮。我个人私下里猜想，他给他儿子起名叫亮，大名叫亮，小名叫亮亮或贼亮，小名比大名更亮，恐怕与他本人早期的黑暗生涯不无关系，喜欢亮光，渴望亮光，为什么那么多的字都不叫，偏偏非要叫亮呢。

“有一个问题我不太明白，”毛组长对我说，“他经常看见日本人往万人坑里埋人，为什么日本人不埋他呢？你不觉得很奇怪么？在那样腥风血雨的年代里，一个人能好好地活下来，不是一件容易的事情呢，那不是谁想做就能做到的。我说得对不对？”

毛组长的话把我着实吓了一跳，这么多年来，我还真的从来没有想过这个问题呢，而毛组长来了没多久就注意到了，到底是上面来的，眼光就是与长期生活在下面的人不一样，这也许就是人与人在觉悟上或别的什么上的差距吧？我这样想当然不是要存心嫉妒毛组长，在所有的方面我都不如他，那是肯定的，我自愧不如，嫉妒也没用。不过，他刚才突然提出的那种问题让我也很犯踌躇。说实话，我也一直不知道日本人当年为什么没有把邱亮的父亲像推其他人那样推进万人坑里埋了。万人坑，多一个人少一个人在里面又有何妨呢，难道是日本人遗忘了么，忽略了么？另外，毛组长对于一个人能从过去那种腥风血雨的时代里活下来感到很难理解。我想，全国解放以后，不是仍然还有那么多人从过去那腥风血雨的岁月里活下来了么？要是没有那么多人活下来，全国又如何解放呢，那简直是不可能的事。那么，既然别人能活下来，为什么邱亮的父亲就不能活下来呢？要是怀疑，是不是所有从那个血雨腥风的时代里活下来的人都应该受到怀疑呢？我不敢往下想了。

我只把我的另外的一点点理解告诉了毛组长。我说：

“日本人要是把所有的人都推到万人坑里埋了，那谁给他们干活儿呢，谁给他们挖煤呢？”

听见我这样说，毛组长的头抬得很高，有些愣怔地望着我，两个眼镜片一闪一闪的，不住地闪，让我完全看不见他的目光。

二

没有人在学校里，可是我听到外面人声鼎沸，摩肩接踵，人们像潮水一样涌来涌去，快要把我们那十几间房子挤得飘起来了。

一个声音在说；

“让一让，同志们，请大家让一让，让列宁同志先走。”

那声音既像是恳求、协商，又像是在发布命令，发布一个不太容易能贯彻下去但又必须要贯彻下去的命令。

那好像是我本人的声音，但又过于稚嫩，年轻得让人不安，害怕。

有人贴着我的耳朵，嘴里呼着热气，带着家庭和社会的味道，用世界上最低微最弱小的声音告诉我说，今天早上，刚一吃过早饭，裘二和皇甫瑞就又赶着我们的猪出去了，上山、下河滩，我听了，心里一惊，像是微醺中撞到一面墙上后又被迅速弹回来一样，但也并没有感到有多么的突然和意外，因为这样的消息对我来说已经算不上是新鲜了，至少两三年以前我就听说过了，只是没想到他们能做得这么连贯，这么长久，这么持之以恒。一个人做一件事情并不难，难的是能够坚持不中断地去做那件事，日复一日年复一年地一直做下去，而且其热情和兴趣一直还如同刚开始的时候那样饱满、有力、不可遏止，并不因为时光的流逝而有所衰落、减弱。而且，两个既非亲人又非朋友，在性格上又完全不同的人，共同持之以恒地去做一件事，那就更难了，难得甚至让人有些无法想象和推断。那两个人，一个是我们学校食堂的管理员，另一个是食堂里做饭的大师傅。我问过他们，为什么我们的猪总是瘦得皮包骨头，还不如有的羊肥实呢？每逢那种时候，他们就做出一副思考的样子，低下头去想，或者干脆就直盯盯地看着我，想上半天，看上半天，想得太阳落了山，鸟儿回了窝，孩子们放了学，民兵们解散了，也说不出个正经的道理来。

窗户在一点一点地暗下去。有人在外面的树下说话，说的是近年来的一些债务，还有一些多年以前的旧账，每一笔听上去都既模糊不清又栩栩如生、无比逼真，似乎一伸手就可以真切地触摸到那鼓凸起来的一棱一棱的记载，触摸到双方在上面遗留下来的体温和气息。不时地有黑乎乎的东西簌簌地从树上掉下来，既看不清形状，又分辨不出模样。

“去，悄悄地出去侦查一下，看看那些讨债鬼们还在不在了？注意，不要让他们发现了。”

一个人蹑手蹑脚地出去了，从背影上看去，好像应该是裘二，不过，也有可能是皇甫瑞，几年下来，他们也变得像猪一样能跑了。那一刻，我忽然有些明白了，就是他们两个，赶着猪满山冈地跑，怪不得我们的猪一直都不长膘呢，我原以为是猪本身有问题，还常想，人要是不走运了，干什么都不成，养个猪也和别人不一样。

出去的人很快又失魂落魄地回来了。

“还没有走呢，都在大树下坐着呢，看样子是不走了。”

“知道是谁吗？”

“看不太清楚。不过，他们的手里好像有革命委员会的介绍信。”

“革命委员会还给他们出具介绍信？不可能！”

“真的有呢，不然他们怎么会这么嚣张！”

革命委员会还能助纣为虐吗，真是让人想不明白。一些嘁嘁喳喳的声音像春天的小草一样在生长，有数不清的人在说话，但没有一个字能听清楚。皇甫瑞端着一盆切好的萝卜，一条不知从什么地方跑来的板凳一样的小狗紧紧地跟在他的后面。小狗也是有脑子的，也会想问题，很会判断和分析，为什么那么多的人它谁都不跟，偏偏要跟在皇甫瑞的后面东奔西跑呢，事实证明它认识他，而且知道他是食堂里的大师傅，常有吃的。

“应该仔细看看那个公章，”皇甫瑞拿出一片萝卜看了看说，“这上面也能刻呢。”

“革命委员会是用萝卜刻的？”有人说，“说得容易，你刻一个我看看。”

“刻一个就刻一个，我是怕犯法，你以为我不会？”皇甫瑞说，“你想要哪里的？”

人声还在嘈杂。

我想起有一次在徐有志的家里坐着，墙上的东西不时地掉下来，我和徐有志总共说了不到一顿饭的工夫的话，那期间，他们家墙上的那些东西就噼里啪啦地掉下来好几次。没有风，也没有人去碰，在墙上挂得好好的，说掉下来就突然掉下来了，无缘无故地就掉下来了。一开始的时候，我们都没有理会，该说什么还继续说什么，最多用眼睛向那一带瞥一下，觉得东西没挂好，掉下来也是常有的事。但是后来，它们一再地往下掉，该掉的掉下来了，一些不该掉的竟然也都掉下来了，每一件东西落地的时候声音都不一样。有的东西，掉下来以后，重新再挂上去，但过不了一会儿，它们就又掉下来了。

我们之间的谈话，渐渐地也就说不到心上去了。

我记得，最先掉下来的是一只细铁丝编的筛子，白亮白亮的那种，四周的边缘上用纸条粗细的黄木条箍着，它嘭的一声掉下来，还在地上蹦了几下，然后就开始正经地有规律地旋转，那情景，就像是有两只看不见的手正在用它筛东西。

徐有志说：“我到现在还欠着供销社六十八块钱，怎么也还不上，王主任一看见我就说。”

我说：“怎么会欠那么多？”

“唉，这事麻烦得我上吊的心思都有。”徐有志说，“有时候我就想，去他妈的供销社，去他妈的王主任，我干脆死了算了，省得他一见了就说我。”

听见徐有志这样说，我赶忙说：

“六十八块钱，不算少，不过要是和上吊比起来，那真不是一笔钱，更不是一笔一辈子都还不清的巨款。慢慢地还他，总会还清的，总有还完的那一天。”

“你知道，我不是那种有钱不还，想要赖账的人。唉，我算是完了。”

“我知道。”

正说着，又听见当的一声，一把镰刀掉下来了，明晃晃的有些发蓝的镰刀让我和徐有志都立即噤了声。徐有志看着那把镰刀，像是看着一个从外面走进来的生人，他的嘴半张着，弓着腰。

不久以后，他又看着我。我知道他想对我说：“老葛，这是咋回事呢?”但是没有说出来。

就在那时，我忽然看见那件一直挂在墙上的草绿色的军用雨衣也掉下来了，它像一个软弱无力的人一样，软软地贴着墙，簌簌作响，一点儿一点儿地往下坍塌，往下出溜。

真是奇怪呀，我在想。

我对徐有志说：

“徐有志。”

徐有志愣愣地看着我，没有以为我是在叫他，或许，连听也没有听见。

三

我又听到了那暗红色的钟声。

每次听到那暗红色的钟声，我的嘴里就会充满了浓重的铁锈的味道。

毛组长在与我的一次谈话中又一次提到了邱亮。我说，这些年来好像没发现他有什么不对头的地方。毛组长说，任何一个人，除非他想让人认识，想被更多的人知道，都从来不会把他的标志写在脸上，好让你去辨认，那不成了傻瓜了么。

我听了，好半天坐着没动。

傍晚，我让皇甫瑞弄了两个菜，又找出一瓶六十五度的酒，给毛组长把酒斟满。毛组长对我说，现在世界上还有三分之二的人民在受苦受难，过着非人的生活，每天都在死亡线上挣扎，而我们却在这里喝酒，真是不像话啊。

听见他这样说，倒让我觉得我是一不小心又实实在在地犯了一个错，我看着他，一时不知该如何是好。菜已经炒好了，酒也倒上了，怎么办呢？我一下成了一个拉拢工作组的小人，不知有什么见不得人的甚至罪恶的事情要求庇护或者网开一面呢。可是，我又在心里问自己，难道我真有事需要这样么？回答是否定的，我没有事情。有时候我也很恨我自己，觉得自己不成器，说起来黄土已埋了三分之二了，可办事还是这样冒冒失失的，每一次都是欠考虑，火候不对，从来就没有那种完美无缺的恰如其分的正好的时候。我也不是从来没有想过，从来没有反省过。我想过，也反省过，我在想，这到底是怎么回事呢？

这时，我忽然听见毛组长说：

“看我干什么？别这么直眉瞪眼地看着我。来，干了吧。”

透过窗户，我看见院子对面的戏台上黑得深不见底，有人在石头台阶下面影影绰绰地走动。天虽然黑，可我的心里不那么黑了。

毛组长坐在我的对面，我看见他的额头上和颧骨上渐渐地有了光。

“其实我也教过书。”他忽然对我说。

我吃了一惊，顿时觉得原来横亘在我们之间的距离忽然缩短了一些。当然，我也是非常没有眼光的人，这么长时间了，竟一点儿也没有看出来，以为对方一直就是吃政治饭的。学校，学生，书本，师道，授业，解惑，育人，律己，等等这些，原本是应该能或多或少看出一点的，可是我竟然没有，也不知每天都在看什么，在忙些什么。

毛组长说，有一年，忘了是哪一年了，他带着一条羊腿去见一位手里有权的副主任，那条羊腿是他费了老大的劲，好不容易才从家里连蒙带抢地弄出来的。快过年了，全家人还就指望着那条羊腿过年呢。前好几天，他就把自己的想法说出来了，但除了他的女人，孩子们没有一个同意的，他们甚至还把那条羊腿给藏了起来，并且每天都要换一个地方，为的是不让他找到。就那么大个家，就那么大个院子，其实也没有多少秘密的地方可藏，所以，任凭他们怎么藏，任凭风云多变幻，他心里还是有数的。孩子们认为的秘密，在大人的眼里根本不算是什么秘密，有时候简直可以说一目了然，只是不愿意说出来，不愿意当面揭穿他们罢了。所以，到后来他临出门的那一天，他这个做父亲的一下就把那条连日来被反复地藏来藏去的羊腿找到了，一下就轻而易举地不费吹灰之力地拎出来了。那一刻，孩子们连日来精心构筑起的秘密完全都崩塌了，谁也不敢相信眼前的事实是真的，当爹的这个人究竟使用了什么法术？他们大眼瞪小眼地看着他，看着他迅雷不及掩耳地入木三分地大义凛然地六亲不认地王八蛋地不管不顾地杀人不眨眼地滴水不漏地心狠手辣地厚颜无耻地皮笑肉不笑地把那条羊腿塞进一条早已准备好的空口袋里，又不容分说地用一根麻绳（也是早已准备好的）扎紧了口子。任凭风云多变幻，我自岿然不动，俺要学那泰山顶上一青松，一条羊腿闯世界。当爹的背起口袋，转身要走，孩子们这才突然醒悟过来，恍然大悟，顿时哭成一片。都没有任何情意了，他还是我们的爹么？孩子们死活不让他拿着羊腿走，他死活也要拿着羊腿走。他们七手八脚地上来揪他，拽他，拉他，甚至用手狠狠地拧他，捏他，挠他，抓他，用脚从下面踢他，踩他。他们只是想把他拖住，让他走不成，倒没想着要把他放倒。但是，他的背上背着羊腿，心情又是极度的焦躁，突然他就倒下了。好虎架不住群狼，在倒下的那一瞬间，他的脑子里迅速地想了那么一下。想到有重任在肩，很快，他就又爬起来了。他没办法，不得不来硬的，不得不用手里的羊腿做武器，在他们每个人的身上狠狠地来了一下，只一下就把他们都打傻了，再也没有人敢上来了，再也没有人敢轻举妄动了。

那以后，他趁热打铁，乘胜前进，迅速地背起羊腿，丁零当啷地逃跑似的出了家门。

他听到身后的家里像是死了人一样，哭成一片。

他赶到那位副主任的家里的时候，正赶上副主任在洗脚，副主任闭着眼睛，手里夹着一支烟。

口袋是一条曾经装过杂面的口袋，没有人知道其中的颜色已变得有多复杂，连他自己也不知道。当他当着副主任的面，有些慌乱地解开绳子，把那条上面滚满了面尘的羊腿从里面掏出来的时候，连他自己也不敢相信那会是一条货真价实的羊腿……那时候他想，天哪，妈啊！但是，所有这些都不要紧，都还算不上要命，真正让他感到难过和罪过的是，他带来的那条上面滚满了面尘的早已面目全非的羊腿，把正在安心养神的副主任也吓了一跳，他看见副主任差一点从水盆里跳起来。

副主任吃惊地看着他，接着又更加吃惊地看着拎在他手里的那个叫人无论如何都不认识的东西，颤声问道：

“你拿的那是什么?”

听到副主任这样问，他差一点当场哭出来。

他先没敢说是一条羊腿，他无颜说是羊腿，那么一个说不上是什么颜色的东西，怎么可能会是一条羊腿呢，让谁看，谁也不会信啊，怎么偏偏能要求君子远庖厨的副主任信呢……那一刻，他真想眼前突然裂开一条缝隙，不管宽窄，无论深浅，宽窄深浅都不重要，重要的是能够容纳他，包容他，能够让他一点儿不剩地全部地从头到尾地钻进去，永远躲起来。

过了一些年以后，当他渐渐地有了一定的出息，有了一定的地位，认识了很多原来根本没有可能认识的人以后，他与那位副主任彼此也熟了，副主任早已成为主任了。有一次，副主任忽然告诉他说，当年，当他从那条口袋里把那条说不上什么颜色的羊腿掏出来的时候，副主任有些灵魂出窍，脑子里只有一个念头，觉得那是一把看上去有些笨重的老式的枪。有人上门来拿着枪，那是什么意思？副主任对他说，你可把我吓死了，一看见你从口袋里掏出那个东西来，我马上就觉得不对了，完了，要出事情，要出人命了，报仇的、算账的，拿着枪终于找上门来了。

我问他，那位副主任如今在哪里，是否还健在？毛组长轻轻地挥了挥手说，都是过去的事了，当作下酒的小菜，当作笑话讲一讲罢了。既然是笑话，我不笑也不太好，于是我哈哈大笑。

毛组长忽然压低声音对我说："当年，我们伟大的领袖毛主席，在他老人家还年轻的时候，有一次去见陈独秀，赶上陈独秀也正在洗脚。老陈很傲慢，不仅傲慢，而且有眼无珠，他就那样一边洗脚一边和毛主席说话。"

"有这样的事？毛主席没生气？"

"别把眼睛瞪得这么圆。"

皇甫瑞不知什么时候进来过一次，把我们放凉的菜拿回去又热了一遍。

我把脸转向窗户，听见风琴响了。

四

暗红色的草垛，土黄色的草垛，表面灰白的草垛，锈得像铁一样的黑褐色的草垛，草垛连着草垛，如同一座又一座的堡垒一样出现在那一带，风刮到那里的时候，也会晕头晕脑地迷失方向，忽粗忽细，没轻没重地乱刮一气。没有风的时候，常有人在那里练习骑自行车，骑得歪歪斜斜的，一闪，不见了，再一闪，又不见了。麻雀一只一只地嘭嘭地落下来，熟透了的果子一样，有的落下来后，还要在地上嘭嘭地蹦两下。当有骑自行车的人突然摔倒时，它们就会轰的一声从地上飞到附近的草垛上，然后默默地看着下面。

因为有不少的野菜野草，所以皇甫瑞常去那一带放猪。有一天他回来后对我说，他看到稀罕事了，原以为世界上只有人会笑，没想到其实麻雀一类的东西竟然也会笑。我说，它们对你笑了？他说，不是对我，是对别人。他说有的麻雀，不是所有的麻雀，看见骑自行车的人摔倒了，就躲在草垛后面笑。人里面有那种促狭的人，没想到麻雀的世界里也有，就像学校里那种给老师的书里夹死耗子，给女生的凳子上放图钉，从后面揪她们的小辫子的学生。

我说，下次它们再躲在草垛后面笑的时候，我也去看看。皇甫瑞说，你从来都不去，怎么可能看到，还以为我是在瞎说。你得常去，才有可能碰到。那种事，并不是天天都有的，有时候即使去了，也不一定就能碰上。

又说，照这么看，一定还有别的东西也会笑。

我想也是的。人总以为自己是天地间的主宰，那很可能只是人自己的看法。天上飞的，土里爬的，它们也会这么看么？我近来时常觉得，人只有当他独自一个人的时候，看上去才像是个人，反之则值得推敲甚至怀疑。我们和其他人在一起，和很多人在一起的时候，每个人其实都处于一种警觉和防范的状态中，更像是地里的虫子，有的到处乱窜，有的在伸懒腰，有的在探头探脑地东张西望，还有的露出自己的微笑和长处给人看。那种时候，长长的触须和磁铁般的吸附力是处于开启状态的，有毒的汁液也已暗中调整到最佳的喷射状态，一旦需要，即刻喷出。另外还有随着周围环境的改变而及时地调整自己及时地变色的适应能力。凡此种种，目的都是为了更好地保护自己，使自己免于被消灭，乃至变得更加坚固强大。

有一种会变色的虫子，在春夏之交寄生在葫芦的叶片上，全身的颜色与叶片的绿色完全一致，你扛着工具从旁边走过，根本不会注意到它们，就算是停下来也很难发现它们。如果一旦它们被某种外力震落下来，掉落到土上，经过一个上午或晚上的努力，它们全身的颜色就会发生改变，变成与土地一样的颜色。它们就活在春夏之交，虽然寿命只有短短的一两个月，可也一直活得兢兢业业，小心翼翼。

人，各种动物，生物，如果不强大，就需要伪装，需要不停地变幻，不停地说谎，不断地适应。反之，则完全没有这些必要。

我们的学校里养着四头猪，有一个叫任勇的学生做了一道有趣的算术题。按照正常的一般的标准，一头猪生十二个小猪，那么，四乘以十二，就是四十八头，加上原有的四头，最后得出的结果就是我们的学校有五十二头猪。有的学生和老师说，不可能每一头猪每次都能生十二个，哪会有那么多，生八九个、六七个，倒是常事。但任勇同学坚持的是一种正常的标准，他的这道题是献给学校的。我对他说，谢谢你的运算和好意，你为我们学校的养猪事业做出了大贡献。

我们的学校里还有一头牛，十几亩地，如果按照任勇的计算，那一切也将会几何级地增加和扩大。

天上出现了星星。

已经很晚了，我听见还有人在嗡嗡地蠕动，还有拳打脚踢的声音和倒地的声音。

二月份的面粉早就没有了，可是我常看到二月的阳光里飘满了吃不完的面粉，每天总是雾腾腾的。在最近几次的忆苦思甜、斗私批修以及不忘本大会上，每次都能看到杜鲜花副书记坐在主席台上，语重心长又满怀阶级感情地向人们讲述她个人的一段不幸的遭遇。先是被叛徒出卖，接着便理所当然又无可奈何地落入敌人之手。被出卖这件事本身她并不难过，因为她懂得要奋斗就会有牺牲，革命本身就是一桩危险的事业，某些时候就等同于牺牲，应该说每一个人对这一点都是有所准备的，时刻准备为天下劳苦大众的解放而献出自己的生命。但是，让她感到痛心和愤怒的是，那个叛徒，那个出卖她的人，竟然是她多年来最信任的人。俺想不通呀同志们，无论如何也想不通！杜鲜花副书记坐在主席台上，声泪俱下地对下面的人们说道。要是一个毫不相干的人，或者是一个从来都不认识的人，那也就算了，俺也能理解他，人家凭什么不出卖你啊，对不对同志们？要是有仇，那更好理解。怕就怕没仇，不仅没仇，还有恩、有情，这就不好办了，这就让人想不通了。就像出卖俺的那个人，俺和他是多么熟啊，多么近啊，可就是这么一个人，说出卖俺就把俺给出卖了，二话不说就把俺给出卖了。同志们啊，前些年俺还一直想不通呢，后来这些年，俺终于以蚂蚁啃骨头的精神和愚公移山的精神把这些全都通通弄懂了，想通了。虽然是俺一天一天一点一点地琢磨出来，钻研出来的，但没有组织上的深切关怀和支持，那也是不可能的。远的不说，就说俺的这一头头发吧，曾经愁白过，后来咋又变黑了呢？那是因为解放了呗，人民翻身当家做主了。旧社会把俺的黑头发变成了白头发，新社会又把俺的白头发变成了黑头发，又把俺那一头黑头发还给了俺。此情此景，叫俺咋能不歌唱？歌唱新社会，歌唱伟大的领袖毛主席，幸福的生活万万年！同志们啊，忆往昔峥嵘岁月稠，看今朝，长江后浪推前浪，一代更比一代强。想当初，俺真是瞎了眼，认识了那么一个人，俺的觉悟低又低，到今天，俺的斗志比天高，俺的心里暖洋洋。因此上，俺要大声地说一句，过去的俺，从前的俺——苦啊！那时候，俺真是，一朵鲜花插在了牛粪上。

杜鲜花副书记被出卖以后，敌人立即对她进行了无情的拷打和蹂躏，不仅对她的身体进行惨无人道的折磨和摧残，还从信念上对她进行瓦解和动摇，能用的刑都用到了……有很长一段时间，会场里静极了，只有杜鲜花副书记一个人的述说声和哽咽声在回荡。人们用心听着，几乎连咳嗽声都没有，要在平时，早就咳嗽成一片了，甚至还会有人狗扯羊皮一样相互厮打起来，打得尘土飞扬，热气腾腾。女人们的眼里都含着泪，不时地掏出手绢，刚想放回去，眼里的泪就又流出来了。男人们则听得摩拳擦掌，义愤填膺。几个一直在会场维持秩序的民兵把背在身上的枪拿下来，拉动枪栓，哗啦啦的声音使在场的人们无不感到警醒又振奋，时光仿佛在倒流。终于有人忍不住了，站起来高呼道，打到日本帝国主义！不准强奸杜书记！谁要是敢强奸杜书记，我们就和他拼到底！……事情都已经过去这么多年了，和谁拼去？人们表达的无非是一种决心和立场。可以了，够了，群众已经被发动起来了，这就已经让杜书记很满意很感动了。

五

一辆草绿色的摩托车飞奔着从南面的那条大路上下来，然后又沿着那条连接着北边众多村落的既不算窄但也绝不宽阔的沙土路一直开来，正好走出一个标准的直角，之后又向斜里插去，仿佛平白无故地在大地上多画了一撇。几乎没有人看见，那看似多余的一撇越画越长，越画越重，越来越深入。但正在那些颜色纷乱的草垛前站着的邱亮清清楚楚地看到了，他有些疑惑不解地注视着它，他觉得它有可能要凌空跃起，翻出三五个跟头，或者像一个旋转不止的陀螺一样，在转得失去方向和感觉之后狠狠地向某一个地方砸去。摩托车已经深入到村里面去了，它曾经停下来过两三次，找人，说话，询问。但是不久以后，它就又重新出现在邱亮的视线里。邱亮觉得，有一些不可名状的东西表明它好像正是冲着他来的。是的，随着距离的越来越近，那种近乎直白的表现也的确越来越明显了。邱亮觉得它有可能撞上自己，就往旁边闪了闪。离那些草垛越来越近了，那辆摩托车突然像一只绿色的蚂蚱一样又蹦又跳地叫唤了几声后，终于在他的面前停了下来，从上面下来长得一黑一白的两个民警。

那个黑皮肤的民警看上去要老一些，他一边解着制服最上面的两道扣子，一边来到邱亮的面前，对邱亮说：

“是邱亮吧？”

邱亮没有想到这个黑民警一上来就叫出了他的名字，他先是愣了一下，然后才点了点头。黑民警回头看了一眼后面的那个年轻的脸和手都很白的同伴，白民警立即撩起自己的衣服，从裤带上解下一副手铐，咔嚓咔嚓，几下就把邱亮的手锁住了，还拿着那把小钥匙在邱亮的眼前晃了一下，吱吱地吹了两声口哨。

邱亮说：“这是怎么了？我又没犯法。”

“胡说什么！”黑民警对邱亮说，“没犯法逮你干什么？那么多人谁也不逮，为什么偏偏要逮你？”

“你们一定是弄错了。”邱亮说，“先调查清楚也不迟。”

“调查什么，早调查清楚了。”黑民警说，“快走吧，上车吧。”

“我知道你会说，但是要到县里去说，去和预审股的人说，别和我们说，我们只负责把那弄回去。”白民警说，“这儿的风这么大，不要在这里说。”

但是邱亮不愿意往那辆三轮摩托车上坐，黑民警和白民警两个人费了很大的劲也没有把邱亮弄上去。后来，他们意识到尽管他们是民警，但真要两个人对付一个人，其实也不是一件容易的事，甚至还相当棘手，相当困难，眼前的事实就是最好的证明。尤其是当对手十分难缠，又完全不配合的时候，还真是极其麻烦。此外，他们还发现，光靠简单的例行公事般的推推搡搡和掐脖子、扭胳膊是根本不行的，对方根本没有从意识深处生出恐惧，那他怎么能怕你，怎么能乖乖地听话。于是，黑民警和白民警两个人商量了一下，突然一起弯下腰，一人抱起邱亮的一条腿，一下就把邱亮举了起来。又怕他从后面仰面跌倒，闪出去，黑民警和白民警两个人齐声喊了声一二，一下就把邱亮塞进了摩托车的车斗里。

“这狗日的，看着挺瘦的一个人，没想到竟也这么难闹。”黑民警站在车旁，一边喘着粗气，一边说道。又对白民警说：

“把他按住，别让他再翻起来。”

白民警于是将自己的一条腿像一根栏杆一样横放到了邱亮的胸前，接着又往上抬了抬，正好到了邱亮的脖子的那个位置，这样一来，邱亮就被完全卡住了，上面被卡得紧紧的，下半身又全部陷在车斗里。

“你这个鸟人！”白民警对邱亮说，“我们好心好意地对你，你竟然这么不识抬举，还想跟我们搏斗，跟我们斗争……”这时，他一抬头，看见黑民警正站在不远处，一边从兜里摸出一块和他本人的肤色差不多一样黑的手帕擦汗，一边点了一支烟，狠狠地吸着。

“老周，别抽了，”白民警对黑民警说，“赶紧走吧。”

“不行，我得抽两口。”

黑民警说着，大口大口地抽着烟，转过身去看着远处。

白民警知道自己拗不过黑民警，知道自己得听黑民警的，就不再说什么了。后来，他皱着眉头想了一会儿，终于想出一个办法。他打开邱亮手上的一个铐子，把那个铐子和摩托车上的一个铁钩子锁在了一起。这样一来，他就再也不需要用自己的腿压着邱亮卡着邱亮了，这样一来，他等于把自己彻底从摩托车上解放出来了，他为自己的智慧和灵机一动而感到高兴，又倍感轻松。这以后，年轻的白民警高高兴兴地一身轻松地从摩托车上跳了下来，尽管那条在刚才起到了栏杆作用的腿刚一着地时有些麻，还有些酸痛，但他还是觉得自己如同一只出笼的小鸟一样快乐，他一瘸一拐地朝黑民警的身边走去。人，无论何时何地，能够把自己解放了，都不是一件容易的事呢，都应该值得庆幸和高兴呢。

黑民警这时候已经开始抽第三支烟了，烟头也舍不得扔掉，小心地接在一起，长长地吸着。看见白民警走了过来，对年轻的白民警说：

“啊呀，闹了我一身汗。”

“我也是。”白民警说。说着，解开上面的两道扣子，把帽子拿在手里扇着风。

“你还年轻，还不到那种动不动就冒汗的时候。”黑民警对白民警说，“我像你这么大的时候，根本就不出汗，不知道出汗是怎么回事。”

黑民警嘴里叼着烟，朝那边瞥了一眼，看见邱亮还老老实实地蜷缩在摩托车的车斗里，一个小旋风正在那里忽上忽下地盘旋着，就对白民警说：“不会跑了吧？拴紧了吧？”

“跑不了。”白民警对黑民警说，“我把他和摩托车铐到一起了，他要想跑，还得先问问咱们的摩托车愿不愿意跟他跑。”

“其实我早就想告诉你应该这么做，”黑民警对白民警说，“可是我又想，我不能说，应该让你自己想出办法来。我要是把什么都包办了，那咋能带出好徒弟来。”

看见黑民警这样说，白民警忽然在心里笑了一下。那时候，白民警觉得自己十分真切地听到了自己的那一声笑，尽管是在很深的地方，这让他觉得很奇怪。

“老了，不行了。”黑民警抽着烟，对白民警说，“我年轻的时候，像你这么大的时候，一个人对付两三个人一点儿问题也没有，绰绰有余。有一年在酸刺河那一带，我一个人抓住三个家伙，其中有一个还是个杀人犯。”

这时，他们听见邱亮在叫他们，黑民警和白民警两个人于是一起朝摩托车前走过去。邱亮像一个半身不遂的人一样只能活动脖子以上的部分，他的头转来转去，看着他们。“我不明白，我到底怎么了？”

“我也不明白。”黑民警对邱亮说，“临走前有两份材料让我看，说是让我先熟悉一下情况，心里有个底，结果我也没顾上看。”又问白民警：

“你看了么？”

“没有。”白民警说。

“都没看。”黑民警说。

“还是先走吧。”白民警说，“先回县里。等回到县里，就都清楚了，咱们都能闹清楚。”

说着，白民警先骑了上去，把钥匙插进去，狠狠地踩了几下油门，摩托车就发动起来了，浓稠的黑烟一股一股地从排气筒里往出蹿，往外冒。又从口袋里掏出一副雪白的手套，认真地戴上。想想县里那些主要的领导，年纪都一大把了，出门开会办事，也不过就是坐一辆到处都呼塌呼塌地乱响乱叫的吉普车。而他，年轻的白民警，中学毕业还没有几年，年纪轻轻就每天驾驶着摩托车，在这个世界上呼啸而来，又呼啸而去……白民警的眼前这时清晰地浮现出一幅凯旋的美丽画面；他戴着墨镜，戴着雪白的手套，驾驶着呼呼作响的摩托车，上面带着经验丰富的黑民警和一个刚刚从下面捕获不久的犯人，威风凛凛地行驶在人来人往的大街上，他的昔日的同学、亲戚、朋友和熟人们，特别是他过去的那些女同学们，要是看见了，一定会觉得他威武极了……是的，一定会是那样的。而那个坐在摩托车车斗里的蜷缩成一团的邱亮，无论谁看见了，都会认为那是一个货真价实的毫无疑问的犯人，刚刚被年轻的白民警逮到手不久……想到这里，他不由得回头看了一眼深陷在摩托车车斗里的邱亮。年轻的白民警忽然觉得，邱亮的那种样子，在不经意之间给他帮了很大的忙，无形之中为他这个年轻的白民警增色不少。啊，可不可以这样说，这个世界上，一部分人的存在，其实就是为了给另一部分人的存在打底色、做掩护、做陪衬的，是为了烘托另一部分人的存在而才存在的？纵观人类的历史，好像是的。

黑民警掐灭了最后一个烟头，坐在摩托车的后面，伸出一只手轻轻地放在邱亮的肩膀上。

“你也不要不高兴，”黑民警对邱亮说，“你以为我们今天下来是和你胡闹的么？我哪有那闲工夫！我那个小女儿得了肺炎，在城关卫生院里住着，我都顾不上管她，顾不上去看一眼。等把你闹回去了，一五一十地交代了，我才能抽空过去看一下。”

邱亮说：“我就是不明白，你们把我闹回去到底要干什么？我见过的奇怪的事情也不算少，可从来还没见过这么奇怪的事。老周，我知道你叫老周，你们不能挖到篮里的就是菜，我是一个教员，教书育人的，不是一个没户口没工作的黑人。”

“哎，看你说的，哪能这么说呢。”黑民警说，“肯定是有事哩，没事哪用费这么大的劲。”

这时，年轻的白民警回过头来，用戴着墨镜的一双眼睛黑洞洞地看了他们一下，然后突然一哈腰，像运动员起跑一样，驾驶着摩托车跑了起来。

摩托车沿着来时的路往回走，等于把他们来时在大地上画出的那长长的一撇和那个标准的直角又重新描了一次，重新温习了一遍。

六

来的时候没人看见，但走的时候，有人注意到了那辆上面坐着三个人的摩托车。

不久以后，刘玉芝来找我，神色有些灰暗。不难看出，这个读过中学的女人，她是在极力地控制着自己的情绪和眼泪。要是换了别的女人，肯定早就哭成一堆了，人也许还在路上，哭声就已经提前先进来了。我打心眼儿里害怕那样的女人，因为她们完全不讲理，更不想讲理，她们会让我变得手足无措，目瞪口呆，又感到烦躁不安，走投无路，站也不是，坐也不是，可又不能一跑了之。

但是，我很快就注意到刘玉芝的两条辫子的辫梢是用两根十分显眼的白绳子扎着的，这一发现让我的脑子里嗡地响了一声。望着她那看上去还算镇定却又凄楚楚的样子，我不禁在心里喊道，这个女人啊，原来也不过是个普通的女人呀，真是胡闹啊！为什么要用那么一截显眼的白绳子给自己扎辫子，为什么不用其他颜色的绳子？比如红的，黄的，蓝的，绿的。她用白绳子扎辫子想说明什么？难道在她的心里邱亮已经变成一个鬼了么？已经被不知不觉地彻底消灭了么？没有啊，这不是才被抓走么，问题还没有搞清楚呢，她这么着急干什么？女人们有时候自作主张，自以为是，是很令人头疼的。至少，我认为她这样做是不对的。所以，我劝她、我让她、我命令她，刘玉芝同志，应该马上把她辫子上扎着的那根看上去非常不祥非常不吉利的白绳子解下来，越快越好。虽然我受唯物主义教育多年，但我还是想要让她明白一个道理，她辫子上的那根白绳子多扎一分钟，邱亮就会多一分危险，平白无故地多出一分危险。我不是在吓唬她，但也就是在吓唬她，女人们，有时候吓唬吓唬还是很有必要的。我是这样认为的，她们的心或者脑子有时会被某些说不上是什么的东西给糊住，堵塞，然后就直接导致出一些简单的直线或弯弯曲曲，莫名其妙让人哭笑不得的东西来，让她们做出种种奇怪的事来。

可是，刘玉芝不听我的话，不仅不肯动手去解，反而有些奇怪地看着我。她告诉我说，从她二十几岁的时候开始，她就一直用这样的白绳子扎辫子，这么多年来，从来就没有变过，也几乎没有用过其他别的颜色。

我说，是么，我怎么没有注意到？

她只是笑了笑，却没说什么。

但是，我却觉得她好像在说，那是因为你从来就没有注意过。如果她真是这样想的，我倒认为她是对的。的确，我从来没有注意过别人穿什么、戴什么，我连我自己每天穿的什么戴的什么往往都不清楚，怎么可能注意到一个女人用什么颜色的绳子扎她的辫子呢？说心里话，就说我自己的女人吧，从她二十岁左右嫁给我以后，和我一起过了这么多年，为我生了五六个孩子，到今天，她究竟梳着一种什么样的头发，我都说不上来。不是谦虚，是真的说不上来，再说，这种事情有什么好谦虚的？尽管谦虚使人进步，但有些事情就是没办法谦虚，就是不能谦虚。至于她用什么样颜色的绳子扎她的头发，我更是一无所知。是不是也像眼前的刘玉芝一样用雪白的绳子扎着？应该不是，印象中她的头发上好像没有那样的显眼的颜色，至少我从来没有看见过。

我从此记住这种白颜色了，记住这种系在头发梢上的白色的小绳子了。

看着眼前的刘玉芝，我第一次发现白颜色是一种与所有的一切都截然不同的东西，特别、非常，还有一种十分孤单的不合群的意味。就以眼前的刘玉芝为例，那两截又细又短的白绳子扎在她的辫子上，带给她的却是一种很多人都没有的灵秀之气，使她整个人看上去显得清爽，洁净而又聪明。

踏着满地黄亮亮的草秸和烟叶般的树叶，我去榆树院工作组的驻地找毛组长。

想来想去，我觉得邱亮的事可能和毛组长有关，我想去问一下，到底是怎么回事。学校里的教员被带走了，我这个做校长的却一点儿不知道。

一路上，刘玉芝的那两条用雪白的细绳子扎着的辫子不停地在我的眼前摆来摆去。我在心里对自己说，啊呀，这真是一件奇怪的事情啊。

天气并不算热，可是我感觉我的脸前弥漫着水蒙蒙的热气，手掌心里也湿漉漉的，好像始终有一团一团的火在一步一步地跟着我，一堆一堆的阳光趴在我的背上，罩在我的上面，我走到哪里它们就跟到哪里，罩到哪里。从那座小桥下经过时，我心里首先轻松了一下，我想，有一座桥在上面遮挡着，这一回我能顺顺当当地摆脱它们了吧？可是，等从桥下走出来以后，我听见身上轰的一声，立马就明白它们并没有离去，一直就在桥上等着我呢，我一出来，很快就又跟上来了，暖洋洋地照耀着我。直到我后来走进毛组长住的房子里时，它们才不再跟我了。也许，它们也畏惧毛组长吧？工作组以及毛组长的威名可不是白吆喝的。

我松了一口气。接着，我把事情简单地说了一遍。我悄悄地观察着毛组长的反应，他先是十分认真地听着，听完之后，我看见他的脸上布满了不胜惊愕的神情。

“有这样的事?”他说。

他想了一下后，又说，一定是又有了别的事，肯定是又出了什么新的事情。

毛组长告诉我说，这些天以来他正在做一些别的方面的工作，关于邱亮，他只是在心里有一种印象，还从来没有形成过什么，更从来没有向上面汇报过。现在，公安局突然来人带走了邱亮，连他这位工作组组长本人也感到有些突然和迷惑不解呢。工作组尽管在某些事情上少不了与公安局有联系，但从根本上来说完全是两个相对独立的系统。像他们这样的工作组全县有几十个甚至上百个，而公安局却只有一个。工作组的工作十分庞杂，头绪繁多，几乎什么事都管，而公安局却只做他们该做的事。毛组长又一次向我强调，这件事他事先的的确确一点儿也不知道，也从未有人对他说过什么，而且，当事情发生以后，他知道得也要比好多人还要晚。

“你看，连你都比我知道得早。”毛组长对我说，“要不是你今天来告诉我，我到现在还什么也不知道呢。”

听见毛组长这样说，我不禁有些沮丧又无奈地看了他一眼，连他也不知道，那就只能等待了，再没有什么更好的办法。刘玉芝如果再来找我，我就劝她安心等待，冷静等待。

不知从哪一年开始，我嘴里的牙都完全变黑了，而眼睛里像是时常都有泪花在闪烁，尤其是在有风的天气里，有人要是看见我，常常会以为我是刚刚哭过。其实没有。

毛组长关切地问我：“老葛，你是不是病了？”

没有人在山上，可是我听见山上的梯田里人山人海，尘土在飞扬，铁锹在上下翻动，红旗在迎风招展，用好几种杂面掺在一起做成的窝头骨碌骨碌地滚得到处都是，马的鬃毛像女人们的长长的头发。

有人一瘸一拐又急功近利地来找我，要求把晚饭以后的半个钟头的学习时间增加到一个小时，还可以利用课间休息的时间排练一些文艺节目，被我断然拒绝了。

我说，学制要缩短，教育要革命。

我说，农业的根本出路在于机械化。

我说，现在世界上究竟谁怕谁？不是东风压倒西风，就是西风压倒东风。

我说，世上无难事，只要肯登攀。

我说，世界上怕就怕认真二字，我们共产党人最讲认真。

我说，人民，只有人民才是推动历史前进的动力。

还没等我转身从帆布挎包里取出我们大家共同的读本和指南，他们就被我吓跑了。他们不是不清楚，他们很清楚，知道我接下来要干什么。

从北边的草地上吹来的风中，有时会夹带着浓重深长的药味，常见有些年老的人弯着腰，弓着背，手里拄着棍子，站在河边翘首期待，向远处、向河流的上游方向不时地眺望着。问他们在干什么，他们十分爽快又毫不隐瞒地说，在等着吃药，等着接受免费的无拘无束的不需要看任何人脸色的治疗，风里送来的药味足够他们疗养一些年的。不需要花一分钱，不需要听谁的话，受谁的气，看谁的白眼，听谁的含沙射影、指桑骂槐的言语，只要自己能够经常走到河边站一站，看一看，等一等，闻一闻，就能把病看好。咳嗽，哮喘，偏头痛，普通关节炎，风湿性关节炎，失眠，慢性胃炎，白内障，甚至脑膜炎，有的说没就忽然没了，比当初来的时候还要快，还要神不知鬼不觉。

我有时也会到河边那一带去，在那些柳树和杨树下面坐一会儿，但往往待不了多久，就又会被人叫走。那种时候，有的老人就会挽留我，劝我说，不要走，等着喝一碗药再走也不迟。我就对老人们说，不行了，这次就先不喝了，顾不上了，给我留着，下次来了一定喝。

我喜欢我们这个地方，很多时候尽管苦寒，尽管一出门就是在风沙里行走，可那又有什么呢。真要是让我有一天突然离开这个地方，永不再回来，我还不愿意呢，还有些舍不得呢。有一年，县里的红卫学校缺一个校长，原来的那个旧校长突然死了。教育局的聂局长对我说，老葛，你来吧。我说，不，我不去。聂局长说，你真是属狗肉的。我对他说，俺就是一块狗肉，血水泡，盐水浸，大火煮，小火煨，俺都认了，可就是不想到盘子里去，就是不想被装饰，被撒上绿叶，淋上明油，就是不想被隆重地欢天喜地地抬举上来。

一年一年地下来，在我们这个地方，我觉得我认识了很多人，已经通过日积月累认识了太多的人，或者也可以说，很多的人都认识了我。有时候，在路上走着走着，遇到一个想不起是谁又叫不出名字的人，但对方马上就会和我打起招呼，并攀谈一阵，说一些以为我能够一清二楚的事情。有时候还要就那些我根本一无所知的事情本身，极其认真地听取我的看法，征询我的意见，甚至在忽然之间又如同从地里牵牛一样牵扯出某一个人来，然后郑重其事地把绳子交到我的手里。我明白那是一种信赖和尊重，尽管有时候不免有些盲目，有些过于焦急。因此，每当有人忽然永远地离去之后，我都会默默地在心里感到难过，只是从未向任何人说起过。我是真的不想看到某一个人走了以后就再也回不来了的那种情景，为什么不回来了呢？羊挤在门口，在耐心地等待，等着你给它们剪毛，理发，然后在背上涂两个明显的巴掌大的红印，或者染一个别的什么记号，以区别于隔壁院子里的那几只同样刚刚理过发不久的精神焕发的羊。必须得赶在炎热的夏季来临之前让它们如同脱胎换骨一样。因此，要是没有人管它们，它们就会随着天气的转暖而一天一天地变得萎靡不振，无精打采，出去以后草也不好好吃，水也不好好喝，瘦得只剩下一张皮。谁家的羊是这样的？谁家的孩子是这样的？鼻涕，眼泪，脸黑得像小要饭的，手脏得像粪叉子似的，土豆一样到处滚来滚去，从这里被扔出去，又从那里被踢回来，要说经历了数不清的苦难，可能有点儿多，但也绝不算少。女人夜里做梦，梦见男人死而复生，走了几个月几年以后突然在天黑以前又悄悄地回来了，正在一声不响地为家里疏浚水道，疏通出水口，为的是日后不再让水到处流淌。男人背朝着她蹲在那里，却始终让她看不见他的正面，看不见他的脸。另外，别人家的豆子都已经磨成面了，谷子也去了皮，可你们家的葵花至今还站在地里。从早到晚，不管有没有人注意，那些金黄明亮的盘子，那些内心和外表都同样热烈的情切切意殷殷的面孔，一直都在使劲地转哪，转哪。

七

“十八年前你多大?”

黑民警慢慢地抽着一支烟，上半身靠在那堆上面蒙着一张满是灰尘的塑料布的行李上，两条腿顺着炕沿垂下来，离地面上还有一小段距离，满脸倦意地看着坐在靠近门口和墙根处的一只小板凳上的邱亮，脸前的烟雾有时会暂时遮住他的视线。

听着不像是在审讯，倒像是两个多年未见的人在饭后聊天。而且，从一开始，从前天下午天快黑的那时候，从外面一走进来以后，邱亮就发现这不像是一个审讯人的地方，而更像是一间男人的宿舍。事实上，邱亮的判断是完全正确的，这正是黑民警本人和另一个老民警的宿舍，眼下，那个人正好不在。黑民警领着年轻的白民警和邱亮从外面一进来，就开始噼里啪啦地扔东西。帽子从头上摘下来，不管三七二十一地扔了。皮带从腰上解下来，也胡乱地扔到一边。还有枪，连枪带枪套，还有枪套里的一块红绸子，也正要打算胡乱地扔时，似乎想到了什么，忽然停顿了一下，回头很注意地看了邱亮一眼，然后又迅速地想了一下，掀起炕上的那堆行李，连枪带枪套一起塞了进去。接着，又操起一根火钩子去捅炉子。炉子里没有火，死气沉沉的，噌噌地捅了半天，也没有捅出一丁点火星来，倒是把满屋子弄得灰尘滚滚。那些灰尘被他捅得像妖怪一样从炉子里歪歪扭扭地蹿出来，然后在屋子里越变越大，越分解越多，顷刻间就弥漫得到处都是。黑民警站在雾腾腾的屋子里愣了一会儿神，然后忽然自言自语地骂道，姥姥！我一不在，他连火也不生了。骂过之后，又从炉子旁拎起暖壶，拿在手里使劲地摇了摇，发现暖壶也是空的。

邱亮听到黑民警在不住地叹气，唉了一声又一声，又看到屋子里每个人的头上和身上都落满了灰尘。窗台上的灰尘是旧日的灰尘，不是刚才黑民警捅出来的，看情形至少有十个月没有清扫过。当看到窗户上的那道皱皱巴巴的窗帘时，邱亮差一点儿当着黑白两个民警的面笑出声来。那道窗帘，像一块廉价的遮羞布一样，在窗户上东拉西扯，七扭八歪，胡乱地纠结在一起，上面还有一片一片的黄色的污渍和一些像是血迹一样的印痕。

邱亮听到黑民警和白民警两个人在议论说，哪里也没有多余的空房子，仅有的两个审讯室这几天来都是一直有人占着，有更重要的人在那里被审讯，根本腾不出地方。因此，审讯邱亮，就只能临时挪到黑民警的宿舍里进行了。而且，最让他们两个人感到麻烦的是，预审股的人都是一个人当好几个人用，根本抽不出人来，所以，审讯由他们两个人带回来的这个人，也只能还得由他们两个人来进行。邱亮听见黑民警有些丧气地说，我也不知道哪辈子倒了霉，原以为把他从下面闹回来就行了，就完成任务了……说着，又忽然问白民警：

“这是怎么安排的？”

“我也不知道，”白民警说，“好像就是这么安排的。我去找赵副局长，赵副局长不在。又去找老魏，老魏也含含糊糊的。老魏说，你们两个先在老周的宿舍里问一问。老周，他让我们先瞎胡问一问。”

“瞎胡问一问？”

这时，坐在靠墙的一只小板凳上的邱亮忽然对黑民警说：“老周，我也看出来了，我其实一点儿也不重要，你们还不如把我放了，让我回去算了，我还得给学生们上课呢。你不是还要去城关医院看你女儿么，你快去吧。”

“你少给我扯这些没用的。”黑民警显得烦躁不安而又有些心不在焉地对邱亮说道，“老老实实地给我坐着，一会儿我问你什么你再说什么。”

这以后，黑民警的两只手在自己的身上摸来摸去，摸了一会儿，摸出一块钱，他把它交给白民警，让白民警出去替他买两包烟。另外，又让白民警顺便准备笔和纸，准备记录。

审讯正式开始以后，黑民警首先打起精神，坐得笔直，正襟危坐，并要求坐在墙角那个小板凳上的邱亮也要挺起腰来，坐正，坐直，两只手要平放在腿上，两眼平视。后来，年轻的白民警对黑民警说，反正这个时候又没有外人，除了我们两个，还有就是这个家伙（用手指指坐在小板凳上的邱亮）。白民警劝黑民警靠在行李上问话，反正都是询问，在哪问不一样，靠在行李上也一样问，姿势不姿势的实在不重要。听见年轻的白民警这样说，早已疲倦的黑民警不禁很感激地看了白民警一眼，心里可能觉得这个年轻人有教养，有礼数，善解人意。于是，就半靠在那堆行李上，又点燃一支烟。

看见黑民警靠在了被子上，邱亮的身体也不禁向后仰了一下，也让自己靠住了身后的那面斑斑驳驳的墙。可是，刚一靠住，年轻的白民警眼睛很尖，马上就注意到了，并立即制止道：

“别听风就是雨，你不行，你得坐直喽。”

于是，邱亮的后背又离开了那面墙。

透过眼前的蓝色的烟雾，黑民警用一种听上去显得黑洞洞的声音问道：

“十八年前你多大？”

邱亮想了一会儿后说：

“你是说十八年前？”

“对——”

“那时候我可能多大？十六七岁？十七八岁？”

“到底是多少？”

“十七？不对，应该是十八。”

“多少就是多少，什么叫应该是？”

“就是十八，我想起来了，没错。”

“十八……那也就是说，那个时候你已经成人了？”

“成了，都十八了还能不成人？那一年，我正在师范学校上学。那一年，我还入了团。第二年……”

“别扯远了，没问你第二年。”

“你还入过团？”年轻的白民警忽然有些不相信地问道。

邱亮闭上嘴，看着年轻的白民警，他不明白他为什么要这样说，还要把眉头皱得那么厉害，非常愁苦地纠集在一起。难道自己真的不像是一个曾经入过团的人？自己目前的样子与一名共青团员的称号就有那么大的差距？

“不要停下来，接着说吧。”黑民警提醒道。

说什么呢？邱亮想。他慢慢地抬起头来，感到身体有些麻。

“我给你提醒一下。”黑民警对邱亮说。

邱亮不断地走神，因而一点儿也没有注意到黑民警不知什么时候已经脱了鞋，盘着腿坐到了炕上，鼻梁上还架起了一副老花镜，像是与人坐在炕上聊天一样。邱亮看到黑民警的手里拿着几页纸，纸的左上角那里用一个曲别针别着，估计是什么材料一类的东西。但从黑民警的那种认真的孜孜不倦的神态上来看，那几页纸更像是一份讲话或发言稿，更像是一份与黑民警本人有着密切关系的发言稿或事迹材料。现在，他正在通过自己的努力，在一点一点地试图更加接近它、熟悉它，以备到时候在需要它的时候照本宣读。想达到烂熟于心甚至倒背如流的程度看来已经无论如何是不可能了，但至少也应该从那种极度陌生的概念中慢慢地走出来。

有好大一阵工夫，黑民警既不看坐在墙角里那只小板凳上的邱亮，也不向邱亮问话，而是像一名刻苦学习的学生一样认真地聚精会神地看着手里的那几页纸，老花镜有时会不知不觉地滑落下来，他轻轻地用手扶一扶，然后又继续沉浸在其中。

那时候，邱亮忽然注意到，那个年轻的白民警不知什么时候已经不在屋里了，只剩下一支笔和几张白纸放在他曾经坐过的那个位置上。现在，只有黑民警和他两个人在这个屋里。黑民警盘着腿，戴着老花镜，正坐在炕上认真地学习，态度极其端正，极其严肃。邱亮一向对那些认真学习的人充满敬意，而一个戴着老花镜还要苦读的人，无疑会更加令人钦佩。年轻的白民警不在了，邱亮感到自由了很多，他的身体能够不时地倚到后面的墙上靠一会儿，只要那个年轻的白民警不在跟前，几乎就没有人再管他，再控制他，再对他吆五喝六了。黑民警老周只顾坐在炕上埋头学习，看样子根本顾不上说他。但是，那个年轻的白民警究竟是什么时候从这间屋子里出去的，邱亮竟一点儿印象也没有，完全没有看见，没有注意到。

那段时间我在干什么？邱亮坐在小板凳上暗自想道。难道是我睡着了？不可能呀，那个年轻的小公鸡一样的白民警不会允许你那么干的。

这时，炕上忽然传来一阵簌簌作响的声音。邱亮抬起头，看见黑民警终于放下了此前一直拿在手里的那几页纸，转过脸来，透过老花镜的镜片，有些朦朦胧胧地看着他。

“我给你提醒一下，”黑民警对邱亮说，“十八年前的那个冬天，一共下过两场大雪，两场都是那种大得不得了的鹅毛大雪，小的不算。”

“我们小的时候那些年，一到冬天就经常下雪。”邱亮说，“我不记得了。”

“我不说别的年份，”黑民警说，“我指的就是你十八岁那年的那个冬天。”

“我十八岁那年？我十八岁那年怎么了？”

“我再给你提醒一下，那两场雪，都是在一个月以内下的，具体地说，也就是你十八岁那年冬天的腊月。前一场雪下得时间不长，只下了一个下午，到晚上就停了。但是，第二场雪下了两天两夜，还要加上第三天的一个早晨。”

“有这样的事？”

“什么‘有这样的事’！好像我在胡说似的。你好好想想。”

“我真的不记得了。”

“你连想都没想，你怎么会想起来？好好想，仔细想。”

“老周同志，我真的想不起来。”

“那不行。”

“……”

“要不我和你一起想？咱们先把炉子生起来，炉子里有了火，就很像是一个冬天了。”

八

腊月里，第一场雪下过以后，有一天晚上，小四告诉我说，他要准备结婚了，让我给他张罗。小四实际上是我的第二个儿子，按理应该叫小二，但因为他的上面还有一个哥哥和两个姐姐，所以他一直都被叫作小四，这么多年都早已习惯了，没有人会认为他是小二。

听到小四要结婚，我吃了一惊。我问小四，女方是哪里的，人怎么样，长得好不好？小四告诉我说，已经来过我们家好几次了，可是，每次人家来的时候你都不在。

我对小四说，其实我在不在都无所谓，因为那并不是最重要的，重要的是你们两个人好就行。不过，你要告诉她，我一定会认真地为你们张罗这件事的。

消息很快就传出去了。

在乡间，类似结婚这样的事情，往往会不胫而走，有时候如同一桩绯闻，但远比绯闻要体面得多，因为它能让相关的人抬起头来。我的意思是说，它的传播途径和速度如同绯闻，但绝不意味着是一件让人感到没脸见人的事，而是恰好相反，光荣得让人脸上冒油，心里开花。

我也不知道那些消息是怎么传播出去的。

我常怀疑世上有这样一种人，不为别的，似乎专门就是为了传播各种消息，散布各种谣言而生的。但是，你要是认真起来，在所有认识和不认识的人中间准确无误地找出这么一个人来，又几乎是完全不可能的，因为没有哪一个人会承认自己是这样的一种人。每逢这样的时候，每一个人看上去都显得相当正派，忠厚老实，本分，律己，大家都会说，是呀，这事到底是谁干的？真不地道。这样的话一说出来后，你就永远别想再找到那个人了。我想说的是，既然谁都不像，谁都不是那个人，那么，那些各种各样的千奇百怪的消息和形形色色的谣言又是怎么出笼，怎么传播起来的呢？总不会是长期以来它们自己一直都在到处流窜吧？从来没有借助过任何人为的力量？多年以来，这样的一些事情常使我感到迷惑，究竟是什么样的人一直在暗中乐此不疲地做着这样的一些事情呢？

假如有一天，我能够亲自确凿无疑地逮住这么一个人，当我再回首往事的时候，我会为自己没有完全碌碌无为地虚度年华而感到快慰。

有人找上门来，包括我们学校食堂的大师傅皇甫瑞和公社食堂的大师傅古大头，都是几个会做饭的有手艺的人。另外，还有县里的熟人为我推荐的一位真正的厨师，人虽然还没见着，但话已经捎来了。这些人，都主动地毛遂自荐地要求给小四的婚事当厨子，每个人都是有备而来，都根据各自多年的经验，认真地准备了一份菜单，有的还不止一份。你要便宜的，花钱少的，他有；你要好的，讲排场的，他也有，马上又拿出一份。

我没有详细看他们的那些菜单，因为我觉得已经没有什么必要了。我对他们说，已经有大师傅了。听见我这样说，他们又信又不信，就想知道是谁。我就告诉他们说，我说的那个大师傅谁也不是，就是我本人。是的，就是我本人。这一回，我要亲自扎上围裙，钻进厨房里不出来，给所有前来贺喜的客人们做饭，也是以最实际的行动祝贺孩子们的婚事。他们说，那么多人的饭，你一个人能做得过来么？我说，能，一定能。说俺行，俺就行，不行也行。不信你们到时候看，俺做的饭菜香万里，俺做的饭菜人人夸，俺要是不把你们一个一个地香死，俺就不姓葛。古大头低声问皇甫瑞，这个人不是疯了吧？皇甫瑞说，没有，他没疯。是的，俺没疯，干吗要疯？俺的头脑明又亮，俺的耳朵聪又灵，俺的眼睛比针尖。要说疯了的，倒有可能是你们这些肥头大耳的家伙们，为啥非要给俺来做饭？不管别人怎么说，不管别人怎么想，俺是不愿意，俺是不答应，一千个不答应，一万个不答应，俺这个人就是这么一根筋。后来，皇甫瑞悄悄地对我说，对得很，人就应该是一根筋，越是这种时候，就越应该是一根筋，越不能乱。其实我早就想说，这些人统统都不能用，一个也不能用。我说，俺不管，说一千，道一万，任尔东西南北风，咬定青山不放松，这一回，俺这个大师傅是当定了。皇甫瑞说，到时候，俺来帮你，俺在这些方面还是有点儿经验的。俺帮你磨刀烧水褪鸡毛，俺帮你剥葱捣蒜拉风箱。

月亮升上来以后，嘈杂声还在。

站在银色的月亮地里，有一种站在水里的感觉，会不断地往下看，怀疑自己的下半身是湿的。

看不清脸，只看见一个女人沿着通往南边的一条路走去，但走着走着，忽然又向东折去。

有风，有白天的记忆，还有人在唱：

毛主席的书啊我最爱读，
千遍那个万遍啊下功夫。
……

歌声渐渐远去，越走越远，似乎再也听不到了，但不久又返了回来。

……
只觉得心坎儿里面热乎乎
……

看不见唱歌的人，只觉得那声音里有一种银子般的东西，只觉得那声音正沿着一些沉默的墙头慢慢地下去，接着又慢慢地上来，所走的路线像是二月末三月初的柳丝，柔软、纤细，在银色的月亮地里缓缓地起落、舞动。

我又听见毛组长在说话，情景仿佛是在梦里，又像是在白天里。梁上的风把很多人都吹得团团乱转，又把站在下风头大声说话的人的声音全部瓦解，一点儿不剩地挡了回去，使他们看上去形同哑巴，只看见一张张嘴在徒劳地乱动，却没有任何声音，一个字都没有。

三面红旗插在我们的后面，它们猎猎飘动的时候，不时地从我们的脸前拂过，像是母亲的手在抚摸着我们的征战世界的风尘仆仆的脸。我看见毛组长的脸庞被映照得有些微微发红。他把我叫到他的身边，对我说，对于广大的干部，广大的人民群众，我一向是持保护和爱护态度的，我不愿意看到那种情景，似乎所有的人都有问题，都不干净。

我看着毛组长，耳边却又听到民兵们嘀嘀嗒嗒地吹起了冲锋号，有人倒下了。

我对毛组长说，我知道你一直都在暗中保护着我，每当想起这些……又听见毛组长说，人，如果都不干净了，都有了问题，一个比一个肮脏，一个赛一个恶心，那我们这个世界还有什么意思，还有什么希望？不管有多发达，不管有多富有，充其量也不过是一座豪华的坟墓而已，一个热闹和繁华的人间地狱而已。

有风吹来，一直充当盖子和篷布，蒙着我们的干粮的一张白色的塑料布，突然离开我们，像一张神奇的飞毯一样腾空而起，向远处飘去。负责照看干粮和水的人及时地清醒，反应过来，紧跟在后面飞快地追赶了一段，却发现已经越来越远了，它早已飘过梁下一片小树林子的上空，又过了一座山头，消失了。

一番追赶以失败而告终，以一无所获而告终。回来后，这个负责照看大家干粮和水的人，马上对自己展开了严厉的自我批评和深刻的反省。先是犹犹豫豫、羞羞答答地不敢过来见毛组长，因为深感失职，深感辜负了组织对他的培养和希望，无颜见人。后来，经过一番激烈的思想斗争，觉得是福不用忙，是祸躲不过，躲得了初一，躲不了十五，跑了和尚跑不了庙，阎王让你三更死，不敢留你到五更。万事开头难，敢为天下先，世上无难事，只要肯登攀，丑媳妇迟早要见公婆，躲着不见是不行的……而他本人，也迟早得见毛组长，得面对他。

毛组长此刻就站在红旗下。

天近晌午，毛组长也是有血有肉的人，也一定感到饿了吧？这样想着，他终于鼓起勇气，走了过来。

他愁容满面，又十分无奈地对毛组长说：

“都怨我，一把没按住，一下就刮到天上去了。”

“干粮和水没被刮走吧?”毛组长问道。

“那没有，干粮和水都好好的。”

“那就行。”

被卷走的东西到了西边的山里，那些绵延起伏的群山无论任何时候看上去都像是一种梦境。

毛组长看看我，欲言又止，我觉得他似乎有话要对我说，这样的一种忽明忽暗又时远时近的感觉像是来自于梦中的一种暗示。一棵草，一湾浅浅的水，一支刚刚削尖的红蓝铅笔，一台看上去如同老式抽屉一样的收音机，一条女式的裤子……事实上，这些年我已经不怎么做梦了，有时一躺下去就呼呼地睡着了，睡得沉沉的，像是死了一样。有时候，会睁着眼睛或者半闭着眼睛从天黑挨到天亮，究竟在那种时候纷纷扬扬地想了些什么，也完全说不大清楚。但无论是像死人一样沉沉地睡着，还是通宵达旦地清醒着，这两种情况都与做梦没有关系，绝不再是过去的那种涂着姹紫嫣红的浪漫色彩的咿咿呀呀的所谓的梦。

老了，我觉得我真的是老了。这种事情只有自己最清楚，别人无论说什么，都不过是应付你一下。有时候我会十分明显地感到我的心像是一座几百年前的庙，梁上结着蛛网——尽管在白天的时候也会发光，甚至看上去亮闪闪的，但再发光，再亮闪闪，那也毕竟是蛛网。几案上蒙着灰尘，院子里没有人，偶尔有几个小孩子一样的小鸟。空荡荡的院子，从早到晚都听不到一声脚步声，焚香炉冷清得如同一面没有人照看的镜子，没有人在它的面前轻理云鬓，顾影自怜，也没有人面对着它流连忘返，神采飞扬。河边的芦苇黄了又绿，绿了又黄，也不见那庙里有人吱吱呀呀地开门出来提水。

……

看看身边没有人了，毛组长对我说，有人说你听过苏联的电台，有没有这回事？老葛，不是我吓唬你，光凭这个，你也有资格进县里的学习班了。

一只灰黄色的野兔突然慌慌张张地从我们的面前跑过。

很多人都在弯着腰干活儿，只有极个别的人偷偷地躲在山梁后面挖甘草，割麻黄，然后把挖出来的甘草和割好的麻黄藏到一些灌木丛里，等天黑以后再来取。这些人当中，不乏那种常常因为没有头脑而导致事情败露了的，连东西带人被十拿九稳地堵在灌木丛里，走投无路，插翅难飞。暗红色的灌木丛，棕黄色的灌木丛，葱绿色的灌木丛，无论灌木丛有多么的纷杂，多么的蓬松和茂密，也不能让他们得以逃脱。而且，一旦败露了，就会顺理成章地因小失大，不仅仅是在钱上，在其他别的很多方面所付出的代价即使再埋头挖上十年甘草，割上二十年麻黄，也根本填补不起来。

我看见一些单耳和双耳的灰色的罐子像地雷一样被辛劳的人们从土里起出来。

供销社的门开着，几个土豆一样的孩子坐在外面。

一只公鸡被拴在拖拉机上。

十月革命一声炮响，为我们送来了马克思列宁主义，从此以后，一直处于黑暗中的我们有了一盏指路的明灯。人在什么时候什么情况下最需要安慰？当然应该是在他最困难的时候。我对毛组长说，我没有别的意思，我就是想听听十月革命的声音。毛组长有些生气地说，现在哪里还能听到十月革命的声音，他们早已背叛了列宁同志，红场也早已不再是当年的红场。长流水学校的王生，你也认识吧？情况和你的差不多，但是早就进去了。前不久我又听说，他的手续已经从学习班办到了看守所，这一回，是正式办过去了。以我的估计和看法，几年之内，他别想出来。

我心里一惊，看到梁上已经没有人了。傍晚时分的风像凉飕飕的黑绸子一样裹在人的身上。

我忽然想起了邱亮。

九

“邱亮，这样下去不行啊。”黑民警说。

邱亮低着头，坐在那只小板凳上，看着砖地上的几个小坑，有灰尘积累在那里。眼前的这几块方砖都算不上平，上面都有一些或大或小的坑坑点点，这让他想起了一些脸上有麻子的人。从很小的时候起，他就觉得，无论怎么看，那些人看上去都和正常的人有些不一样。有一次，他们一家人正在吃饭，忽然来了一个脸上有麻子的人，他不愿意看见那个人的那张脸，可是又忍不住，不时地抬起头看一眼，看过后马上又觉得后悔。就那么前后看了好几次，后来终于放下碗出去了。

顺着几块方砖再往前面看，他看到了两只脚，确切一点来说，应该是两只鞋，是那个年轻的白民警的鞋。邱亮的目光落到那双鞋上后终于停了下来，没有继续沿着那双鞋和鞋上面的那两条腿往上看。他知道，不管有没有理，不管对不对，他只要一看到白民警的脸，白民警就准会说他，准会百分之百地说他，而且口气非常不好，从来就没有好过。这样的情形常常迫使他去相当费劲地琢磨一个问题，年纪轻轻的，怎么会这样呢，为什么要这样呢？

这时，他听见白民警对黑民警说：

“我打听了一下，这一段时间以来，人家别的那几个组收获都很大，几乎每天都有新进展，每天都有新突破。只有咱们两人这个组，死水一潭，一点儿成绩也没有。”

黑民警先是没有说话，叹了一口气，后来说：

“那还不知道是怎么闹出来的呢，肯定又是打出来的。不打，他们能闹出成绩来？杨智他们那个组昨天又打了吧？我听见那个人一直在呜呜地哭，哭一会儿，叫唤一会儿。”

“我觉得，”白民警说，“不管用什么办法，只要能撬开他的嘴，搞出成绩来就行。”

黑民警瞥了一眼白民警，没有再说什么。

“老周，”白民警对黑民警说，“咱们两个人是不是对这个家伙有点儿太客气了？客气没错，可是咱们跟他客气，他可不跟咱们客气呀！都这么长时间了，一点儿面子也不给咱们。”

说着话，年轻的白民警忽然呼的一下站了起来，走过来，用他的那双刚刚映入邱亮视线内的穿着皮鞋的脚，狠狠地在邱亮的一只脚上踩了一下。邱亮感到痛极了，不禁叫了一声，那只被踩过的脚马上缩了回去。

“你他妈的，你倒是说说，”白民警对邱亮说。“你这么死不死活不活的，究竟是要干什么？你安的什么心？是不是成心要把我们都耗死，熬死？”

“我不是不想说，我也想说，”邱亮对白民警说。“可我实在不知道该说什么？这些天来，我把我能想到的，能想起来的，都说了，可你们又说那没用。”

“你说的那些废话当然没有用，那根本不是我们想要问的。”白民警对邱亮说。“你知道隔壁别的组是怎么审问的么？把你的狗头塞进灶膛里，然后一遍一遍地踢你，直到你说了为止。上铐子，上背铐，上飞机铐，另外垫空酒瓶子。一般人最多只能承受两个空酒瓶子，他们给他垫三个酒瓶子，四个酒瓶子，你要不要也来一下？”

黑民警对白民警说：“小孟。”

白民警看了黑民警一眼，终于又回到了那把椅子上坐了下来，但坐了没一会儿，很快就又站起来了，又走到邱亮面前。邱亮以为又要用那双铁一样坚硬的皮鞋踩他，立即下意识地把自己的两只脚缩了回去，缩得整个人都快在那只不够一尺长仅有几寸高的小板凳上坐不稳了。但是这一回，白民警并没有出脚踩他，仅仅是对他说：

“我本来不愿意说，可是想来想去又觉得憋得难受。你知道么，就因为你，我最近这段时间误了好多事情，如果只是一些赖事，一些不好的事情，那也就算了，可偏偏都是一些好事……人生能有多少好事……”年轻的白民警忽然停下来不再说了，用力咬着牙，像是感到窒息般地向上扬了一下头。他的脸本来很白，没有一根胡子，但是邱亮忽然发现，在那个年轻的下巴和唇上，不知什么时候竟然也不知不觉地拱出了一些看上去黑森森的东西。

邱亮吓了一跳：那些原本没有的黑森森的东西，是被我折磨出来的么？

接着他又想，他误了的那些好事，不会让我赔吧？

这时，又听见白民警对黑民警说：

“老周，自从把他抓回来以后，我们既没有像别人那样打他，也没有像别人那样骂他，我觉得他够有福气的了，碰上我们两个，他也够命好的了。难道说他两句也不行么？”

黑民警先是愣了一下，随后赶忙说：

“能行，那有啥不行的，你说吧。我还想说他呢。”

但是，年轻的白民警却回到椅子上坐了下来，此后再没有说过一句话，一个字。邱亮想，这孩子是真生气了，生我的气那是肯定的，没准还生黑民警的气呢。

那时候，外面突然传来一个女人的哭喊声；

“不要拉我，放开我！我要向党中央毛主席报告，他整整强奸了我八年，八年哪同志们！”

屋里的几个人都听到了，都抬起头，但谁也没有动。

后来，直到天黑以后，屋里的电灯亮了，年轻的白民警忽然站起来，对坐在炕上的黑民警说：

“我妈今天过生日，我先走一会儿。”

“怎么不早说，那你赶快回去吧。”黑民警说，“别忘了替我向她问好，也向你爸爸问好。”

年轻的白民警嘴里应了一声，推开门出去了。

邱亮看见白民警走了，身上顿时感到轻松了一下。他直起腰，看看外面，又回过头看看坐在炕上的黑民警。后来，他小心翼翼地问道：

“小孟是干部子弟吧？”

黑民警抬起头望着他。

“看你戴个眼镜，瞎眉糊眼的，没想到眼力还不错。”黑民警说，“你说对了，他妈是局长，他爸爸是部长，一家子领导干部。”

“我早就看出来了。”邱亮说，“一看就和我们这些贫苦家庭出来的人不一样。”

“哪不一样？”

“我说不上来，反正是不一样。老周，我说一句话，你不要生气，不仅和我不一样，和你也不一样哩。”

“我们家也穷。我爹五二年就死了，因为一担谷子。”

听见黑民警老周这样说，邱亮有些吃惊地看着他。在屋里昏暗的灯光下，黑民警老周坐在炕上，头上没戴帽子，身上也没穿民警的外衣，而是穿着一件烟色的十分陈旧的粗线的背心，头发花白，完全是一个民间的老头的样子。

“你还是说说你能说得上来的吧。想得怎么样了？”

“我真的什么也想不起来。”

“这不行啊，你觉得这样能交代过去么？”

“老周同志啊，我真的是一点儿办法也没有了，能想起来的都想起来了。”

说完，他又低下头去。就在那时，他听见隔壁有人哎哟了一声，然后就再没有动静了。

他低着头，又等了一会儿，没有听见隔壁的声音再传过来，却忽然听见他自己的心里嗵地响了一声，似乎有一个大铁桶从高处滚落了下来，又像是一个黑乎乎的东西掉到了地上。这以后，有一根长长的软软的虫子一样的东西，从他的坐骨那里开始蠕动，出发，沿着他的脊梁一直往上走，走到肩胛那里以后，忽然停了下来，似乎向四周张望了一阵，然后，再没有通向任何地方，就消失了。

他看着脚下的那几块方砖，有两块他感到应该是新的，明显地和别的那些不一样，还保持着一种最初的灰蓝色，依稀还有一种烟火的气息遗留在上面。渐渐地，他发现上面的那些坑坑点点忽然变得多了起来，有一块上面竟然密密麻麻的，看上去拥挤极了，有的被挤出中心，又从边缘地带流到更远的地方。这以后，他听到有人在嘤嘤地哭，又有人在咝咝地吸溜，像是惋惜，又像是牙痛。又有眉头在紧紧地皱着，有嘴时张时闭，一侧的鼻翼在轻轻地几乎不易觉察地振动，眉毛弯弯曲曲地蜿蜒着过来，上面落满了灰尘。

他抬起头，有些心虚地看了看黑民警老周。他没敢告诉老周，在那些说不清的坑坑点点的中间，他看出来一张脸，那张脸，远在二三十年以前。

这以后，他面朝窗户，开始仔细地谛听，渐渐地，他的脸上浮现出一种孩子般的神情。他觉得自己听到了那时候的雨声，粗大的雨点，正嘭嘭地打在外面的窗户上，窗户很快就被洇湿了。

有一天，黑民警老周带着他那个前一段时间得了肺炎的小女儿来了，邱亮看到小姑娘又蹦又跳的，就知道她的病已经好了，这从老周最近的脸色上也能看出一些来，说话也比过去温和多了。而且，在邱亮最近的印象里，也没有在所说的话里带过一个脏字。邱亮当时还感到很奇怪，但又想不出是为什么，无法说清那是一种什么样的变化。

风吹响了屋顶上的瓦片，像是有人正在上面轻轻地行走，每走一步，那些瓦片就会痛苦地叫一声。

有的叫过后就立即碎了。

邱亮用双手捂着自己的眼睛，这样，别人就会以为他的眼睛被飘扬起来的马尾打酸了，这样，就会为他腾出更多的时间和机会来。天气有些温热，一些花草沉重地生长着，不能说不健康，但有的明显地流露出恹恹的病色。

有人一直在他的视线里匆匆地走着。

他看不清楚，有一种浓稠的又散发着青草气息的感觉告诉他，那应该是他的刘玉芝。但是，又明显地缺少必要的把握和证明，谁说那就是他的刘玉芝？他又这样反问自己，问过之后，果然感到哑口无言，甚至感到一丝淡淡的罪孽。可是，很快又有一个声音在明显地狡辩说，谁说那不是？就是，那就是刘玉芝。

这时，另一个声音说，你就耍赖吧，耍赖谁不会？

他轻轻地笑了一下。他也在心里承认，是有点儿耍赖，是有那么点儿蛮不讲理。

而且，随着时间的推移，他越来越发现，事实上无论是谁，每个人的身上都潜伏和隐藏着那么一种很无赖的东西，叫潜能也许也不合适，反正就是那么一种与生俱来的东西。有的人不无赖，那只是没有碰上合适的机会把它表现出来罢了。而有的人环境不好，各方面也都糟得一塌糊涂，所以总有无数的机会把无赖的那一面展现出来，活生生地暴露给人们看，人们说，某某，那是个无赖。所以，有人一直受人称赞，有人一直遭人唾弃。说到底，还是命的问题，绝对与命有关。命不好，运不通，好的那些东西一直被锁着，永世不得见人，长期露在外面的让人看到的全都是那些不好的。

这样，直到后来，当他的刘玉芝忽然与他近在咫尺的时候，他仍然有些不敢相信，有些拿不准。

刘玉芝看着他，眼睛有些眯，像是被晃得无法睁大。这个眯着眼睛的女人啊。

他说，我都不敢认你了。

刘玉芝说，连我都认不出来了，你不完还等啥。

他解释说，别怨我，我也是没办法。

刘玉芝说，我没有怨你。

他说，别生气，见一面不容易，好不容易见上了，为什么要生气呢？

刘玉芝说，我没有生气呀，谁告诉你说我生气了？

他说，我是一个顶顶认真的人，甚至还包括古板，有时候认真起来，连我自己都讨厌自己。我为什么不敢认你呢？说来你也许不信，我是以你的辫子来作为判断你的标准和参照的，当然，身材也是一个方面，但最主要的还是辫子，还是你扎辫子用的绳子。如果看到辫子是用两截白色的小绳子扎着的，那我就能准确无误地肯定是你，百分之百的，百分之一千的是你，一定是你。反之，要是不是两截白绳子……告诉我，你为什么换成了红的？

有人对我说，白绳子不吉利。

管他们呢，谁想说什么让他们说去，我这不是活得好好的么。不要在乎别人说什么，听拉蛄叫还能不种地么。很多人都有信口胡说的毛病，看见一件事情，就盯住那一件事情往死里说。等转身看见另外一件事情的时候，马上就忘了前一件，又开始使劲地涂抹这一件。

我只是让他们说得心里有点儿虚。

啊，不能虚，千万不能虚。我跟你说，我在这里面什么都不担心，就是担心你会心里发虚，你果然让他们弄得发虚了。无论男人还是女人，只要心里一发虚，就完了。把这两根红绳子解下来，换上白的。

白的我放在家里了。

告诉我，你这是急匆匆地要去哪里?

我去找你。

唉，你找不到我。

这时，他听到一阵嘤嘤咽咽的低泣。

他想看看究竟是谁在哭，于是，他想站起来，但试了半天后，才猛然发现他此前一直就是站着的，并没有坐在哪里。他想了一会儿，不禁产生了一个疑问。

他清晰又真切地感觉到，刚刚产生出来的那个疑问，其形状有一个鸡蛋那么大，而且，产生的情形也正像是一只鸡突然下了一个蛋一样，既千呼万唤，来之不易，又随随便便，太过于潦草。现在，他听到那个圆溜溜的东西正在他的脑子里，正在一片辽阔的原野上飞快地悠来悠去，像是一颗流星，不时地发出阵阵声音，看不见它的上面还有别的东西，但分明又有一根绳子在牵着它，绳子的另一头掌握在一只看不见的手里。他看了一会儿，然后不无担心地想道，一旦要是脱手，很难说最终它将要落到哪里，后果不堪设想。

那时候，正从一片明亮的水边经过，有马在远处站着，水车转得很慢，两个踩水车的女人在低声说话，两个木头轮子被水浸得乌黑发亮。他边走边看，同时又在想道，这么一个水草丰美的地方，这是哪里呢?后来，他无意中朝水里瞥了一眼，看到自己一副标准的寒酸相，不禁难过得擦起泪来。

可是，不久以后，他又看见黑民警老周一个人孤零零地坐在那里苦思冥想，一支接一支地抽着烟。他想，原来不只是我，还有人也像我一样难过哩。这样一想过之后，他自己反倒不怎么感到难过了，心里也比刚才轻松了好多。他朝四周一带看了看，却没有看见那位年轻的白民警。这以后，他放慢脚步，轻轻地朝黑民警坐着的地方走过去。

他说，老周。

黑民警把烟从嘴上拿开，看了他一下，大约有一分钟的样子，很快又将视线像一条空寂无人的街道一样移到了别处。至于移到了哪里，他感到自己也说不上来。

停了一会儿，他又问，怎么没看见小孟呢？小孟到哪儿去了？

黑民警说，走了，调到别的组去了。

为什么？

年轻人要求上进，想早一天立功，受到表扬，可在我们这个组，他觉得很难等到那一天。

听见黑民警老周这样说，他刚想坐下，却又很快站了起来，但也并没有完全站直了。

这是为什么呢？他问。

黑民警老周对他说，还问呢，还不是因为你？小孟调到别的组去，完全是你一手造成的。

他说，我？我造成的？

黑民警说，当然，这事我也有责任，不过主要还是在你那里。你想想看，无论我们问你什么，你都说不知道，无论我们让你想什么，你也都说想不起来。你说，你这样做，还算个人么？我有耐心和你磨，小孟可没有那样的耐心，他觉得照这样下去，别说立功根本没有希望，能不挨批评，不受处分，就算不错了。

透过有些朦胧的窗户，他看到了外面死灰色的天空。

好像是一个寂静的午后，也是这样的天色，他一个人站在家门口。

没有人声，也没有别的声音，空中有一些细小的东西在飘舞，像是柳絮，但他认为那不是柳絮。他在心里对自己说，不是柳絮，肯定不是。那时候他的眼前浮现出一幅画面，仿佛有无数的女人都坐在河边，坐在一些窗户的下面，在拆洗被褥，纷纷扬扬的棉絮从她们的身边慢慢地飘起。

好像也是这样的一个寂静的午后，但已经不知不觉地过去了一大半了，天色也正在由灰变暗，开始越来越黑。他看够了那死灰的天空，转身回到屋里。不久，生着了火，看到火光在又蹦又跳，欢欣鼓舞，并不断地变幻出各种形状，有时像陡峭的悬崖，一会儿又变成一丛一丛的花草。又听到那夏日雨前的雷声轰隆隆地在远处响着。

锅里的水气弥漫起来以后，他重新出现在那种水蒙蒙的白雾里，他像一个善于变戏法的江湖骗子一样，从空空的手里忽然变出一个用白布缝成的小口袋，一个看上去最多只能装下三五斤粮食的小口袋。他注视着锅里的水，感觉中像是在注视着记忆里的一片明亮的水面，然后打开那个小口袋，从里面抓出两把米撒进锅里。停下来，想了一下，后来又抓出一把，放进锅里。这以后，他用一根细绳子把口子扎好。

转眼之间，那个小口袋很快又被他变没了。

他从那片水蒙蒙的白雾里走出来，这时候，他听到街门噔噔地响了起来。

……

他猛然站起来，感到头晕了一下。

他来到炕前，看到黑民警老周歪在他的那堆行李上好像睡着了，一缕口水挂在他的嘴边。于是，他抓住黑民警老周的一条胳膊，用力地摇晃他。

“老周，醒醒，”他说，“快醒一醒。”

“老周，是我，快醒一醒。”他的脸上竟像女人一样泛出了潮红。

老周醒了。

“老周，快去把小孟叫回来吧。”他说。

“为什么？”

“我把，十八年前的那场鹅毛大雪，想出来了。”

二〇〇四年三月七日

多么熟悉的声音

十年前，中秋刚刚过去不久，在那些既有袭人的寒意又布满了霜露的晚上，他独自一人坐在房前的花圃附近，一坐就是很久。寒意常常挥之不去，远比他身上的毯子更难对付，但多数的时候会因他的出神而变得无足轻重，甚至完全不复存在。那时候他还没有发现自己已经变老，还时常自以为自己尚在中年徘徊。当满天的星星全部出来以后，他抬起头仰望它们，它们似乎也正在一眨一眨地从上面瞧着他。“就这样互相瞧吧。”他想，“最好谁也别嫌弃谁。”说起来，这样的日子持续的时间并不算长，真正没有几天，但他却由此迷恋上了这种从未有过的生活方式；而与此同时，多年来早已形成的那一套生活规律和习惯都被他在一夜之间——最多是连续几个晚上以后——完全忘记了。他多少感到自己有点儿像一个孩子，仿佛随着家庭的迁徙而突然来到一个完全陌生的地方，初来乍到，一切都是新的，从未见过的。虽然花圃里到底有多少种类的植物，甚至它们的名字，他至今也没有搞清楚，但它们的颜色和姿态，他却是再熟悉不过的了。那些怒放不已的、咄咄逼人的时常散发出一种肉欲横流的妖媚气息，诱使人在它们的边上停下来，慢慢地俯下身去。这情景常使他感到愤怒。由此，他发现了一个不成文但却是实实在在的规律，只有那些最肥厚最鲜艳的花才会真正怒放、盛开，而那些瘦弱的小黄花从来就根本谈不上什么怒放，不过是悄悄地、寂寞地开一开罢了，仿佛一个胆怯的人，即使在表述自己的意见的时候，即使自己的那意见十二分正确的时候，嘴唇也只是轻轻地不易被人察觉地翕动几下。那也算是表达么？也许更应该说是长久以来的一种忧郁。回头再看那些像瑰艳的红唇一样饱含了欲望的花瓣，他想起了小娜，多年来她一直都在精力长盛不衰地怒放；仅仅怒放还嫌不够，有时还要让自己真正变得婀娜无力，风情舒卷，这样做的直接结果和间接结果最终都会导致别人怜香惜玉。他在花簇前扪心自问，辗转良久，这样评价她，他觉得丝毫不过分。

那些含苞未放的，有时又像小黄花一样舒展不开的，常常让他想起梅梅。在他的记忆里，梅梅就是那样的一个人。

在时光向深秋渐渐滑动的那些夜晚里，他独自一人枯坐的最终结果是酿成了一枚苦果，使他诞生了他有生以来的唯一的一篇文章。他用他仅有的那点知识尽可能详尽地做了修饰和润色，除了袒露出自己的那种思索多年而又非常直截了当的态度之外，他能做的也就是剩下这些了。文章的题目在过后不久便很快地被他忘记了，但全部的内容被他像凝结伤痕一样凝结成一句话，让他终生铭记，永远难忘；无论任何时候，只要一经触摸，便会从心里感到发苦。浓缩的大意是，百分之九十九的家庭都在装模作样、煞有介事地瞎凑合；这其中，装模作样是必不可少的，煞有介事也是必不可少的，都是用来遮掩真相的最主要的手段和方式，表面看上去成双结对，双飞双栖，喜气洋洋。这就是他想要说的。最初有一段时间，他对此很是满足和得意，他甚至觉得他来到这个世上似乎就是为了说这句话的，就是为了把这句话通过他的口亲自说出来，那也好像成了他此生唯一的目的和使命。话说完以后，使命也就像完成了，他也就没什么事了，仿佛了却了最后一桩心愿。

时间过去不久，他的两个朋友找到了他。那是一对夫妻，他们是借旅行的机会顺路来的，明白一点说，他们看到了他的那篇文章，愤怒和不满，或许还有某种说不清道不明的替别人背黑锅的冤屈，代替了本应有的热情和惊喜，多年的友情被一句血痴似的话大大地打了折扣。不为这个，他们也许还不会来呢。下车伊始，一见面，他们顾不上旅途的劳累和风尘，就当面质问他凭什么说我们装模作样、煞有介事？我们装模作样、煞有介事了吗？我们从来没有装模作样、煞有介事过，是的！又说，你又没有在我们的中间生活过，更不是我们两个人当中的任何一个，你怎么知道我们是在瞎凑合？你怎么可以那样说？事实上，我们从来没有瞎凑合过一天，不是吗？鞋大鞋小，只有脚知道，你知道什么？

他从心里不得不承认，他后面的那句话还是很有道理的，于是，他解释道，我说的是百分之九十九，我并没有说是百分之百，百分之百就都那样。那位聪明的至今仍风韵犹存的妻子眼前豁然一亮，赶忙对她的丈夫说，我明白他的意思了，我们大概不在那百分之九十九中，我们很有可能在那剩下的百分之一里面。又问他，是不是这样啊，我的老朋友？他急忙点点头，表示认可，又有些惶惑地看着他们各人身上的那种旅行者的装束。做丈夫的那一位出现了一阵短暂的沉默，过了一会儿，他有些自言自语地说，这好像是战争或灾荒期间按人头发放实物，来了就有，不来就什么也没有。这是我们来了，幸好我们来了，我们要是不来呢？说不定还得把我们划到那百分之九十九里面去。接下来，他更多地把话题引向别处，大多数是从前的往事，但直到吃饭的时候，他们来时就有的那种情绪也没有完全平息下来。他们一边气呼呼地端起酒杯，看着桌子上的东西，一边还在努力地为自己洗清冤屈，甚至罪孽。做丈夫的那位边吃边对他说，其实我不说，你也应该知道，这么多年了，我们是多么好的一对夫妻，我们从来没有出现过什么麻烦，多少人看见我们都羡慕得要死。我们亲密无间，别说有人想插一只脚进去，就是想插一根绣花针进去也是休想，根本不可能的。是的，是的。他在一旁不住地点头，每点一下头，都是一次圆满的结束或一次美好的开始。他看看那位漂亮的妻子，在他们的目光相遇的那一刹那，她的脸飞快地红了一下，美丽的红晕倏忽即逝。曾几何时，在一个八月的黄昏，在雨雾和树叶的清香混合的气息里，他的亲吻曾使她气喘吁吁，醉眼迷离，魂飞魄散，傻话不断……

过去的事了。

冬天来到的时候，妇女联合会开始不断来找他的麻烦，也是因为他的那篇文章。现在他终于开始觉得它像一枚苦果了，也因为他时常感到自己的嘴里发苦。对于一个像他这样年纪的人来说，能够说出那样的话，总结出那样的一个道理，她们确实感到既气愤又不可思议。联合会里的几个女部长像过去年代里的那种能说会道，腿脚勤快的媒婆一样，走马灯似的不断找上门来，一次又一次地做他的工作，说要好好帮助帮助他。她们对他说，你要是一个二十来岁的年轻人，这事我们也就不想出面插手，也就不管了，为什么呢？因为你还年轻，幼稚，无知，不懂事，说一些过头的话，做一些无原则的事，也是完全正常的，我们可以理解的。问题是你现在早已经过了那样的时期，说得难听一点，生命已经到了尽头，已经夕阳西下了，却突然说出这样的话，我们就不能不过问一下了，因为这很危险，因为这不是从一个傻瓜似的年轻人的嘴里说出来的，而是从一个已经活了一辈子的老人的嘴里说出来的，这非常的不一样，这会给那些正在人生的十字路口上徘徊不定的人以极大误导，使他们更加迷途难返，错上加错。他们会以为这是人生的经验总结，甚至以为是真理。（当然是经验，同时也是真理，千真万确，颠扑不破的真理。他想了一下，但没有当着她们的面说出来。）这样一来，后患无穷，会有多少个家庭突然陷入一种从未有过的反省之中？那样的反省是非常尖锐而可怕的，后果不堪设想，其严重的程度也许超过任何一种意义上的检查，许多的问题也都会因此而从根本上发生动摇，甚至全面崩溃。家庭的和平就是世界的和平，反之亦然。她们带来一些有关妇女解放运动和社会动荡不安的材料及图片，她们甚至劝他悔过，因为以他这样的年纪，他实在不应该那样说。他在她们软硬兼施下忍受了好久，后来，他突然拍响了桌子，大声地问她们：

“我为什么就不能那样说，啊？难道那不是事实吗？为什么非得把一切都遮掩起来才行？”

显然是由于没有任何的准备和提防，一位身材矮小的女干部被他的高声吓得突然向后面倒退了几步，但这样的时刻并没有持续多久，待她愣了片刻，重新调整好自己的思绪和精神后，她立即就向他发动了攻势。她像一只身体结实的半大母鸡一样向他冲过来，用手指着他，说道：

“你想干什么，啊？你这个老同志！你这个老头！你这个不可理喻的老头！难道还想把我一口吃掉吗？”

他惊异于从眼前这具矮小的身躯里竟会迸发出那样一种让他感到吃惊的力量，与她的身体的比例恰好相反。他把一只手放到眼睛上面，看着她，这个身材矮小的女人，说话果断，满脸政治气氛。这样的女人，他在以前并不是没有见过，也不是没有打过交道，只是从来没有像今天这样认真地留意过。刚才，在她向后面倒退的时候，他从她裙子的开衩部分看到从里面露出一截玫红色的衬裙，那一瞬间，他感到自己的嘴里又在发苦。真他妈的恶心呀！他有些厌恶地闭了一下眼睛。他想起了他的小娜、梅梅、甚至紫英……与她们相比，眼前的这位，她哪一个都不如。只可惜，如今，故人大都不在了。

“咱们走吧，这个人看来是没治了。”他听到联合会里的一名女干部这样在说。

“朽木。”他又听到一个近乎耳语的词。

最后，那位与他吵过架的，身材矮小，满脸政治气氛的女干部也同意走了。临出门时，她对他说：“好好想想吧。”她的口气全变了，完全看不出一点儿生过气的痕迹，分明是要让他感受到一种来自组织和女性本身的双重关怀，好在他也及时地感受到了，他们还不可思议地握了一下手。她们说，年纪大了，就应该在家里享享清福，该想的想，不该想的就坚决不要去想，连碰一下都不要去碰。再说，一个人想什么不行，非得去想那些。

她们真的走了，也许以后还会再次光临，也许从此以后就真的不再来了。

“听着，我们可不是来给你说媒的，我们是来谈正经事的。“

他想起她们第一次登门时说的话，不禁笑了起来。他想，他之所以保留了百分之一，完全是因为迄今为止他还没有弄清楚那百分之一究竟是怎么回事，他还没有最后想明白。他也不知道自己究竟什么时候才能够把那些问题彻底想明白。

“你来吧。”最近他这样写信给我。他告诉我说，他那里有很多的材料，都是历年来一点一点地积攒下来的，有的像蛛网或灰尘，有的像时光，大多数都与生活本身有关。他说，拣有用的你挑一挑，剩下的我就烧掉了，从此以后，我在这个世上也就再也没有什么事了。

我去了。他正坐在一只椅子里给自己剪指甲，但远远地看上去，他好像在吃什么东西。我对他的那双曾经十分粗大的手感到惊讶，现在，当它们伸出来的时候，如同鹤鸟的爪子。我奇怪的是，一个人的手可以变得很细，很瘦，但不知是如何变小的，像是缩了水的衣服。他光着两只脚，先在椅子下面的草上晃来晃去，后来可能是草尖使他的脚掌感到发痒，他把脚抬了起来，放到椅子前面的边上。他转动脖子，向四周看了一会儿，然后对我说：

“你知道，小娜不喜欢我这样坐着，她最反对这种姿势，只要让她看见，她就要说我。”

我看着他。严格地说，我不知道。他说的这些细节我一点儿也不知道，完全不清楚。

“她呀，说别人总是很容易，她自己也有那样的时候，但她从来不觉得。”他说，“也是常常坐着坐着就忘记了自己的姿势，忘了跟前还有什么人，两条大腿不知不觉就分开了。你能说一个分开大腿坐在那里的女人很典雅吗？我看不行。”

“是的，总的看来，好像有些不太好。”

“分开就分开吧，要是在自己家里，又没有外人，那也没有什么，也不失为一种放松。喜欢发现别人的毛病，好像是她的一种与生俱来的天性，你可知道，多年来我一直都在与那种东西做斗争，不是试图做，而是一直都在坚持做，而且我也是认真的，他们谁也不敢说我不认真。可是，我遇到的是她，一个那样的人。”

“什么样的人？”

“是这样，她从来都认为自己美得不得了，一直都这么认为，认为天底下没有人能与她匹配。”

“她说的与她匹配的人，是指男人还是女人？”

“有一回，我总算把她逮住了。”

“逮住？”

“是的，当时我正站在她的旁边，在拆一封信。信是我的一位表弟写来的，他们烧制瓷器，封好窑以后，发现一个搬运坯子的工人不见了，很多人认为他被关到里面去了，没有来得及跑出来。她又是分开腿半躺在那里的。看过那封糟糕透了的信以后，回过头，我看见她的几根毛像一种有生命的东西一样从她的内裤边上爬出来，正在她的腿上伸缩，蠕动，打卷儿。于是，我来到她的脸前，突然对她大喊一声……是的，她被吓醒了，那些仿佛有生命的东西也像受到了同样的惊吓一样，立刻就都不见了，都重新缩回去了。她不知道发生了什么事，呆头呆脑地坐在那里，平常的那种聪明劲不知都到哪里去了。哈哈，我差一点儿把自己高兴死。”

某些已经过去了的往事使他感到开心，并使他爆发出一种与他的身体和年龄都极不相称的十分爽朗的笑声，连他的身体也在椅子里微微地颤抖起来，一只手碰到了旁边的桌子上。我注意了一下他的那只手，现在已经很难看出它曾经多年拿过枪，杀死过无数的敌人了，它放在那里，毫无生气，常常是长时间的寂静无声的，仿佛是炎热夏季里的一只孤独的手套。

透过院子边上的护栏，能看到外面那条小街上的行人和车辆，常有人用充满好奇和嫉恨的目光隔着护栏向里面观望一下，用辱骂或沉默对住在里面的人表示深深的不满和某种难以言说的愤慨。“这里面还有花园呢！不知住着一些什么玩意儿？”他常听到有人从外面经过时这样说。这是花园吗？他用一种不太高的声音问我，仿佛从一开始就没有打算让谁听见。还未等我做出回答，他又自己告诉自己似的说，充其量也只能算是一畦菜地，不过如此。按照常理，花园里应该有迷人的盛景，万紫千红，至少也应该有令人眩晕和赏心悦目的花，还有那些像花一样千娇百媚的女人，但他现在已经看不到那些了，他的那种眼神告诉我，现在每天呈现在他眼里的，只有那些结着尘埃的蛛网和满地的枯枝败叶。

“活着已经没有什么意思了。”他对我说，“特别是当你心爱的人已经不在了的时候，一分一秒都非常难熬。”

“那也还得活着。”

“那也能叫活着？苟且偷生罢了。”他有些冷漠地看了我一眼。说这种话的人，心还没有死，总还在希望着什么。会有什么呢？到头来他们才会发现，苦苦地等了很久，原来什么也没有，什么也没有等到，还不如某些时候的一个梦来得痛快。一塌糊涂啊！多少人活得一塌糊涂，死不瞑目。

没有风。坐在走廊前面的这张椅子上，能看到对面不远处一所中学里的一面旗帜软软地垂挂在那里。很久没有下过雨，许多的叶子都卷曲起来，有的完全包裹成另外一种形状，看上去像一些一动不动的正在熟睡或已经死去的虫子。距此三十年前的一个闷热的午后，他正在窗前发呆，期望一场大雨的到来。就在那个时候，几个满头大汗的孩子敲开了他家的门，他们眼神中流露出来的那种不加掩饰的急切和狂热使他预感到一种不祥之兆正在从这个闷热的午后开始悄悄地逼近。他们知道他曾经是一名军官，现在可能还是，就算已经不是了，也不能证明他不会打仗。他们恳切地希望他能到对面那所中学的围墙外面去帮帮他们的忙，帮他们指挥一下。一个星期以来，他们一直都在奉命攻打眼前这所固若金汤的中学，但始终未能奏效，久攻不下：上面连连督促，命令他们尽快摧毁这个地方。

“我跟他们去了。”他说，“为什么不去？我每天在家里闲着，穷极无聊。我什么也没带，只带了一个我使用多年的望远镜，在那里观察了一下周围一带的地形，很快便发现了问题的症结所在，原来情况并不像那些孩子们说的那样复杂。随后，我开始指挥他们的行动。你相信么，只有五分钟，只用了五分钟就拿下来了。”

现在，他抬起头看着对面中学的那幢楼，那上面可能有一个用金属做成的什么东西，此刻正发出一种异常刺眼的光芒，他不得不把一只手放到眼睛上面。

“坚守在那里面的也是些孩子，都是些学生娃娃。”他说。他的神情变得无比沮丧，整个人仿佛被对面楼上的那种耀眼的光芒给摧垮了。“一群孩子哪里会懂什么叫战略战术！无论他们的热情有多高，信念有多坚定，也总不能比日本人和国民党更难对付。”

那天，闷热的天气使每个人都变得烦躁不安，行为异常，很多人都觉得那短短的一个下午十分难熬，加起来仿佛有一个星期那么长，甚至还要更漫长一些。

到晚上的时候，他们终于盼来一场雨。

在他还没有任何反应的时候，他听到一个声音在喊：“下雨了！雨下起来了！……”一开始他以为是有人在恶作剧。那时候午后的那阵枪声还在他的耳边回响，一块块的青砖在他的视线内被打得粉碎。他看到旗帜刚刚倒下去，很快又竖了起来，美中不足的是，因为没有风，它无法英勇地飘扬起来，这在很大程度上很难给人以鼓舞和力量。“同志，这里太危险，请到后街上的人民饭店或米店里先躲一躲！你只需要发发命令就行了，其余的由我们来做。”“胡说！老子什么时候临阵躲避过！”一群胳膊乱七八糟地朝他伸过来，他的手被拖住，腰被抱住了，连挂在胸前的望远镜也被夺了下来。“混蛋，放开我！快放开我，你们这些不懂事的混蛋！第一小分队和第四小分队有消息没有？什么？已经把粮站和新华书店都占领了？很好！……要搞个通报，给他们嘉奖。”

当那些钱币大小的雨点啪啪地纷纷落到走廊前面的青石甬道上时，他先是被吓了一跳，几乎没有看清那是些什么。不久以后，所有的花和树枝都在风中突然摇晃起来，很多的窗户也在砰砰地乱响。

那时候，他总算是意识到天开始下雨了。雨正在下……他从站了半天的窗户前离开，来到门外，十分清晰地闻到那种夹带树木和土腥味的雨的气息，他几乎有些不敢相信自己的感觉和眼前所见到的一切。

晚上，她揭下手臂前面的一片膏药，准备洗手的时候，又看了一眼早年上学的时候刺在手臂上的那三个字：林小娜。她有些痛苦而又烦躁地摇了摇头，一边洗手，一边对自己说：我们做姑娘的那阵子真是傻死了，怎么会想到要把自己的名字刺在自己的手臂上呢？是怕别人不知道么，还是怕自己想不起自己叫什么，时刻提醒着？真是鬼使神差，匪夷所思！当初饱受了钻心的疼痛不说，现在开始像一道不光彩的伤痕一样时常让她感到难堪，最起码也是不体面的，她不得不像护短一样时常遮掩起来。最容易的也最省事的办法就是用一片膏药将它完全盖住，别人问起时，她一般的回答是扭伤了手臂，医生命令贴上去的，不贴不行啊，不贴恢复得更慢。这样的办法行之有效，屡试不爽，不但轻易就遮了丑，往往还博得某种怜爱和关怀。直到深夜上床就寝时，她才会将那块整整捂了一天的膏药揭下来，狠狠地甩到一边。看着那块被捂得越来越白越来越细嫩的皮肤，她有时禁不住想哭。经过时光的流逝，当初用蓝颜色刺上去的那三个字，如今以一种铜绿的颜色呈现在她的眼前，除了中间的那个“小”字略显模糊外，另外的两个字依然清晰如初，甚至变得更加稳健而坚实，充满了历史感，仿佛要永葆青春，世代相传。

这几个要命的字哟！洗干净手以后，她又找出一片新的膏药重新贴上去。她是多么的讨厌那种气味啊，但又时刻离不得，不得不依赖它，一切也似乎全仰仗它了。她不愿意让任何人看那三个铜绿色的字，尤其在今天，它们明显地标志着一种落伍，甚至蒙昧，没有人会将它与闺秀或淑女联系起来，这是最要命的。

她对着镜子，往脸上扑了一点粉，之后叫道：

“紫英，我的皮鞋擦过了没有？”

不知什么原因，身体壮实的紫英是慌慌张张地从外面跑进来的，一进来就说：

“这时候还敢穿皮鞋？街上不是已经不让穿了吗？穿皮鞋出去会很危险的。”

“那说的是白天。”她说，“现在是晚上，天已经黑了。快去给我拿来。”

“要穿哪一双呢？高跟的，还是半高跟的？”

“当然是高跟的。”

紫英出去拿鞋去了。她望着那个远去的背影，不知从什么时候开始，她一看见这个胸脯过于丰满的女人，就不由得感到头疼、眩晕……或许还有某种身体方面的嫉恨，或许是出于隐秘，她不便说，也无法说出口。

“来了。”紫英拎着鞋走进来。鞋擦得乌黑锃亮，无可挑剔，她刚要夸奖几句，但忽然从紫英的领口下面看到了她那对硕大而坚挺的乳房，此刻它们正随着她弯腰的动作而在有力地跳跃、耸动……眼前的情形不能不使她感到眩晕，近而觉得昏厥。在紫英的帮助下，她换好了鞋，一下子觉得又有了精神，比站在她身边的这个女人高大了许多。

“告诉过你多少遍了，你总是记不住，总是当耳旁风。”她说，“女人，最要紧的就是要把自己的那两个不听话的东西管理好，一定要管理好。管着还时常不听话呢，不管更不知要怎么样呢。”

“对不起！”

紫英的脸变得通红，她低下头，下意识地用手去摸自己的扣子。不安地说：

“我刚才在房里换衣服，换完后就忘了。”

“好啦，以后记住就行了。”她说，“不要动不动就露出来，动不动就让它跑出来，一定要管好。”

“我记住了。”

“他在干什么？”

“我去倒水的那时候，看见他正在走廊外面的那棵树下练剑，我放了一壶茶在那里。”

“是那把木剑吗？”

“是的。”

“这会儿他还在练吗？”

“不练了。我刚才去拿鞋的时候，从走廊里经过，没有看见他，他已经不在那里了。”

“你觉得他现在可能在哪里？”

“现在……恐怕又在打瞌睡呢。”

“打瞌睡？很好，让他打吧，不要惊动他。”

临出门时，她忽然又停下来，认真地看着她说：

“要穿那种长袖的衬衫，不要穿短袖的……还有那些扣子，它们可并不是衣服上的摆设，它们是有用的。”

“我记住了。”

一到夏天的时候，这些房子里就到处都充满了各种各样的回声。晚上，水一样的灯光从屋里倾泻出来，常能看到有人的影子映在墙上，有时奔跑，有时疾走如飞，有时停下来观望，有时就那么长久地一动不动地贴在墙上，随着灯光的强弱而变化，忽明忽暗，时远时近。灯灭了以后，就什么都没有了，只剩下簌簌沙沙的风吹树木的声音。灯光重新亮起来以后，很快又看到有人还在墙上贴着。

在那些阴湿的角落里，生长了许多苍白而摇摇晃晃的蘑菇，一有风吹来，它们就纷纷点头或摇头。

回来的时候，已经很晚了，她没有惊动任何人。高跟鞋清脆的声音轻轻地回响在碎石甬道上，使她的脸上一阵阵发热。或许还有难以褪尽的红晕，但黑暗帮了它们的忙。她听到树叶在沙沙地互相摩擦，像是一阵窃窃的私语，像是在相互察看对方的伤痕。天空里有星星、有云，云是蓝色的，有着沙丘和丝绸般的质感。

来到走廊上以后，她脱去高跟鞋，换上一双软底的鞋。当脚下变得柔软轻松以后，她的心也随着开始渐渐地平静下来。她像一个了无牵挂的人一样慢慢地走着，在廊柱附近转弯的时候，她甚至觉得自己轻松得快要飘起来了。

就在那时候，她忽然听到一个声音在说：

“……是你吗？你在哪里？我看不见你。”

接着，她又听到另一个似乎十分遥远的声音说：

“你别过来！我不想给自己找麻烦，谁也不知道她……”

“瞧你，又说傻话了，别那么丧气，别那么没信心。刚才，我们已经白白地浪费了那么多的时间。就算她是一只老虎或豹子，你难道就不能把自己锻炼成一位机智勇敢的猎人吗?”

“哎哟，我怎么能……”

“怎么不能？你当然能。你，我，或许还有谁，我们经常都应该记住这样一句话——”

“嗯?”

“一切反动派都是纸老虎!”

“反动派?”

“是的。还有，‘凡是反动的东西，你不打，它就不倒。’这就告诉我们需要斗争，因为斗争往往是非常必要的，只有通过斗争，才能生存，才能发展。‘与天斗，其乐无穷；与地斗，其乐无穷。’这是多么无畏的一种精神！我看还应该加上一句：与人斗，其乐无穷。”

她停下来，让自己的身体靠在墙上，向四处张望，努力辨别着声音传来的方向。那时，她感到由晚间的疲劳带来的倦意正在远远地向她袭来。

过了一会儿，她又听到先前的那声音：

“就算她是一只老字号、老资格的醋坛子，我们也到了该把它打碎的时候了。我们一定要想办法把它打碎，我们一定能够把它打碎!”

“她很快就要回来了，我好像已经听见了她的声音了。你听，她好像正在上楼。”

“我什么也没有听见，我只听见你的心正在咚咚地跳。是的，它在跳，这是多美妙的声音!”

“不要再听了……”

“她是盛妆出去的，说不定她这会儿也正在哪里疯呢。啊，是的，一定是那么回事。”

“哎哟！我得回去了，我得找一件长袖的衣服给自己换上……哎哟……”

“什么长袖短袖的！一切的袖子都是多余的束缚，让所有的那些袖子都见鬼去吧，我们根本不需要。”

有一天，是个假日，也恰好正逢她的生日，他们邀请了几对夫妻，都是他们的朋友，来家里吃饭。喝茶的时候，他不知什么缘故将一个杯子从桌子上滚了下去。杯子落在草地上并没有摔碎，但是却在他弯腰捡的时候，在椅子上突然碰碎了。看着残留在手里的碎片和渣子，他无可奈何地摇摇头，事情虽然像一条突然出现在眼前的歧路，但又似乎早在他的预料之中，仿佛他从很早起就一直在期待着那种声音。

那时候，她正在与坐在她旁边的一对夫妇低声说着什么，三个人的表情都很严肃，杯子在椅子上发出响声的那一刹那，他们都停了下来，一齐望着他。

她满面春风地看着他，对他说：

“有朝一日，你不会把我也打碎了吧？”

坐在她旁边的那个叫徐丽影的女人也笑着说：

“最好今天先别打碎，今天是她的生日。”

那时候他还弯着腰，没有坐起来，一只胳膊垂在下面，手里捏着碎玻璃，保持着一种十分难受的姿势，一片很重的阴影从他的脸上慢慢地划过。他飞快而省时地笑了一下，但那更像是一种痛苦的抽搐，仿佛在证明他的喉咙正噎满了什么东西。

过了片刻，他对她说：

“你又不是一只杯子，怎么会被打碎？”

“所有杯子、盘子、坛子一类的东西，都有可能被打碎。”她依然像先前那样笑着说道，她的笑容看上去是那样的灿烂而又妩媚，在几位女宾中更显得神采照人。

他有些茫然地看着她，不知道她在说什么。然而，客人们对他们夫妻之间的这种调笑充满了兴趣，甚至不无艳羡；与其说那是一种看似简单的调笑，毋宁说更像是生活的润滑剂，家庭，尤其是夫妻之间，也许太需要这样的东西了，没有这些，两个人的关系不知会有多么艰涩，不知会有多么的老牛破车，崎岖，无聊，了无生机，相看两厌。

过了一会儿，紫英来收拾那个打碎的杯子。

“这就是我们的紫英。”她向客人们介绍说，“你们看她，要是稍加调理，骑在马上，像不像一位英姿飒爽的骑士和猎手？”

有人在点头，表示赞同。正在弯腰收拾玻璃渣子的紫英突然发出一声低促的呻吟。好几个人注意到她的手破了，又看到她像一位遇事沉着、见怪不惊的外科大夫一样将一块扎进肉里的碎玻璃毫不犹豫地拔了出来。不久以后，她带着那些捡起来的亮晶晶的渣子，捂着自己的手走了。

“她总是这样紧紧张张的。”看着那个远去的背影，她对客人们说，“有时候慌得好像天塌了一样。”

说到这里，她把目光转向他，问他：

“我不知道她到底慌什么，你知道吗？”

那时候他的嘴里正含着一口茶，他又像不久前那样看着她，半天没有声音，说不出话来。

……

晚上，她听到有人这样说：

“她说那些是什么意思？我浑身上下有哪一点儿像骑士或猎手？分明是在敲山震虎。”

那声音将她突然惊醒了。她睁开眼，看了看黑暗的屋里，又看到时间刚过午夜。

过了好一会儿她才明白，原来是一个梦。

夏日金色的浮云正在渐渐地被瓦解、吹散，变得越来越稀疏，有些地方如同被犁过的土地。

“再喝一点儿吧。”他说。

我真担心他握不住那个杯子，他的五根手指分散得很厉害，而且都分别指向不同的方向，要想将它们整整齐齐地聚拢到一起，显然不是一件容易的事情。齐头并进看来是不行了，怎么说也是不行了。

“我改变了不少。”他说，“很多人也都变了。而所有这些变化都是在不知不觉中完成的。就是说，你并没有意识到你在变，但到头来你的确是变了。这种东西不像感冒，在事发之前和之中都没有任何的症状，既不发烧、咳嗽，又不脸红、无力，因而你根本察觉不到。”

“十年前是一个样子，十年后又是一个样子。二三十年过去后，又是另外一种样子。”

“你说的那种距离太大了。事实上，以半年，一个月，一周为期限，都不为过。人时刻都在变。有时候，一天，一个小时，甚至几分钟，都有可能成为一个人的分水岭。”

他几乎是在抢着说这些更像是经过深思熟虑的话，说完之后，大松了一口气，面庞微微有些涨红。我看着他，想起一个如鲠在喉的问题。

“小娜很爱你吗？曾经，或者一直……”

“谈不上什么‘很’，这个字对于我们来说，任何时候都总是显得过于巨大、过于奢华，没有几个人能承受得了。我告诉你，从一开始就不爱。开头我是不知道，一直生活在错觉里；等后来明白了，为了面子，又不能说出口，只能苦在心里了。”

“是什么时候发现的？”

“当然，要说是一丝一毫也没有，那也是不可能的。我想了一下，几十年下来，可能加起来有几十分钟是真实的。”

“是慢慢发现的呢，还是猛然通过一件什么事情才发现的？”

他看着远处，仿佛没有听见我的话。护栏外面，一个人正在弯腰捡废纸。一个姑娘坐在车座后面，将自己的脸紧紧地贴在骑车的小伙子的背上。他扬了一下手，打了一个比喻说道：“看那一对幸福的小鸟。”

等我看时，那一对幸福的小鸟已经不见了。

过了一会儿，他对我说：

“梅梅来了以后，曾经给这里带来一线生机，可惜也好景不长。”

午后，在闷热的空气中，她被一种不知从何而来的悲凉的情绪主宰着，这是她没有及时地感到闷热感到烦躁的一个主要的原因。很多人都在期盼着一场雨的到来，眼里全是充满忧愁的积雨云，心中默念着一些与雨水有关的词。有些更可怜的人甚至完全忘记了雨的模样和从空中落到地上的声音。什么是雨？下雨是怎么一回事？

她揭去手臂上的那片膏药，说心里话，只有那一小块时常被遮遮掩掩的地方让她感到闷热无比，烦躁不安。以前每逢下雨的时候，她总是站在走廊边上，把手臂伸出去看，让雨水直接冲刷那三个铜绿颜色的字。有一次，他正巧从走廊里经过，看到她那样，他边走边说：

“荒唐！胡闹！”

事实也确实如此，那完全无济于事，等于是自己与自己开玩笑，自娱自乐罢了。但尽管如此，当雨水无休止地落在她的手臂上时，她的皮肤还是获得了一种痛快淋漓的感觉。她的感觉是，仿佛在认真地一丝不苟地清理往事，仿佛在放弃什么，又在重新确立什么。别人认为她是在胡闹，就让他那样认为好了，她自己从不那样认为。什么叫胡闹？多数的时候，是因为没有目的才胡闹，而她心里是有数的，有时能明白自己在干什么。

“热死了！”

她听到一个声音在说，是紫英，她正在飞快地擦拭走廊上的那一溜木雕的护栏，每一个上面都象征性地蜻蜓点水般地抹一下。很快，她又看到了那种时常让她感到眩晕的情景：紫英的那一对丰硕的乳房眼看又快掉出来了。

“那样抹一下有什么用？”她对她说，“你还不如干脆让自己歇着呢，歇着还能多少凉快一会儿。”

“我不热。”紫英喘着气说，“我真的不太热。看这天气，弄不好今天真的能有一场雨。”

弄不好？

有雨不是好事吗？怎么叫弄不好？

她抬起头看了看空中的那些又厚又重的一动不动的黑云，实在很难相信它们是怎样变成雨的，那其中似乎并没有直接而又必然的联系，用普通的肉眼去看，更是显得高深莫测，不知所云。

“但愿能下来。”她说，“有人来过吗？”

“有几个学生，我给他们开的门。”紫英说。

“学生？”

“是学生，都是些十五六岁，十六七岁的孩子。他们嘀嘀咕咕地说了一阵话，后来，他就跟他们一起走了。他带走了他的那副老望远镜。”

“望远镜？他带那干什么？”

“我还没来得及问，他就被那些孩子们簇拥着走了。他看上去很高兴。”

到晚上的时候，他们终于盼来一场雨。

先是钱币大小的雨点啪啪地落到走廊外面的青石的甬道上，那时候人们刚刚闻到一点夹带着树木的清香和土腥味的雨的气息，就有人开始叫喊了。“下雨了！雨下起来了！”花木摇晃了一阵后，雨点就变成了雨线。

雨下起来以后，她打着一把伞出去了一会儿。但过了不久，她很快就又回来了。

她的脸看上去十分苍白。

紫英过来帮她收拢雨伞的时候，她忽然抓住了她的手，用一种急促不安的声音说道：

“附近一带的街上流的全是血水。”

“我早就看见了。”紫英说。“刚才，我出去扔垃圾的时候，看见它们正顺着我们前面的水道往地沟里流呢。”

……

“他呢，在干什么？不会又在打瞌睡吧？”

有一天黄昏时分。她独自坐在椅子上，长久地望着那些金色的浮云，有很长一段时间，连自己也不知道自己在想什么。后来，渐渐地发现那些金色的浮云都不见了，她有些不胜诧异。再后来，她猛然发现天空也不见了，同时消失的还有周围的一切。除了她自己还在，所有的一切都不见了。

那时候，她不由得浑身哆嗦了一下，明显地感到一种异常可怕的使她大为不安的东西已来到她的身边，将她严严实实地罩了起来，与一切都形成了永诀。

她伸手去拿面前的杯子，但没有拿到。正在犹豫之际，却碰翻了旁边的另一个杯子。

这以后，她不再敢动了，将自己紧紧地缩在椅子里。她觉得往日的印象和经验正在变成一种谜一样的东西。

……不知过了多久以后，她开始拼命地叫着紫英的名字，在听到自己声音的那一刹那，她竟抑制不住地流出了一串灼热滚烫的眼泪。

她听见紫英向她跑来了，站在椅子前，伸出手，将她的两只脚从椅子上面放了下来。这事让她感到有些奇怪，她不知道自己的脚是什么时候放到椅子上面去的。

“还好，杯子没有打碎。”她听到紫英说。

“我头晕得厉害，”她对紫英说，“扶我回去。”

她十分明显地感到那两条有力的胳膊向她伸了过来，很快。她借助那种力量站了起来，身体摆脱了椅子。现在，她感到身边的这具丰满健壮的身躯是那样的可以依赖、寄托，她把自己完全倒了过去，慢慢地跟着她往回走，耳边清晰地回响着她们行走时发出的声音，正在回去的脚步声和衣服的簌簌声。不久，她听到她说：

“台阶下面有水，应该把脚抬起来。”

她吃了一惊，她根本没有看见水，更不知道已经到了台阶的近前，她难过得想哭出来。她说：

“水怕什么！小的时候，我最喜欢光着脚踩水了，喜欢在雨里走，很多人都说我是一个疯丫头。他们一看见我，就说，

‘看这个疯丫头，又到哪里疯去啦？’”

已经来到走廊里了，她清晰地闻到了花木的香气，左边是玫瑰和茉莉，前面似乎是……她的一条腿突然碰到了柱子上，她仿佛又听见有人在说她是一个疯丫头。

连续几天，她没有看见过他的影子，也没有看见过紫英，但还能听见她的声音，无论任何时候，只要她一叫，紫英就会不知从什么地方应声来到她的面前，仿佛她时刻都在距离她不远的地方站着，甚至无声地观察着她，这使她感到满意的同时又变得非常不安。她觉得所有的人都在暗处，只有她一个人无所适从地站在明处，站在一个谁都能看见的地方，一举一动都充满了程式化和强烈的公共意味。

“很快就又有一个姑娘要来了。”紫英告诉她说。

“一个姑娘？”

“已经来过两封信了。”

“什么时候到？”

“信上说，就在最近。”

事实上，那个姑娘已经来了，此刻就站在不远处的一棵树下，正在晾晒自己的几块刚刚洗干净的手帕，只是她没有看见。她在想信上说的那些话。

又过了一两天，她正在走廊里坐着，忽然感到前面站着一个人，她说：

“是你吗，紫英？”

“我不是紫英。”是一个年轻姑娘的声音。

她立即就明白了。“你就是信上说的那个姑娘吧？”她说。“什么时候到的？”

“我叫梅梅。”

“梅梅？”

“是的。”

“梅梅，多漂亮的一个姑娘。”

“我一点儿也不漂亮，我只是一个再普通不过的姑娘。我长了这么大，还没有人说过我漂亮呢。”

“那是因为他们瞎了眼。”她说。

如果实情真是这样，倒真是一个可怜的姑娘。她想。尽管那多半是一句张口即至的假话或无关痛痒的廉价奉承，人们竟也不肯轻易给她。人要是坏起来，会比什么都坏，比什么都恶。她这大半辈子，算是领教够了。是的，早就够了。

从这天开始，梅梅几乎每天都来帮她梳头。

在一些有月亮的晚上，长廊外面的地上像是铺满了银子。摇动的树枝有时会将它附近的那些银色的光芒打乱、卷走，但过不了多久，又会悉数奉还回来。奉还回来的有时看上去要比当初更加纯净、完整、真实，甚至使人耳目一新，欣喜而振奋，但也有把真正的凋零和沮丧给你送回来的时候。

那样的时候，让人真正无言以对。

“你就哭吧！很多时候，哭死也没有用。”

“红星农场离我们这里到底有多远？”

“不在本省，在另一个省里。”

“我买了两只鸡，都在笼子里关着呢。你走的时候，连鸡带笼子一起提着去吧。”

“胡闹！我总不能提着鸡笼子去报到吧？我没看出来，你也是个荒唐的女人。”

“怕什么!”

“我不知道你要干什么?你给我说说，我为什么要提着鸡和鸡笼子去?是不是担心我路上没伴?我不怕闷。再说，鸡也不会和我说话。”

“我不是要让鸡和你说话，给你路上解闷，要是那样还不如花钱雇个人，买个鸟呢。”

“那你是什么意思?”

“我的意思是，去了那里以后，你先把它们养着，等什么时候想吃了，再把它们吃了。吃的时候不要一次都吃完了，要细水长流，隔上几个月吃一次，再隔上几个月再吃一次。”

“不可能的事!农场里不可能鼓励私人养鸡，估计也不允许。亏你想得出来!”

“你去看看，它们可肥了。”

“再肥也不行!女人啊，真他娘的!真不知道她们成天在想什么，一分钟一个主意，一秒钟一个念头，你永远也不可能明白她们在想什么。”

“我决定了，我听你的，就提着鸡和鸡笼子去。”

“你不想提也行。”

“这是怎么回事?好好的为什么又说这样的话?”

“真的，你不想提也行。”

“这是怎么回事?好好的为什么突然又说这样的话?不是你让我提的吗?”

“你不是说女人一分钟一个主意吗。从早上到现在，好几个小时过去了，你想想看，就按一分钟计算，一个女人在这段时间里会有多少个念头?”

“唉，你也是一个让我头痛的人。我走后，这个家就全靠你了，尤其是她们两个。”

“你不走，我也轻松不到哪里去!”

“她和梅梅都需要你关照。”

“我不会不管她们的。”

“她真的什么也看不见了吗?”

“前天下午，我给了她一个苹果，她坐在床上朝我发火，她说她不要红苹果，要绿苹果。我给她的就是一个绿苹果，一个不带一点儿红色的绿苹果。”

……

我们每个人又喝了一杯茶。

“很长一个时期内，我和我带去的那个鸡笼子，成了人们茶余饭后的笑柄。”他说，“有谁一没事、一苦闷的时候，很自然地就想起到了那件事。后来，随着时间的推移，本来只有一丁点事情，到头来却被演绎得越来越详细，越来越复杂，枝枝蔓蔓，变得像小说一样越来越长。有很多都是别人的笑话和事情，但也都统统不管不顾，不容分说地加到我的头上去了。只有这样无原则的累计，才把事情弄得越来越复杂。”

“那两只鸡，你是分几次吃完的?有没有细水长流?”

提到鸡，他看了我一会儿，然后突然爆发出一阵笑声，但最终却什么也没说。

夏日的晚上，天空里的云霞总是红得有些过于艳丽，她常常一边干活儿，一边不住地抬头向上仰望，脑子里飞快地闪过许多让她自己也感到很吃惊的念头。他说得对。大凡女人，总是时常会有一些莫名其妙的念头，正是这些来历不明的东西，让她们的心变得越来越窄，有时却并不细密。有的人一生都在左右为难，在犹豫和观望中老死；有的人一直被那种不断冒出来的莫名其妙的念头所困扰，貌似飞速地改变着自己；有的人不为那些纷乱的念头所动，笃定要让自己在平静中过完一生，但最终却变得斑驳迷离，面目全非。

多年来你一直都在拼命维护着的那些东西，很有可能是你一生最剧烈的毒药，正是它一直都在默默地置你于死地，然而，这样的东西总是在你临死时才会猛然发现并清醒地意识到，可那时候，一切晚了。

有好几次，她看见梅梅和那个时常在这一带送信的小伙子隔着护栏交谈，从远处看去，他们之间似乎有着永远说不完的话。“这可不是什么好兆头，”她想，“得管一管。”通常情况下，送信的人自己很少写信，也几乎极少收到别人写给他的信，每天所传递的都是别人的信，信中不管有什么内容，或悲或喜，都与他完全无关，毫不沾边。这个世上有许多人一生都没有收到过一封信，这样的情况直到临死也不会有什么改变。

“要管一管。”她想。她看着站在护栏外面的那个目光殷切的小伙子，她觉得他在为别人送信的同时。也包括在为他自己传递着一些秘密的书信。这样的一个邮递员就有些特别了，这样的工作可能就有意思多了，比仅仅只为他人传递书信有意思多了，至少不那么机械，不那么死气沉沉。在无数封信中，有他自己亲手书写的一封或几封，正在他的身边沉睡或苏醒，他的心情当然就不一样了，他会比他所有的同行都有力。

虽然这一切仅仅不过是她的一些猜测。

但只过了一个晚上，属于女人本身的那些怪念头又在不知不觉中冒了出来。

“还是不要管了，由他们去吧。”她想，“成不成要看他们有没有缘分。”

女人就像树上的花，日夜都很美丽地长在那里，等着有人前来采摘。要是一直没有人来采摘，她就会自己掉下来，落到地上枯萎、憔悴、寂寞地死去。

一个始终不见有人前来采摘她的女人，还能算是女人吗？算什么女人？她想。生不如死！

此刻，她开始希望那个目光殷切的小伙子能够把梅梅采摘到手，但不希望在她憔悴的时候，又被他亲手抛出去扔掉。

“梅梅，等一会儿邮递员来了，让他把两封信带走。”

“就这些吗？没有别的了吗？”

“如果有我们的挂号，你把字签了。……不会有的，已经很久没有过了。”

“我看也说不定，万一有呢？”

“有就有吧，有你就给他签一下。”

“签我吗？”

“签谁都行。或者。你可以叫住他，问一问他，这么长时间了，为什么一直没有我们的挂号？”

“问他？这事难道和他有关吗？”

“好啦，我得去给夫人端饭去了。”

从走廊里到前厅以后，她一直还在抑制着自己的笑。上楼的时候，她终于再也憋不住了。

又下了一场雨。

雨下起来的时候，那个小伙子正在护栏外面站着，梅梅也在那里，两个人都淋湿了。那一切都被她看在眼里。她来到外面，喊梅梅回来。

梅梅一步三回头地看着身后，犹犹豫豫地往回走。那个小伙子看看她，又看看梅梅，不知道自己该怎么办。“你也来吧。”她对他说，“还等什么！”于是，他马上就喜出望外地跟了过来。从甬道上进入走廊的时候，他将自己的鞋在地上蹭了又蹭，一边自言自语地说：“这雨可真大。”她听了，脸上掠过一丝笑意。“全是废话，”她想，“人在这个时候几乎没有不说废话的。”为什么会有那么多废话？就因为人们常常要没话找话。

过了一会儿，她自己也说开了废话。她问了他的名字和年龄，知道他叫于治国，父母就他这一个儿子，还有一个已出嫁的姐姐，姐夫是一个不成器的东西。言语之间，流露出他的深深的忧虑，他对姐姐的命运感到伤心和惋惜，充满了难以言状的惆怅之情。不久，她又问他有对象了没有？他说还没有。又说，像我们这样的人恐怕会很不容易，可能得费点劲。说完以后，就很认真地看着坐在一旁的梅梅。梅梅眼睛看着窗户，既不参与他们的谈话，也不看他们，完全是一个局外人。她对他说，会有的，不过不要太着急。世上的人，有一个男人，就会有一个与他匹配的属于他的女人，女人也一样，都是早就定好了的，关键是看你能不能够找到那个属于你的人；找到了，你的一生就完美了，两个人在一起受罪也十分值得；要是找不到，胡乱找一个，不幸就会伴随你一生，你就是成天哭也没有用，因为你找到的是一个原本属于别人的人，与一个那样的人朝夕在一起，你无论怎样努力都不行。那时候，你只能这样想，睁一只眼闭一只眼，瞎活吧，过一天算一天，勉强把这几十年糊里糊涂地对付过去就算了，总算是交代了。如果还有孩子，那就更得咬着牙，硬着头皮坚持下去了。到最后，无心的人眼一闭，什么也不想就去了，有心的人或许还要最后徒劳地问一问自己，我这一辈子究竟活了个什么意思？难道仅仅只是为了坚持，为了维护一种颇值得怀疑的、连自己也说不清的东西，为了一个原本与你毫不相干的陌生人，就耗去了我一生的时光？……你这样想的时候，觉得自己掉进了陷阱里，吃了天大的亏。可是对方呢？与你一起共同消耗的对方的感受或许与你完全一样，甚至那种刻骨铭心的惨痛的体验和诘问比你还要更深一些。不是吗？

人啊，活得真是难受！

他们听着外面的雨声，断断续续地说着话。后来她曾想起，这场不期而至的大雨在很大程度上帮了他们的忙，但也带来了另外的一些东西。

吃饭的时候，她端着饭送到她的房间里去。她一边走路，一边意识到自己的那一对几乎是袒露着的乳房正在顽皮而有力地蹦跶，像是两个精力过剩而又不服管教的孩子——两个让人头痛的小鬼。

“我穿着长袖衬衫呢。”她说。

她坐在自己的床上，面朝着从外面进来的她。她闻到了一股晚饭的气息。

过了一会儿，她对她说：

“家里这阵子没有男人，不穿也无所谓。”

晚饭她吃得很少，中间又不时地停下来，很难说她在想什么。一个时期以来，她明显地意识到自己正在被一种漫长的无边无际的寂静严严实实地包围着、笼罩着。开始的时候，这样的发现还是相当模糊的、难以确定的，以后日渐显露，变得十分清晰，甚至明白无误地给她一种铁证如山般的压力。很多的人和事情都仿佛突然从生活中消失了，生活本身也因此而变得因陋就简，有时表现出的那种过分的草率和粗糙，不能不令熟悉它的人也为之吃惊、愕然、忧心忡忡。此外，还有最直接的变化，就是她明显地发现自己的言语比以前少多了，更失去了原先的美丽和灵活，一些零星的像塑料一样乏味的短句子，甚至词语，从她的口里被平淡地说出来，说得无意趣，老气横秋，暮气沉沉。一段时间以来，她根本不知道紫英每天起来后都穿什么，因而也就不再在乎她穿什么了。云想衣裳花想容，她一定穿着她自己喜欢穿的衣服，不用看她也能大致猜得出来。有时候，她说是长袖就长袖吧，她不计较。她很清楚自己已再无法计较什么，不能再认真了，不管怎么说，都不能再认真了，不能再像从前那样了。

往日的朋友，如同灭鼠季节中的鼠辈一样逐日锐减，很多人没有被灭掉，但是都纷纷躲起来了，眼下是等于不存在了。

那期间，他曾经回来过一次。

当天晚上，她哭了，那是她有生以来哭的时间最长的一次。他默默地坐在她的床边，一直听着她最后哭完，又看着她将眼泪擦干。

这以后，她对他说：

“上来吧。”

于是，他就到她的床上，他几乎什么都没想。躺下的时候，脑子里还是空空的。

……

后半夜的时候，他被一阵嘤嘤咽咽的哭声突然惊醒。刚开始，他以为又是她在哭，后来看到她在他的旁边睡得很稳很实，才知道哭声来自别处。

嘤嘤咽咽的哭声时断时续，随着风从外面刮过时传入他的耳中，又随着风的远去突然消逝。

他睁着眼睛，一直等到天亮。

没有人告诉他来自家里的任何消息，但他任何时候只要一闭上眼，眼前立即就会布满一种血红的光，红光有露天电影的银幕那么大，因为总在微微晃动，所以又仿佛浸在水里，就那么轻轻地动来动去的。这事情让他感到非常不安。有几天，他不敢让自己闭眼，有时看见别人闭着眼在那里休息或想心事，他除了在心里涌起一种羡慕之情外，还感到无比的忐忑和担心。他不知道那种银幕大小的红光是否会光顾每一个人，或是只问津那些不幸的人。

有一天他正在农场里喂鸡，一阵突如其来的风将他手里的一把稗子吹得四散而去，无影无踪。站起来的时候，他感到眼前一阵发黑，空中仿佛飘满了弯曲的人影和无数断断续续的语言。那些语言虽然只是一些十分苍白的语言，但顷刻间却让许多踌躇满志的人和事情变得面目全非，什么也不是了。

很快，他又看见那种银幕一样大小的红光了，正在他的眼前轻轻地摇晃、波动，与以往任何一次都不同的是，他看见它正在由慢渐快地瓦解、破碎，向四周纷扬而去……纷纷扬扬的样子像柳絮，像凋零的羽毛。他感到惊愕极了，不可思议极了！眼前的情形真正让他感到惊愕和不可思议。

过了一会儿，他喃喃地对自己说：

“小娜已经不在了，已经从这个乱哄哄的世界上离去了。”

“梅梅——”

几天以后的一个晚上，她正在走廊里站着，忽然听到有人在叫她的名字，仿佛就在身后或不远处。她看了看四周，没有发现有人，又向远处张望了一会儿。一株悬铃木开花了，在它的附近，白色的栀子花正在一晃一晃地颤动，像是刚刚被从它旁边经过的人碰过一样。这些日夜都在喷香吐幽的花木，此刻看上去显得极不平静，充满了狂躁与不安，使往日的优雅与伤感荡然无存，踪迹难觅。

“梅梅!”

“梅梅——”

不久，她又听到有人在这样叫她。

半夜里，一些窗户砰砰叭叭地响了起来，它们像是游戏中的道具一样被不断地关上，接着又被不断地打开，其间伴随着断断续续的支支吾吾的叫声和一些暗哑或尖利的转动声。“吱——”总是在这样的声音过去以后，窗户就砰砰叭叭地响一阵。

有时，那声音很像是一个人的叹息。

梅梅起来关窗户的时候，发现已经有一个人在那里了，她被吓了一跳，仔细辨认了一阵后，才认出是紫英。凭着白日里的印象，她觉得那很像是紫英，但并没有看清那张脸。这以后，她一边随手关着窗户，一边往那边走。当一个人在后面突然叫她时，她立刻被吓得半死，浑身酥软。她回过头来，异常吃惊地看到叫她的人竟是紫英。这时，她再回头朝前面看时，发现一开始看到的那个人不知什么时候已经不在先前那里了。

紫英披着一件衣服站在那里，看上去像是刚起来不久。在这个星光黯淡的夜里，她的异常饱满的胸脯正通过一件贴身的内衣，散发出一种前所未有的热烘烘的令人迷乱令人昏昏欲睡的气息。

“这些窗户都不行了。”她对梅梅说，“有时候明明关得好好的，可一刮风，就又都开了。”

“你可吓死我了。”梅梅近乎哀求地看着眼前这个女人，说道。她的身体还在微微地悸动，虽然无法看见自己的脸，但她心里知道自己此时的面色一定灰暗极了，一定难看极了，一定连人样儿也没有了。

“我吓着你了?”紫英说，“怎么会呢?”

听她这样说，梅梅不禁又向那边慌乱不安地瞥了一下，她看到有一扇窗户好像快要掉下来了，黑沉沉的玻璃一闪一闪的，闪得她心里乱极了。

这以后，她们一边走，一边随手关着所看到的每一扇窗户，关好楼下的窗户以后，又去关走廊上的几扇。不关不知道，一关她们才发现有不少的纱窗都已破损得很厉害了。

“你那个邮递员好像有一阵子不来了。”紫英对梅梅说，“是不是出了什么事情?”

“我哪里知道。”梅梅说。

“一定是出了什么事情。生病，调走，也可能犯了什么错误，也说不定……”

“我真的什么也不知道。”

“要不就是他又有了别的姑娘？一定是的，男人都这样，没有一个好东西。”

……

“又是这么多天过去了，你那个邮递员还是没有消息，真不知道他到底怎么了？”

“别问我，我什么也不知道。”

“你觉得他可能是怎么回事？”

“我不知道。”

“你没有注意到你瘦了很多吗？”

“没有。”

“家里现在就剩下你和我了，我得对你负责。”

“……”

“你不反对我管你吧？”

“……”

“我都是为了你好。”

“……”

“走吧，别在这里傻站着了，回去帮我剥豆子去吧。我要做一种谁也没见过的粥。”

“……”

“前一阵子我就劝过你，你是不是以为我在害你？我是真为你好。”

“……”

“听我一句话，死了那份心吧。”

“……”

“前一阵子我劝你的时候，树叶还绿着呢，现在你看看，都落了，都掉光了。”

“已经是秋天了？”

“已经是深秋了。”

“……”

“日子过得真快啊！一天一天的。过去的那些日子，都像关窗户一样，永远地关上了，有的永远也不会再打开了。”

“我真的不知他到底怎么了！”

“忘掉他算了。”

“……”

“你又在哭？你这样哭来哭去，会把自己哭坏了。听我的，赶快把他忘了吧。”

“我做不到。”

“我来帮你。”

“……”

深夜，在她们入睡以后，从走廊外面的青石甬道上传来阵阵这样的声音：

“不要再说了，我要回去了。”

“求求你，让她出来一下好吧？”

“我说过了，不行！”

“能行的。您是个好人，不是吗？我知道您会同意的。从我第一次看见您的时候，就知道您是个好心的人。”

“不要给我抹蜜！我又不是二十岁的姑娘，对花言巧语没有识别能力。你别想把我抹得晕过去。”

“您会帮助我们的，是不是？是的。”

“不是。告诉你，不是的。”

“唉，是的，您是在说气话，我敢肯定您是在说气话，您心里一定不是这么想的。”

“我就是这么想的。”

“唉，听听，您又在说气话。”

“这么些天，你都死到哪里去了？”

“是您不让我来的，是您告诉我说她不喜欢我来，我才不敢来的。她真的不喜欢我吗？”

“那还用我说吗！”

“我不知道我做错了什么？”

“你什么也没有做错。”

“您可知道这些日子我是怎么过来的？”

“我不想知道。”

“唉，求求您，让我见她一下好吗？我就看她一眼，再和她说一两句话。”

“我说过多少遍了，不行。”

“……”

“你要明白，不是我不让你见她，是她不想见你。直说吧，她不喜欢你，不愿看见你。”

“……”

“你别不信，我说的可都是真的。”

“我不相信梅梅会这样绝情，她不是那样的人，不是的！她不是那样的人。”

“该说的都和你说了，你不相信，我有什么办法？我也没办法让她喜欢你。”

“……”

“你走吧。我也要回去了，这里的蚊子太多了。”

“……”

又是一个深夜。

“你怎么又来了？”

“我就是想看她一眼。”

“她不想见你。”

“我看见她的房间里亮着灯呢。”

“我劝你还是回去吧。天气越来越冷了，你也不要再一趟一趟地往这里跑了。”

“我不冷。”

“你不冷，我们还冷呢！她也嫌冷。女人就像猫一样，所有的女人都怕冷，都喜欢温暖。”

“我夏天来的那时候，您可从来没说过这样的话，那时候的天气是多么的温暖。”

“我说的温暖难道仅仅是指天气吗？”

“您是指什么？”

“我是说，你该回去了，以后也不要再来了。”

“您真的不能帮帮我吗？”

“我做不到。你要是真喜欢她，就该为她考虑。她不愿意看见你，你来了，她会很难受。”

“……”

“去吧，去找别的姑娘去吧！世上的姑娘多的是。我知道你不会做让她难受的事。”

“我不会。”

“那就好。我谢谢你，也替她谢谢你。我就知道你是一个通情达理的年轻人。”

“我走了。对不起，给您添麻烦了。”

“走吧。冷飕飕的，别再跑了。”

“请告诉她，我永远喜欢她，不管她怎么对我。只要我在这个世上活一天，就永远喜欢她。”

“好啦，快回去吧。天好像要下雪了。”

“……”

他最后看了一眼那扇窗户，走了。

冬夜的寒冷在天空和大地上酝酿成越来越深重的黑暗。自始至终，我连她的手指都没拉过一下，就这样被埋葬了。他边走边想。走到一条僻静得有些荒凉的小街上时，一阵无声的眼泪夺眶而出，顷刻间就流满了他的面颊。

有很长一段时间，他坐在椅子上一动不动，我以为他睡着了。上了年纪的人都有这样的习惯。我盯着那些翠绿碧青的树叶看了一会儿，眼前渐渐地被一种浮动不止的黑暗和眩晕所代替，先前的那种令人心怡的青绿都不见了。在我准备起身的时候，他忽然睁开眼睛，看着我。说：

“紫英马上就要回来了。”

听他这样说，我吃了一惊。我又看了看这过于寂静的院子，觉得惊讶极了。

整整一个冬天，梅梅一直都在生病，她几乎很少到下面来，甚至也难得在走廊里看见她的身影。有时候，她房间里的窗帘会被拉到一边，她站在窗前，看着外面光秃秃的树枝和冬天夜晚里的月亮。一个时期的月亮像工匠手中的失败的青花，苍白、轻薄，甚至憔悴，时时给人以脆弱易碎的感觉。又一个时期的月亮，看上去黄澄澄、油汪汪的，形状也似乎大了许多，松软、烫手，成熟而又温暖。

从来没有人问过她在想什么。

原以为随着春天的到来，她的病情会像季节一样回黄转绿，呈现出新的生机。她自己也幻想着能像从前一样在廊上绣花、看书、与人说话，在下雨的时候，看别人冒雨疏浚水道，雨里的白色水泡如千帆竞发。

有一天晚上，紫英来看她时候，给她讲了一个十分离奇的故事。紫英走后，她一夜没有合眼，一直在想那个故事。她觉得自己从来也没有听过那样的故事，她感到惊讶极了。她不知道紫英是从哪里听来的，她在临走的时候还意味深长地朝她笑了一下，很难说是为了那个离奇的故事，还是为了别的什么。剩下她一个人的时候，她十分吃力地琢磨来琢磨去，依然保持着她的那种惊讶。月亮挂在中天上，窗前落满了明晃晃的青光，细看时，发现青光还像水一样在波动、荡漾。后半夜的时候，月亮不见了，天开始变得昏暗起来，变得越来越黑，深不可测。

以后连续几个晚上，每晚都有那样的月光，无声的映照使她的窗前变得更加寂静，甚至古老。临近的一些东西也因此而变得细腻、光洁，似乎不久前刚刚被精心擦拭过。一个偶然的机会，她突然看见一束红色的玫瑰从窗外飘飘摇摇地经过，倏忽即逝……那时候她正在床上，从窗外一闪而过的玫瑰使她如同从梦里惊醒一样，她睁大眼睛，等待着它再一次闪现。不久以后，她带着虚弱的身体来到窗前，在月亮的清晖里，她仿佛看见了自己的脸和瘦弱的身体，这又让她惊讶不已。

第二天晚上，她正在床上躺着，一束黄玫瑰又在同样的时间飘飘摇摇地从外面经过，倏忽即逝……那种火焰一样的颜色使她将刚服下不久的药又悉数吐了出来，她真切地听到自己作呕的声音很吓人。

第三天晚上，她很早就开始留意着窗外的动静。不久以后，一束绸缎一样的但分明又含霜带露的蓝玫瑰在她的注视下从外面经过。那不可思议的蓝颜色使她感到惊异而又不安，一开始她还以为是月光的作用。她想起了几天前的那个晚上，紫英用貌以平淡的口吻和娓娓动听的声音，给她讲的那个非常离奇的故事。现在，她感到它们之间是那样的酷似，简直如出一辙。紫英给她讲的那个非常离奇的故事，在她看来也是蓝颜色的，其间也有许多数不清的褶皱和复杂的纹理，以及那种清晰可见的幽晕，以及那种窸窸窣窣的暗响。仿佛几天前已经过去的那个晚上又回来了，分毫不差地又一次呈现在她的眼前，让她猛然想起，让她逐渐明白。

到月底的时候，紫英还要来给她讲一个故事。那天晚上，紫英这样说的时候，梅梅听见自己的心跳得很厉害。害怕与渴望像两条双重的曲线一样从不同的方向向她爬来，最终交汇于她的心上，让她感到喘不过气来。她不知道将要听到的是一个类似的故事，还是另一个完全迥然不同的故事。她问过紫英，问她是不是有很多这样的故事？这些故事都是从哪里来的？紫英只是朝她笑了笑，未做任何回答和说明。

现在想起来，那笑容尽管像一泓浅浅的水，但却并不是清澈见底的。

夜里，她梦见了即将要到来的月底的那个晚上，月光像娴静的水一样。随着一阵窸窸窣窣的声音，紫英准时地来了，出现在她的面前。她在她的身边坐下来，然后询问了一会儿她的病情。

紫英又在用那种娓娓动听的声音给她讲故事，她两手托着自己的脸腮，入神地听着。过了好一会儿她才注意到：在她们的旁边有一棵异常高大的树。

梦醒之后，一切都是模糊了，唯有那棵异常高大的树还清晰而又浓重地生长在她的记忆里。她感到头疼得很厉害。她一遍又一遍地反复想着那棵枝繁叶茂的树，不知道它是从哪里来的？为什么出现在她们的身边？它高大得需要让人不断仰视，但她没有仰视，因为她不清楚它站在她们的旁边到底有什么用？到底预示着什么？她不喜欢它那种过分铺陈、过分张扬和渲染的样子。

梦醒之后的这个早晨让她感到一种从未有过的辽阔和无边无际的空旷。

她爬起来服用了一点药，不久又睡着了。

刚回来的那段日子里，他的身上老有一种田野和草木的气息。他一边种植向日葵，一边回忆往事，并应付着每天的生活。金色的向日葵似乎成了他通往过去与现在的唯一的路径和生活中最重要的物证，他常常在它们中间一坐就是很久。每当有风吹来的时候，每当他绕着它们行走的时候，他觉得自己已出发到了很远的过去，更多的时候感觉到自己正走在通往故乡的路上。

向日葵热情洋溢的面孔在沿途不断出现，有时纷纷热烈地簇拥着他，向他诉说着故土上的一切变化。那些死去的人和活着的人，都十分融洽地站在一起，谁也很难将他们分辨出来，区别开来。金色的光芒使他的身体和目光变得越来越温热，越来越潮湿，他的心情也像风中的衣服一样被不断地鼓荡起来。

他很高兴地坐在向日葵金花的光线之下，他发现一向沉静寡言的紫英变得有些疯疯癫癫的。这样的变化他并不感到特别的惊讶，只是稍微觉得有些奇怪。

吃饭的时候，已逝的两个女人透过玻璃镜框，在墙上看着他们。他也常会在进食的过程中不知不觉地停下来，朝她们望上一会儿。小娜的这张照片摄于多年以前的一次生日之后，略显平静的表情背后涌动着某种难以抑制的激情甚至冲动。那时候当然谁也不可能从这样的一副表情上面看出她的心会比她的身体率先死去，直到现在，也还是难以看出任何一种旁证或有关的蛛丝马迹。越是事先没有任何征兆或迹象的东西，将来越会让人加倍地吃惊和难以置信，现在，他总算明白了这样的一个道理。但是梅梅，又让他从另外的一些方面感到非常的难过和不可思议。

每次一说起梅梅，她就不由自主地显露出那种疯疯癫癫的样子。她说：

“我实在是不明白，那么高大的树，她是一个弱女子，又有重病在身，她是怎么把自己弄上去的呢?”

他有些吃惊地望着她，而她也正以同样的神情看着他，两个人仿佛在对峙。过了一会儿，他感到自己实在受不了她的那种眼神，首先败下阵来，他对她说：

“别这样看着我，我怎么会知道？我当时又不在场。我要是在场，或许还能明白些什么。”

“我是永远也明白不了啦，我越想越糊涂。”她边说边站起来，将剩下的那些汤全部倒在一起，愣了一会儿，然后叹着气出去了。

晚上的时候，他决定找她好好谈谈。刚走到她的门口，就听见从里面传来她的声音：

“哎，我实在是不明白，那么高大的树，她一个弱女子，又有重病在身，她是怎么把自己弄上去的呢？”

天哪！他在心里情不自禁地惊呼了一声，急忙又退了回来，然后踮起脚，轻轻地向远处走去。

秋天里的一个晚上，他正坐在廊上看星星，忽然听到她在叫他。于是，他起身来到她的屋里，看见她正在床上躺着，便在她的床边坐了下来。

“什么事？”他说。

她看了他一会儿，然后用很轻弱的声音对他说：

“我也要走了，你一个人过吧。我不能再陪你了。”

“你要到哪里去？”他吃惊地问道。

她缓慢而又轻轻地朝他笑了一下，又摇了摇头，然后就闭上了眼睛。

我告辞的时候，天已经黑了。

走到护栏那边的时候，我已经看不见他了，但我听到黑暗中传来了他的声音。他说：

“剩下的那些汤你们喝了吧，不喝就倒掉；我是不喝了。我要回去睡一会儿。”

二〇〇〇年七月

十　月

一

万顺被带走的那天，外面飘着一点小雪。在倪云的印象里，那雪薄得像纱，她很认真地记得它们的那种样子，她刚一打开窗户，就看见它们一缕一缕地飘了进来，有的直接上了她的脸上和头发上，有的刚一进来就不见了。

它们是斜着飘进来的，站在屋里，能看到它们如同一道一道的虚浮的斜坡被运了进来。

本来说好了要去白草坡接蘑菇，有一个叫老谭的人在那里等着他，但万顺吃过早饭以后在家里磨蹭了一会儿，等后来终于要走的时候，已经不行了，已经为时已晚，根本来不及出门了。

那时候，从敞开着的窗户里面，倪云看见街门被无声地推开，有三个人硬邦邦地从外面走了进来，走在前面的是村副主任罗金灶，后面的两个人她不认识。他们雪乎乎地出现在倪云的视线里，让她不禁吃了一惊。

她听见她的心里哗啦响了一声，是一种很难听的声音，她不由得皱了一下眉头。

她想，坏了。

那时候，倪云的心里忽然有了一种十分泥泞的不干净的感觉，可是又不知道那种东西是从哪里来的。她在心里对自己说，好像麻烦来了。那样的一种泥泞的让人寸步难移的情景，她不是没有见识过，就算是有日光在上面黄亮黄亮地照着，也完全不起什么作用，有时候，在那光线里还会蒸腾起另外一些本来没有的东西。

就在她打算更进一步往深里琢磨究竟是哪一方面的麻烦时，他们已经带着一股凉气来到了她的面前。村副主任罗金灶对她说，和他一起来的这两个人都是乡里的干部。倪云看着他们，她的睫毛忽闪了几下。她在想，乡里的干部就乡里的干部吧，和我们又有什么关系？就算是县里的干部省里的干部，那又怎么样？他们当他们的干部，我们过我们的日子，一点儿边都挨不上。

那时候万顺已经穿戴整齐，身上还挎了一个包，正打算要从他们的身边经过，但是被罗金灶叫住了。

罗金灶说，要出门？

万顺说，对。

这就要走？

这已经有点儿迟了。

听见万顺这样说，罗金灶回过头看了看那两个乡里的干部，他有些心惊肉跳地对他们说，不问不知道，一问吓一跳，差一点儿跑了，真悬哪！我们再迟来一会儿，或者再扯一会儿别的事情，我们可就逮不住他了……我现在可是知道时间的重要性了，懂得它的厉害了，它不光是金钱……

万顺说，要逮我？

罗金灶说，不是要逮你，是要让你去乡里参加一个学习班。我是说，咱们差一点儿就碰不上了。

学习班？

所有有拖欠的人都得去，要么把钱交了，交了就不用去了。你应该有一笔欠款吧，数目还不小哩。

那笔账我不承认，我觉得是在陷害我。谁知道是怎么弄出来的，好像是一阵风刮来的。

承认不承认那是另一回事，总是有吧？你比如，有一个人，明明杀了人，但是他百般抵赖，死活不承认，难道就因为他本人不承认就认为他是一个没有罪的人吗？他因此就没事吗？

看见罗金灶说得这样有板有眼，似乎又合情合理，万顺不知不觉地把挎在肩上的那个包取了下来，拎在手里。现在，他看上去像是一个因有事向老师请假而又没有被批准被答应的小学生一样，有些愣愣地迷惑不解地看着眼前的罗金灶，他忽然觉得，这么多年来，他真是有眼无珠，真的是小看了这个人。事情不落在谁的头上，他还会像过去那些年一样，像以往任何时候一样，不会对罗金灶这个人引起丝毫的注意，而肯定还会继续忽略下去。现在，连罗金灶这样的人都能这样，由此上溯到前些日子，那个让人觉得喘不过气来的昏昏沉沉的晚上……

仿佛有人在他的头上狠狠地猛击了一下，一个词突然像一块粗粝的小石子一样蹦进了他的脑子里。

于是，他几乎来不及斟酌和多想，只是带着一种被那块不知从哪里飞来的小石子砸伤的疼痛和迷惑，脱口说道，这是一次报复。

报复？

你们不明白，不知道这里面的弯弯绕。

是谁在报复你?

他看了看他们，那一刻，他感到自己几乎马上就要把那个名字像咯血或吐果核一样从自己的嘴里吐出来了，但不知为什么，连他本人也说不清楚，他很快又把它咽了回去，艰难的吞咽和退隐为他带来一阵真正的刺痛和一阵几乎不易察觉的痉挛，使他的眼角里不知不觉地沁出了泪水。这以后，他装作一种随便或无意的样子，抬起一只手，将那湿漉漉的东西掩饰性地抹去。

他问他们，学习班主要学什么?

他们说了一连串的内容。各种政策，各种法律法规，世贸知识，如何接轨，还有省委1—17号文件。

他说，和哪里接轨?河北?山东?内蒙古?

他们说，和世界，主要是和外国人。

不是和自己人接?

自己人接个什么劲?长得都一模一样，吃的差不多，穿的差不多，就连想的问题也都大同小异，有什么接头?一个人，从河北到山西，那一点儿也不新鲜，甚至可以说没意思极了，尘土飞扬，又乏味，又无聊，要多没意思就有多没意思。但是，一个人要是从乌兰到德国，从李庄到美国，那就不一样了。

外国人愿意和我们接吗?

唉，你管那么多干什么!这不是我们尤其是你这种人要操心的问题。

我有一批蘑菇和木耳，质量都没问题，有十几麻袋，不知外国人愿不愿意要?

先别扯这个，先把你的蘑菇和木耳放下，你现在首要的任务是去学习，明白吗？

对，把蘑菇放到一边，先去学习。

学完了就能把欠款免了吗？倪云说。

听见倪云这样说，万顺忽然变得有些烦躁不安起来，他生气地对她说，不要这么问，我们没有欠款。

听见万顺这样说，村副主任罗金灶几乎是仇恨地瞪了他一眼，听见这样的说法，让他这个做干部的内心感到十分的麻烦而又愤怒。不能不麻烦，没办法不愤怒。他本想对万顺说“你说没有就没有？”但话到嘴边，很快就又改变了主意。他觉得在这件事情上，无论如何都不能再继续纠缠下去了，这种时候，纠缠实际上就等于软弱和动摇，而他本人和乡里来的两名干部此时此刻并不代表他们各自，而是代表……是的，就是这样，就是这么回事。那么，咱们软过吗？什么时候软过？回答是否定的。而他本人，村副主任罗金灶，老罗同志，要是像一个善于吵架的女人一样，与对方一问一答地交火，那无疑是在与对方进行舌战，展开辩论。啊！这是在干什么呢？万顺是个什么人？不过是一个倒腾蘑菇和木耳的小人物，他有什么资格和权利与咱们狡辩，与政府吵架？而他们三个人是来通知他、命令他的，并不是来动员他，劝说他的。命令他去他就得去，必须得去，去也得去，不去也得去，有条件要去，没有条件创造条件也得去。狗日的，我看他这回是去定了，非去不可了……”啊！他娘的，这就对了，总算把相互之间的关系给梳理清楚了，差一点儿让他把我们几个人给绕迷糊了，差一点儿让他把我们领到黑豆地里去，差一点儿让我们都变成没娘的孩子。

梳理清楚双方的关系之后，罗金灶顿时变得轻松起来，他的嘴里发出一种咝咝的声音，既像是在练习吹口哨，又如同车胎撒气一样。他没有再继续理会万顺，因为他有很多理由认为万顺已变成一只煮熟的鸭子，已经不需要再费事了。这会儿再看万顺的时候，他已经不像刚才那么恼怒和仇恨他了，甚至觉得他有些可怜，站在那里是那样的孤立无助。他想，本来嘛，一个常年东奔西跑，贩卖蘑菇和木耳的人，能有多厉害？命中注定就是个吃素的。由此也可以得出一个结论，很多自食其力的人其实都是吃素的。这样一想过之后，他觉得自己所在的这一方实在是太强大了、太有力了，无论面对谁，谁都会变得落花流水，如同枯枝败叶，没有别的结果，结果只有这一种。于是，他转身看着站在一旁的倪云，对她说，那咋能行！要是那样的话，学习班的门早就挤破了。学习班的人啥也别干了，整天就埋头修门吧。刚修好，安上去没一会儿，转眼就又被挤破了。

说完后，他走到一边，看看眼前的几个人，原以为他刚才说的这些能赢得一阵笑声，最不济，至少也能够让乡里来的两位一直都愁容满面的干部笑出声来，但是没有，在场的几个人谁都没有笑，这大大出乎他先前的预料。他想，这是怎么回事呢？是我说得不清楚吗？还是他们没有听明白？或者是有什么东西闯进了他们的心里或眼里，分散了他们的注意力，让他们变得毛毛糙糙、心不在焉。是的，他只注意到其中一个人脸上的肌肉十分微弱地动了动，但那能叫作笑吗？肯定不能，肯定不算。是的，那不是在笑，可以马马虎虎地认为那种表情能够代表一切意思，但唯独与笑无关，怎么扯也扯不上。

这时，乡里的一位干部对万顺和倪云说，学习，不是为了学习而学习，主要是让你们提高觉悟、提高认识，通过学习，清楚地清醒地认识到自己以前那样做是不对的，甚至是十分错误和十分危险的，不是一个合格的公民一个好的公民应该做的，以后再也不能那样做了。学完以后，能够积极地主动地心情非常愉快地感觉如同去领奖或赴宴一样地把从前所欠的款项交清了，不需要让人督促、提醒，甚至登门索要，那样就没有意思了，不仅没有意思，连脸面也没有了。人活脸面树活皮，要是连脸面都没有了，蘑菇贩得再多，那又有什么意思呢？人不是为了蘑菇才活着的。为什么我们一再强调要学习呢？因为通过学习，你的觉悟提高了，认识也提高了，看问题、做事情，从此就和过去再不一样了，别人做不到的，你就能做到，别人能厚着脸皮拖欠，你就不会了，而且永远也不会再发生类似的事了。在你的身上，开始闪现人类的希望。

看到倪云的脸上布满了沮丧和困惑的神情，乡里来的另一位干部说，当然，要是学得特别好，特别突出，可以减免一部分，不过，那得特别突出才行。

倪云想，怎样才能算是特别突出呢？得学到什么样的程度？她觉得自己想不清楚，也不明白。

雪还在继续飘着，这样小的雪应该是没有声音的，但是她觉得自己听到了雪的声音。

很快似乎又听见了往年的大雪像云彩一样一片一片地往下落，咚咚的回声从远处传来。

想到万顺还要去白草坡，而且还有一个叫老谭的人正在那里等着他，万顺到现在还在家里，出不了门，说不定那个叫老谭的人已经开始东张西望地不耐烦了，在骂万顺不守信用……又看到眼前的那三个人一直都虎视眈眈地站在那里，看样子万顺是插翅难飞。于是，她对他们说，我能不能替他去？

你去？罗金灶说。

这个家也有我一份儿。她说。

罗金灶说，我知道有你一份儿，你就是不说，也有你的一份儿，可那哪能行？这是去学习，又不是打牌，他手气不好，下去尿一泡，喝点儿水，镇定镇定，冷静冷静，总结一下经验和教训。你上来替他打一会儿，换换手——这是去学习。我们的社会有多好，依我看够好的了，再也没有比这更好的了。有了问题，不是打你、骂你、斗争你，也不把你一棍子敲死，而是让你去安静地学习，就像古人去修炼一样。普天之下，自从盘古开天地，世上哪有这样的好事？有吗？我敢说没有，百分之百地没有。这要是搁在过去，门儿都没有，你说不去就不去？一绳子就把你捆走，像拴狗一样把你拴走了。

这以后，他就不再理他们了，他觉得有足够的理由让他相信他们夫妻两人现在已成了实实在在的瓮中之鳖。走？往哪走？两个手无寸铁的社员，放开让他们走，他们能走到哪里去？能走出中国去？恐怕本省本县他们也走不出去。正是因为这样，事情才让他这个做村副主任的感到十分的安心和踏实，他才会转身以一种无比轻松的闲聊般的心情和口吻，像讲鬼故事一样，对乡里来的两个干部说，现在生活在村里的人，大不比从前那些年了，总的来说有些失控，很多人都管不住了，变得无组织无纪律，目无领导，完全不把乡、村一级的领导同志放在眼里。还有极少数的人甚至变得无法无天，不知不觉地成了贼、土匪，成为国家和人民的敌人。过去你要找一个人，十有八九能找到，不在家里，就在地里，除非死了，一般都能找到，就是死了，也有个坟在那里，你会明确地知道他在里面躺着。现在不一样了，有些原来挺熟的人，好几年也不见一回，很多人都像老鼠和蚂蚁一样，到处出溜、到处乱窜，你根本不知道他们每天都在哪里，在干什么。

应该是在闹钱。乡里的一位干部说。

对，是在闹钱，全国人也只有这一个目标，万众一心地闹钱。乡里的另一位干部说。这也是人们生活的全部内容。

罗金灶看了看他们两个，然后说，关于这方面的情况，我曾经向上面反映过，可惜一直没有回音。

又把声音压得低低的，说，万顺今天正好能撞在咱们的枪口上，对我们来说，完全是个意外的收获，也可以说是一个奇迹。说实话，来的路上，我一点儿把握也没有，一点儿希望也没有，根本没敢想到能正好碰上他。他要是天不亮就贩蘑菇走了，我们也没办法，总不能发通缉令去逮他吧。

二

望着寂静的院子，倪云想了很久，她想不起该怨谁，后来忽然觉得，要怪也只能怪万顺自己，他要是早晨起来后不在家里瞻前顾后忽东忽西地磨蹭，要是早走一会儿，哪怕提前几分钟，他们也就碰不上他了。

她不是没有提醒过他，她催过他好几次，提醒他不要让别人老在那里等他，要是事先没有和别人约好，没有人在那里等，迟就迟点儿，甚至今天不走也没有关系。可是，她越是催他，他越是在那里磨蹭，并且在磨蹭的过程中逐渐地又磨蹭、滋生出许多的事情，那些事情每一件听起来都与家庭有关，而且密不可分，同时又足以拖住他的后腿，影响他的行程，而要是一件一件地把它们累计起来，会变得庞大无比，异常繁重，让人感到不堪重负，无法忍受。他试图向她证明，他所想起来的每一件事情都是应该做的，而不是那种可做可不做的无关紧要的寡淡事，有些甚至还有一种刻不容缓的火烧眉毛的意味，要是认真地计较、分析起来，哪一件都是要紧的，没有一件不重要。他做到了，他让她比较清晰地看到了他想要说的那些事情，看到他不是在胡说，更不是在没事找事，故弄玄虚，而是所说的每一件事情都是十分真实的，实实在在地有的，即使想掩盖也是掩盖不了的，无论任何时候，它们都像一种不死的证据一样摆在那里，你一天一天地忽略它，看不到它，那是你的问题，不是它们的过错，你一天不去做，不去解决，它们就会一天摆在那里，饶有耐性地等待着，不声不响，不言不语，不嗔不怨。就算你突然死了，从这个家里被抬出去烧化了，埋了，它们也仍然还会在，所不同的只是你不在了。

先是发现家里的墙上有烟熏的痕迹，又黄又黑的景象，难看不说，还有一种烟熏火燎的呛人的气息。这样的墙，应不应粉刷一下？当然应该，谁说不应该？而且应该越快越好，明摆着的事。

住在顶棚上的老鼠，每到夜深人静的时候就出来活动，溜达，像是一些居民在自己家的阳台上活动，大多数的时候在轻轻地走，像树叶一样簌簌作响，但有的时候，不知发生了什么事，它们会像马一样狂奔，尽管没有像马一样打着响鼻儿，发出咴咴的叫声，但叫出来的却是另外的一种声音，一种与它们的身体极不相称的声音。那种声音，要说是老虎的威震山林的叫声，可能有点儿夸张，但也绝对算得上是一种怒吼，是的，就是在怒吼……此外，从它们活动的动静和规模上来判断，已经不是当初的那一两只了，数量明显增多，给人一种风调雨顺、人丁兴旺的感觉，一幅生活美满、安居乐业的幸福图景。关于这一点，倪云自己也有同样的感受，因而她相信这也不是万顺在信口胡说，凭空臆造，她本人也没少受过它们的刺激和折磨。这样的情形，难道还能够允许它们继续发展壮大下去吗？肯定不行，即使万顺同意，倪云也不答应。

附近的山上经常在放炮，每次炮声一响起来的时候，他们家里的窗户就开始跳，开始摇晃，跳得乱七八糟的，镶嵌在窗框里的几扇玻璃因此松动得像是老年人的牙齿，不知道什么时候会突然掉下来。沙子、风、晴天里的烟，动不动就从那些缝隙里钻进来了。进的时候是扁扁的，等一进来以后就开始往大里变，摇摇晃晃地，越变越庞大，变成没有节制的庞然大物，不久便把整个屋子都装满了，不久便把作为主人的他们从里面排挤出来。山上插着小红旗，放炮的人都厉害，一个比一个厉害，一个比一个灰，谁也不尿，想什么时候放就什么时候放，有时候半夜想起来，也会莫名其妙地来一下。听见门窗在松松垮垮地呼塌，听见蝙蝠撞在了玻璃上，接着又碰响了屋檐下的一串干辣椒。来就来了，谁又能怎么样？翻个身继续睡。要是不睡，那你就醒着，也没人管你。

这是墙和门窗。

还有地。

还有院子，院子外面的墙头，墙上的砖头老让人顺手牵羊地拿走。也不知是谁，手那么贱。

还有缸里和柜子里的东西。

还有他们各自的衣裳，日常的穿戴。

万顺告诉倪云说，有一次他和那个叫老谭的人住在一个小旅馆里，夜里睡觉的时候。万顺脱了衣服，露出最里面的一件背心，那上面有几个破洞，老谭愣愣地看了一会儿，然后就躺下了。地上堆满了他们的蘑菇，蘑菇的气味熏得他们睡不着觉，他们只好聊天。老谭铁嘴钢牙，一口咬定万顺在自己的家里没有作为一个男人应有的地位，非说万顺吃的是猪狗食，干的牛马活儿，起早摸黑，过着一种水深火热的生活。老谭这样说，其主要依据就是万顺身上的那件难得见人的破背心，什么都不用说，那就是最好的证明。老谭趴在旅馆的枕头上，一边吸着烟，一边对万顺说，有时候还牛逼烘烘的，你看你穿得像个甚？你看你那件背心破的，像狼掏了一样，我也不知道你牛逼个甚？我这么老了也比你强，衬衫，好的，系的皮带，起码在二百块以上，二百块以下的根本不系，还不如直接用手拎着呢。老谭这样说，万顺当然不承认，他矢口否认，又隐隐觉得老谭这个人实在有些讨厌，别人穿得好赖，与你有什么关系呢？为这事，两个人差点儿吵了起来，都从被窝里钻出，坐在各自的床上，虎视眈眈地看着对方。万顺穿着那件有漏洞的破背心，气呼呼地对老谭说，不要再抽烟了，小心把地上的蘑菇点着了，点着了，咱们就都完了。老谭看着坐在对面床上的万顺，一边摇头一边说，真是个二货，连好赖都分不清，还要出来混事。我说这些，是在为你鸣冤叫屈，我自始至终一直都是站在你这一边的，你怎么反倒和我吵起来了？万顺说，因为事实并不是像你说的那样，所以我很生气，想不生气也不行。老谭说，这么说，是我在胡说？万顺说，你就是在胡说，从下了车，整整一个晚上，你一直都在胡说。

不过，生气归生气，吵架归吵架，老谭的那些话后来还是在万顺的心里种下了一些影子，让他时不时地会想起来，要不然，他也不会对倪云提起这些。

倪云说，以后你再出去收蘑菇，就西装革履地出去？

万顺说，我也没说非要西装革履，差不多就行了，到一些地方，不要让卡住，能进去就行了。

听到万顺这样说，倪云有些不明白地看着他。

万顺说，有一次，他和老谭两个人去一个市政府大院，找一位姓穆的科长，老谭一边打着手机，一边大摇大摆地进去了，他却被在大门口站岗的武警拦住了，武警死活不让他进去。为什么？就因为他穿得不好。

老谭穿得好吗？

老谭当然穿得好，常有人将他认成是腰缠万贯的港商或广东老板，就算这些都不是，至少他看上去也是一位体面的洒着香水的经常出入娱乐场所的人。

倪云看着万顺，她的神色有些黯然。

就是在那时候，她忽然感到屋里的空气有些闷，于是她走过去把窗户打开，刚一打开窗户，外面的那种轻纱一样的小雪就斜着飘了进来，有的直接上了她的脸上和头发上，有的刚一进来就不见了。

很快，从敞开的窗户里面，她又看见街门被无声地推开，有三个人硬邦邦地从外面走了进来，村副主任罗金灶带着另外两个她不认识的人，那时候她还不知道他们是乡里的两个干部，他们雪乎乎地出现在她的视线里，让她吃了一惊。

她听见她的心里哗啦响了一声，是一种很难听的声音，像是有什么东西摔碎了，她不由得皱了一下眉头。

她想，坏了。

她想，谁也不能怨，要怨只能怨万顺自己，他要是早晨起来后不在家里婆婆妈妈烦烦琐琐地磨蹭，而是早早地走了，那就什么事也没有了，就算他们三个人后来硬邦邦地进来，也不能把她一个女人怎么样。

从屋里出来，她一个人站在屋檐下，对面的墙头上落着两只喜鹊，看见她出来，它们很认真地看着她。

后来，她也开始看它们。

就那样双方一直对视了很长时间，像是事先约定好的一样，它们没有飞走，她也没有回去。

天阴得厉害，灰暗极了，连着好几天了，都是这样的天气，天是那样的不干净、陈旧、沉闷、不好看，散发出一种灰烬的气息，似乎还有瘀血包藏在其中。她觉得她从那两只喜鹊的眼睛里看出一些意思，世界好像晚上六七点钟的光景。

冷风在叫唤，就因为叫唤得有些怪，不是那种直来直去的口无遮拦的大喊大叫，所以感觉不太像是风，更像是一个看不见到底有多大的活物，吃力地喘着气，庞然地、圆滚滚地，正嗞嗞地不由自主地裂开无数道缝隙和口子，逐渐地将里面的一些内容显露出来。她看见那两只喜鹊身上的短毛和稍长一些的黑翎不断地被吹起来，又不断地跌落下去，虚虚浮浮地伏在那里，似在等着再一次被吹起。如果它们是两个人，毫无疑问那应该是两个穿着黑大衣的人，当他们在行走的时候，当风吹拂着他们的时候，那黑色的外套就开始摆动，开始向后飞起，露出里面白色的折边、褐色的衬里或一些饰物——比如围巾一类的东西。另外她还觉得，它们也一定注意到了她的同样被吹得有些凌乱的头发。尽管天是灰暗的，没有一点儿亮色，但她还是习惯性地抬起头朝天上看了看，从时间上来判断，如果路上没有耽搁的话，她估计这会儿万顺已经到了乡里了。

三

大约一个多月以前的一个晚上，万顺从外面回来，一进门就对她说，他刚才碰见“猪头肉”了。

倪云愣了一下，过了一会儿以后才明白过来，他说的是村里的党支部书记贾汪。

万顺对倪云说，他冲我笑了一下。

倪云说，那有啥稀罕的。

万顺说，唉，我知道你肯定会说，谁不会笑，是个人就会笑。可是，你不知道，你是没有看见，他的那种笑……

有点儿瘆人?

你说对了，就是那样的。

怎么就碰见他了?

一开始的时候，我并没有看见他，我一直都是一个人在走，我在想那些蘑菇，越想越不对，刚收回来的那两天还好好的，肯定是有人往里面给尿了一泡，也不知是哪个狗娘养的干的。我就那么一边走一边想着、琢磨着，没有人给我们破案，我们自己破，世界上怕就怕认真二字，只要认真地去想，使劲地去想，总能想出点儿眉目来……可是，后来在德龙家的那个旧院子的旁边拐了一个弯以后，突然就碰上他了，两个人脸对脸地走到了一起。

一个黑黑的影子忽然在倪云的前面闪了一下，她听见从她的心里传来一声尖叫。

她刚要说什么，这时却看见万顺朝她做了一个手势，示意她不要出声，不要说话，万顺的那种样子让她感到非常奇怪。于是，她看着他，像是在面对一个从来没有见过面的人，尽量想把他记住一样，但眼前却渐渐地浮现出德龙家的那个残垣断壁、荒草丛生的旧院子，齐腰深的草里常有野猫和蛐蛐，野猫通体漆黑，忽隐忽现，如同一个噩梦或梦里的一个东西，来得快，去得也非常突然，就是人们通常所说的那种来无影去无踪的样子，常常总是一闪就不见了，嗍的一下就走了，只剩下所过之处被碰到的那些草在乱摇乱晃。摇晃本身很能说明问题，证明它们本身受到了冲击或惊动，先前的那种安宁和寂静被打破了，摇晃也好，摆动也好，都是出于无奈。蛐蛐倒是一直都在不歇气地叫着，叫得真切、清晰，有高有低、有棱有角，但也只能听到声音，根本找不到出处，不知道它们到底在哪里……在那些荒草的上面，距离草尖一尺多高的地方，总有几只白蝴蝶在欢快地不知疲倦地翩翩飞舞着，看它们那种山花烂漫的样子，完全看不出是那里的老住户，倒像是初来乍到，对那里的一切都充满了新鲜好奇之心，到处飞来飞去，到处都看不够，飞得饱满、优雅，也不在乎有没有人看，因为总是没人的时候居多，从早到晚，几乎见不到一个人。要是有人站在高处从上往下朝那个院子里看时，看见那些翩翩飞舞的白蝴蝶，会以为是有人撕碎了一张白纸，把手里的碎纸片扬了起来。

她听见万顺在说，我就像看见鬼一样，当时头皮就麻了一下，又麻又紧，像是被人用分开的五指紧紧地罩住了……万顺的声音似乎在一个离家很远的地方，在那里反反复复地鬼打墙一样地徘徊、匍匐，先是原地打转，后来才一路爬着慢慢地转回来。他不由自主地打了一个冷战，接着又是一个，紧接着又是一个，尽管他没说出来，但倪云好像已经知道了，因为她觉得自己看到了，同时也感到了那种完全不由自己控制的悸动。他被吓得够呛。她听见有人在这样低声议论，神色诡异。事实上周围并没有人，只有他们两个，只有万顺和她自己，因为他们是在自己的家里。现在，她看着万顺，仔细地注意他，发现他的脸色果然像是臆想中的那些人们所说的那样一片灰白，不见血色。这以后，她又抬起头看看家里的灯，灯光有些偏黄，由此她认定不是灯光的作用，那种偏黄的灯光只会给人带来暖色，只会给人带来力气，增加血性，而不会让人面如死灰。

倪云，你听我说，正经的好人绝对不会那么笑，只有他那样的人才会那么笑。他是哪样的笑？你小的时候往水里扔过石子儿吧，你还记得那种情景吗？我跟你说，就是那种情景，就是那种感觉，石子儿一到了水里以后，它沉下去了，但水面却不平静了，像是受到了引诱一样，开始改变自己的模样，开始一圈一圈地扩大，从里往外扩，越扩越大，大得让你不知道下文，不知道结果……我在德龙家那个旧院子的旁边看到他的笑容就是那样的，只是在笑，一点儿声音也没有，笑容在一圈一圈地扩大。你看着他，满以为那种东西还要继续扩大下去，要溢出他的脸外，可是，就在那时候，他的笑容忽然之间就没有了，一丝一缕都看不见了，在你完全没有准备的情况下，他说收马上就收起来了。

他收他的，你准备什么？

唉……

他想收就让他收去吧。

唉，你是没有亲眼见过，没见过就根本体会不到那种东西，那不正常啊。

吃饭吧。

倪云，回来的路上，我一直在想，那不是什么好兆头。

他不想吃饭，可是又拗不过她去，不得不吃。

她把饭端上来，他连看都没有看清楚，就张开了嘴，一边往里面送，一边想，我从小就是个听话的孩子，谁的话都听，一直到今天还是这样，谁的话都得听。照这样看起来，以后恐怕也不会有多大的出入，活着好像就是为了顺从。他的嘴张得很大，他一点儿也不知道他的那种样子其实很夸张，甚至有些过分，而只是在感觉中觉得自己像是一只卧在草窝里的鸟，说不上很饱，也谈不上饥饿，只是一听见有饭来了，就马上习惯性地张开嘴，至于来到面前的是谷糜还是虫子，那倒完全没有考虑，因为即使考虑了，也完全是白费心思，弄不好还会是一次实实在在的自寻烦恼。倒是有那么一阵工夫，他真切而又惊讶地感到自己有着一张鸟一样的黄嘴，就是那种随着春天一起到来的稚嫩的鹅黄。一直到最后吃完，他也不知道他吃的究竟是什么。按道理他觉得应该有蘑菇或者木耳，可是他回忆了一下，又觉得好像没有。有一瞬间，他想或许应该问问倪云，核实一下，澄清一下，别人不知道，说不清，她至少肯定知道，但马上又觉得不能问。那样的一个念头像一盏灯一样，刚点亮，刚举着出了门，很快就被迎面过来的风吹灭了。

这以后，他趁倪云不注意，急忙用一只手将他的嘴遮掩起来，他知道她有一双明亮的眼睛，还知道她心细，他不想让她看见他平白无故地突然有了一张像鸟一样鹅黄的嘴……他想，过一会儿也许就好了。

这以后，他就一直呆呆地坐在那里。

整整一个晚上，他看上去显得很疲倦、乏力，脸色虽然不像刚回来时那么灰白，可是却变得非常的黄，是一种再没有力气继续奔走、生长的枯黄，原先面上还有一些能够让人感觉到精明的东西，现在那些东西也全都不见了。它们这样轻而易举地说走就走，说不见就随随便便地不见了，不禁让他对它们的真实性和可靠的程度产生了疑问。

一直都是倪云一个人在说话，一直都是倪云一个人在出来进去地走动，万顺在靠窗户那里坐着，偶尔他会猛然答应一声，那是因为他隐隐地感到倪云在和他说话。也只是一种十分模糊而又飘忽的感觉，究竟她说了没有，到底又说了什么，他完全不敢确定，一点儿也不知道。他的那一声答应，更像是一次梦魇，像是大雾里的一种回声。因而，当他看着倪云的时候，他脸上的神情变得十分尴尬，仿佛做错了什么，而且错已注定，连挽回和修补的机会也没有了。不过，就是这样的情形也是很少的、不多有的，大多数的时候，他像是在睁着眼睛睡觉，对周围的一切都少有反应。

倪云对他说，他不在的时候，他的姑姑来过了，姑姑说东山因为和别人打架，被捉进去了，姑姑来求他帮忙，托托人，再出点儿钱，把东山捞出来。

东山是他的一个表弟，就是姑姑的儿子，但是他觉得自己根本不认识这么一个人，不仅从来不认识，似乎连听都没听说过。他有些迷惑不解地看着倪云，不知道她在说什么。

我替你答应了。倪云对他说。

又说，我所以答应了，是因为我觉得他在里面住不了多长时间，用不了多久就能放出来。那么多的血淋淋的大案子放在那里，谁有心思去搭理他们这些不起眼的小毛贼？他们就像是一些跳蚤，再怎么从他们身上挤，也挤不出多少血来。

他看着倪云，不知什么时候，她的头发从后面挽了起来，这使她看上去像是变了一个人。

和以前长得不一样了。他暗自想道。

这么一弄，真的和原来不一样了。他想。

外面在刮风，树木像是在风中集体奔跑、迁徙，那些细小的枝丫仿佛一些不能自理的孩子一样，不断地跌倒，再爬起来，在纷乱中哭爹喊娘地叫着。

他听见有的风被墙挡住了去路，发出愤怒的叫声。

又听见一些窗户像是在哭。

就那样坐着坐着，后来，他就渐渐地不知不觉地出溜下去了。他睡着了。

等倪云来插好街门和屋门，准备睡觉的时候，她看见他睡得像个闯了祸的孩子。

第二天晚上，几乎是在和前些天同一个时间里，万顺从外面回来，脸上灰灰的。一只鸽子在他们的玻璃上撞了一下，又在窗台上扑棱了一阵。万顺朝外面看了一会儿，然后有些心神不宁地对倪云说，麻烦来了，我们有了一笔欠款。倪云说，欠谁的？万顺说，欠村里的。倪云看着万顺，愣愣地想了一会儿，万顺那种灰灰的样子，再加上鸽子在窗户外面扑棱，让她感到自己什么也想不起来。万顺对倪云说，我和你一样，我也想不起来，可是有人能想起来，而且已经想出来了。

天还没有完全黑的时候，有一个人突然无声无息地出现在万顺的面前，把万顺狠狠地吓了一跳。来人是村里的守夜人七板，一只手是断的，一条腿是拐的，都是朝里弯回去的，至于断的是哪一只手，拐的是哪一条腿，万顺一点儿也不知道。除了这些，让万顺感到奇怪的是，他完全不知道七板是怎样来到他面前的，竟然让他一丝声息也没有听到，一点点影子也没有察觉到。平时的七板，走路的时候两只脚与地面摩擦得非常厉害，谁看了都会觉得异常的吃力，费劲……看着站在眼前的至少比自己矮一头的又像一个幽灵一样的七板，万顺想，没有听见他行走，没有听见他用脚刺啦刺啦地磨地，与地过不去，他是怎么过来的呢？难道是飞过来的？就算是从上面飞过来的，也不能完全就什么也没有，苍蝇在飞的时候还能时常被人看见呢，苍蝇小不小？比一般的鸟小多了，七板难道比苍蝇还小？难道是一个肉眼看不见的细菌？在万顺恍恍惚惚的感觉里，七板更像是一只浑身散发着腥甜气息的蝙蝠，是趁着傍晚时分暮色的遮掩无声无息地从空气里游过来的，飘过来的。

先姑且就算是这么一回事吧。万顺想道。

守夜人七板是来向万顺传达一个通知的，让他立即去村里的办公室一趟。万顺询问是什么事，七板摇着头说不知道。这以后，他们一起往办公室走，每走一步，七板的全部身体都要神经质地扭动抽搐好几下，万顺听见七板的那种刺啦刺啦的脚步声与粗糙的地面又难解难分地纠缠在了一起，摩擦得异常厉害。有时候，他走着走着，回头看看，不得不停下来，等一等走得异常费劲的七板，也不需要等多久，七板很快就从后面呼哧呼哧地赶上来了。

几次看见万顺停下来等自己，七板显得有些不好意思，很是过意不去。

你先走吧，不要管我。七板对万顺说。

但万顺没有独自走。

远远地就看见办公室里亮着灯，黄黄的灯光看上去毛茸茸的，房顶上面的烟囱里有烟冒出来，像是从下面挤出来的。党支部书记贾汪和会计王世信看样子已经恭候他有一阵子了。万顺一走进去，王世信马上展开自我批评，说了一通他本人的不是，说完后就打开一本账，翻到其中的一页，里面还夹着好几张大小不等的纸，王世信的一个发黄的手指头不断地在上面跳来跳去。那个手指头像是一个喜欢到处乱翻东西的孩子，不断地在发现，在表达、在证明……万顺就是在那时候看到那笔属于他本人的账目的，随着那个蜡头一样的手指后来渐渐地慢下来、安静下来，他感到自己的心里突然长出一片一人多高的杂草。

他说，有这种事？

看见那两个人都没有说话，都在盯着他看，于是，他又说，我不记得有这样的事情。

王世信说，时间太长了，也不能全怨你，谁都有可能忘了，尤其是债务这种东西，别人欠你的也好，你欠别人的也好，都容易忘了。

听见王世信这样说，万顺如同被一块石头砸在脚上一样，立即跳了起来。

他说，我没有债务。这是从哪儿闹出的一笔钱？

王世信说，从历年来的账上。

那时候，他感到了一种疼痛。

他看看他们两个人，说，你们可真能胡说。

王世信说，就算我们两人是胡说，可是，这么旧的纸，这么黄的纸，难道它们也会胡说吗？

当然会，它们凭什么就不能胡说。

王世信唉了一声，用一种叹息般的眼神看着他，接着，又看了看一旁的党支部书记贾汪。

万顺对王世信说，你别到处看，看谁也没用，我要去告，我要找地方去说理。

贾汪说，你去告吧，你即使不告，我也得去告，有这么好的证据放在这里，我不怕他法院瞎判，他们要是敢瞎判、敢胡判，他们本身还要犯渎职罪呢。

正是贾汪的最后这一句话把万顺给吓住了，万顺看见他说得认真、严肃，脸上和脖子上的“猪头肉”在微微地颤动，从很多方面来看，都不像是在吓唬他，是的，不像。万顺装作漫不经心的样子瞟了一眼放在王世信面前的那本账，以及那几张大小不一的颜色有些发黄的纸，就这么点儿东西，要是弄不好的话，难道就会让法院本身也犯了法，让法院也没脸见人？看贾汪的样子，像是对打官司很在行，而且似乎早就准备好了。

这时，他忽然看到王世信合上了账本，又收好那几张纸，脸上浮现出一层轻霜般的笑意。

他笑什么呢？

看着王世信的那张塌陷得很厉害的脸，万顺在心里说，王世信啊王世信，尽管你很瘦，瘦得像一只没奶的山羊，可是，在我眼里，在许多像我一样的劳动人民的眼里，你也一样是个“猪头肉”式的干部，你也一样是个“猪头肉”。

他把这些说给倪云听，两个人连晚上的饭也忘了吃，仿佛有一堆没有头绪的乱麻堆在屋里，堆在他们的周围，每走一步，都会被绊一下，每绊一下，就会比原来缠得更紧。后来，他们渐渐地意识到，这有点儿像是那种用马尾做成的套鸟的绳套，乖乖地在里面不挣扎还好，越挣扎，就绕得越紧，套得越牢。

倪云说，我们在哪里得罪了他？

万顺说，我也在这么想，回来的路上，我一直在想，我们究竟在哪个地方得罪了他呢？

想出来了吗？

没有。

肯定有，不一定是在哪里。

……

这天夜里，万顺梦见一个好天气，在他的记忆和印象里，他外出收蘑菇的时候，还从来没有碰到过这样的天气，老天爷似乎经常和他们这些出门在外的人过不去，不是刮风，就是下雨，不是热得要死，就是冷得要命，收到手的蘑菇受潮、发霉、长虫子，甚至彻底腐烂，是经常的事。有时候在别人的手里时还好好的，什么问题也没有，可是一等到了自己的手里就不行了，眼巴巴地看着看着就出了问题。日他妈的。

天气晴朗，草长莺飞，看不见水，却时刻都能听见水在流动，在哗啦哗啦地响，还能十分真切地感到水的清澈和明亮，树林和山脉都倒映在里面，在温软的微风中轻轻荡漾。在梦里他还在疑惑，还有些不敢相信，这是从哪里流出来的水，这么清亮干净的水现在可不多见了，要想见一次，可能和过去的人要想见皇帝见公主一样费劲，一样不容易，甚至无望。究竟是从哪里流出来的呢？他想起有一次他和老谭一起出去收蘑菇，一路上见不到一滴水，差一点儿把他们渴死。老谭不住地拍着自己的腰包说，我有钱。他想，这种时候，光有钱又有什么用呢，钱是一回事，水是另外一回事，有钱你能怎么样？还不是照样渴得你王八蛋头晕眼花。老谭不住地向四周一带张望。老谭对他说，这时候要是有人忽然端来一碗水，我马上给他一百块钱，你信不信？你作证，我要是反悔，我要是打折扣，我要是说话不算数，不给人家，我就不是人，我就是一个王八蛋……老谭啊！一向都硬邦邦的，谁都不尿，没想到也有不行的时候，也有他软的时候。

这以后，他梦见自己在睡觉，昏睡不醒。他看见自己睡着后的姿势，像一只弯曲的虫子。

他远远地惊讶无比地看着自己的睡相。

见过别人的睡相，形态各异，还从来没有看见过自己睡着以后是什么样子呢。

云蒸霞蔚。

那时候，一个全身镀金的人站在云里，身上缠绕着雪白的云彩，正在点名一样一遍一遍地叫着他的名字，叫声如同金属在鸣响。看见他睡得很死，没有任何知觉和反应，镀金的人很快就显得不耐烦了，从暄腾庞大的云里突然伸出一只金光闪烁的手臂，空空的手掌像是叩门似的在空中抓了几下，先是抓来一阵风雨，一会儿又抓来一阵雷声，大雨滂沱，电闪雷鸣，起初的闷雷在经过一段时间的滚动和碰撞之后，演变为撕裂般的响雷。看见他依然沉沉地睡着，仿佛死去了一样，雷声于是就在他的屋顶上响起，之后又不断地从屋顶上跌下来，滚落到了院子里。

这以后，他看见自己终于被炸醒了。

很快，他又看到自己像是现了原形一样，像是缩了水一样，整个人极其微小地匍匐在地上。

那个镀金的人站在云里，用一种嘲讽的口吻对他说，你真是个属核桃的，不敲打就不行；你真是属煤油灯的，不点就不亮。

他不明白镀金的人为什么要这样说，这样说又是什么意思。他说，我昨天出去收蘑菇，一天没吃上饭，回来得又迟了。

镀金的人厉声说道，废话少说，赶快把你所欠的那些款项都交了，交了就没事了。

听见镀金的人这样说，他着实吃了一惊，一点儿也没有想到他会说出这样的话来。他慢慢地抬起头，小心翼翼地仰望着上面，他本想问镀金的人为什么要这样说，为什么要站在村干部的一边，帮他们说话，助纣为虐，趁火打劫，但又怕闹不好得罪了对方，让事情变得雪上加霜，越发不可收拾。到目前为止，他还不清楚这个人是谁呢，轰的一声就跑出这么一个人来，他完全不知道他是从哪里冒出来的，是从哪个渠道下来的。他开始暗自猜测、分析这个镀金的人的来历和大概的身份，看样子首先不像是乡里的，甚至不是县里的，至少也是省里的。可是，真要是从上面下来的，又怎么可能对下面的事情知道得这么多这么细呢，这是绝不可能的！没吃过猪肉，还没见过猪跑吗，他知道有些所谓的干部都是些什么样的货色，都是些狗东西、狗贼、苍蝇、臭虫。

他猜出他的来历和身份，于是，他只得说，我冤枉啊，没有那样的事。镀金的人板起金属般的面孔，冷冷地说，谁说没有？不信你到你们会计那里去看。看见镀金的人不像是在吓唬他，更不像是在开玩笑，他愣住了，呆呆地望着云头。云，那些白得让他感到眼睛刺痛酸楚的东西，有一阵工夫翻卷得非常厉害，声势浩大，咄咄逼人，一浪一浪地压过来，凶猛得让人害怕。有一阵又出奇的平静，一动不动地堆在天上，像是扫到一起的雪。镀金的这个人到底是个什么人呢？他想，连那样的事情也知道，连账上的那些数字也一清二楚？除去这些，还有什么他不知道的呢？

于是，他大着胆子问了一句。

他说，连王世信这样的人您也认识？

镀金的人哼了一声，没有回答。那时，他看见他的一根眉毛像是受到苍蝇干扰似的跳动了一下。

四

母亲至今还住在倪云她们小时候住过的那个院子里。有所不同的是，原来全家人都住在这里，现在只剩下母亲一个人了。另外，每一次回来，倪云都会有一种奇怪的感觉，明显地觉得这个当年十分宽敞的院子正在一天一天地变小，每回来一次，她就会发现她们的院子就狠狠地缩小一次，墙头也短了、矮了，而且还在一天一天地向住人的屋子前挪动、逼近。看着那越来越狭窄的院子和矮小的门，倪云有时候想，难道墙头也会挪动，也会走吗？要说它们不会走动，多少年来一直都是静止不动的，为什么院子会被逼成今天这副样子呢？她感到想不清楚，每次一推开那扇曾经无数次推开过的街门，视线被墙头上和屋顶上的那些不声不响的荒草牵引过去，都会有一种十分纤细的比头发还要细还要软的说不上来的难过开始在她的身体里面无声无息地行走、游动，进而又让她感到脸热、心跳、腿软。别人谁也不像她这样，和她从小一起长大的那些女伴们，她们每次回娘家，有时抱着孩子，拎着东西，稀里哗啦地从外面一头扎进屋里，只有她，每次回来，一推开街门，就会被绊住，被周围那些熟悉的东西牢牢地牵住，像小的时候被酸刺勾住衣裳一样，一缕抹在山墙上的阳光，一朵小黄花，几个泥坛子，说不上是些什么东西，就能让她停顿下来……常常总是母亲隔着窗户先看见她，然后开门出来，把她叫进屋里。

埋着头帮母亲摘了一会儿菜，一边摘，一边听母亲唠叨一些事情，有时候听着听着就走了神，等回过头来再听的时候，母亲已经从张三家的外孙说到了天气，很快又直奔去年冬天，去年秋天，直至去年夏天，大水坑里淹死了人，一到夜里，就听见有人在街上的角落里嘤嘤咽咽地哭，声音说起来不算大，甚至像悄悄话一样低声细语，但不少人的耳朵里都能听见。

“一直在哭，”母亲说，“别人听了怕得不行，我觉得怪可怜的。我老了，没啥怕的，有一回我听见好像就在咱们家门外哭，我就出去看，一看，啥也没有。我又听了一会儿，声音好像是从孙举他们家的房后传过来的。”

“深更半夜的，别人都不出去，你也不要出去。”她对母亲说，“万一跌倒怎么办？身边连个能扶你的人也没有。”

“看你说的，我哪能说跌倒就跌倒。”

“就算不跌倒，万一受了风呢。”

“我披着衣裳呢。”

母亲说着，笑了笑。

母亲朝她笑是有原因的，来了以后，她一直在埋头摘菜，一句话也没有，一直都是母亲一个人在说话，说这说那，现在，好不容易看到她终于开口说话了，母亲觉得很高兴。

等摘完菜，又要帮母亲洗衣服。母亲说，这天气，洗了也干不了，等天晴了再说吧。

于是她就坐着。

她看见挂在墙上的父亲的遗像。

在父亲的遗像的旁边，钉着一个钉子，是母亲自己钉上去的，钉子下的位置自然是母亲留给她自己的，将来有一天用来挂上她本人的遗像。照片其实早在两年前就已经照好了，只是现在还不能叫作遗像，无论如何都不能，所以母亲一直收着，放在一个柜子里，偶尔有时候会拿出来看看，独自欣赏一下。要知道，并不是每个人都有机会和可能能欣赏到自己的遗容，能看到自己在这个世界上最后时刻的样子。

她闻到了母亲腌的泡菜的气息，它们从一个坛子里钻出来，像一条看不见的小龙一样在屋子里游动。

又看见母亲用黄布缝制的像麻雀那么大的两只小老虎蹲伏在屋里的窗台上。

窗户上的几孔小玻璃擦得很亮，下雨的时候，母亲就一个人坐在窗前，透过那几孔小玻璃看雨，下雪的时候，也还是坐在那里，透过那几孔小玻璃看雪。雨有时候像是从天上放下来的细麻绳，一根一根地竖在院子里，垂在街上，地上已经全是水了，但上面还在不断地往下放，不容分说，不管不顾，漫不经心，只管唰唰地往下顺。下雪的时候，天上漏下来的是什么呢，当然不是白麻绳，而是数不清的白沫子。

母亲还给她说笑话听，像母亲这样的年纪，能够听到的事情已经不是很多了，而要在那些为数不多的从别人那里听来的传闻中挑出来几件让人听了觉得可笑的事情来，那就更少了，也更难，但母亲还是尽量地搜罗，像扫树叶一样，尽可能地把所看到的每一片都扫起来，然后拿给她看，说给她听，目的只有一个，就是想让她高兴。

她默不作声地听着。

她听到母亲停顿了一会儿，然后忽然对她说：

“出点儿钱，把万顺赎回来吧。”

她先是愣了一下，很快又看见母亲从身上掏出一沓钱，朝她递了过来，她怕烫似的往后面躲了一下。

“我不要。”她说。

“拿着。”母亲说。

“他不让赎他。”

“他愿意在那里面住着?”

“他是去学习，又不是去坐牢。”

“去几天?”

“大概一个多月。”

母亲用征询而又不解的目光望着她，有一阵工夫，她像是被什么东西噎了一下，感到身体里面变得很满，感觉如同一湾满满当当的水，在轻轻晃动的时候，不时地有声音溅出来，有亮光跑出来。几乎就在同时，她隐隐觉得有人的身影在那种短暂的转瞬即逝的亮光里闪现，情景仿佛是在一个夏天的早晨，可是又没有十分明确的和显眼的标志证明就是一个夏天的早晨，从颜色上看来，要说是一个残阳如血、日头将要落山的黄昏时分，也完全说得过去。

屋里的光线告诉她们，外面的天色比不久前的时候更暗了，窗户上是灰黑的颜色。

她没有留下来吃饭，她在母亲失望而又有些难过的视线里慢慢地向自己的家里去，背后有一种微微温热的东西一直跟随着她，不远不近地照耀着她，她没有多想，她直接而又笼统地把它理解为那是母亲的目光和眼神，长的是目光，短的是眼神，在那种悠长的如往昔一样的眺望里，她第一次意识到那种简短而有时又直接的东西从来都没有停止过生长。转过几个弯，又过了一个街口以后，她感到腰那里忽然凉了一下，紧接着，很快又涌起了一阵微微的酸痛，她知道，母亲的目光已经不在她的后面了，它们无法再一直跟着她了。

时光像是处于一天中的夜半时分，但又肯定不是那个时候。她从一些烟雾缭绕的院落前经过，很多人家还没有开始吃晚饭，猪在院子里来来回回地踱步，有的直接示威般地仿佛上访似的躺在堂屋的门口，出来进去的人都会被不小心绊一下。“这死猪，真会找地方。”肯定是有问题需要解决，不然不会平白无故地躺在这里，像是躺在信访局的门口。年幼的孩子在奔跑、叫喊，黑炭般的手里挥舞着熊熊燃烧的上面淋了柴油的不知从哪里捡来的旧皮带、旧车胎，上天入地，火星四溅。有水桶咣咣的声音和劈柴的声音在互相干扰，老年人也在趁机吃力费劲地咳嗽，有的咳嗽声不小心被抬高以后，半天下不来，高高地悬着，好久缓不过劲来。狗站在鸡窝旁边，表面看像是一名忠实的岗哨，但只要一有空，就会不断地嗅来嗅去，还常常伸出一只手，试图将鸡窝上的小门闹开。“走开，到一边卧着去，”主人说，“不要把鸡吵醒。”又说：“你站在这里，它们会睡不着的。”主人没有胡说，事实也正是如此，它们要是真的受了惊吓，就不再下蛋了，至少会在相当长的一个时期内下不出蛋来，一毛不拔，如同一个急火攻心的人，如同一个受到严重刺激的人，不再能够用平常的东西去衡量它，去要求它，也的确不好再那样。

烟囱里最初的黄烟经过一段时间的抽搐和扭曲之后，慢慢地过渡成为蒸气一样的白烟，当意识到再没有什么可留恋的东西时，便义无反顾地向空中走去，越走越远，永不再回来。

为什么我的眼睛里时常会不知不觉地有泪水涌现，有时夺眶而出？那是因为我傻。我想过很多次，没有别的，原因似乎只有这一个。

灯光从一个一个的窗户上映照出来，透过那些窗户，能看到里面的人在走动，在训斥，在交头接耳，在无限沮丧地垂着头，在狡辩，在回忆，在发呆，在狼吞虎咽，在仰头服药，在伸懒腰，在查看电线的接头，在穿衣服，在脱衣服，在自娱，在自乐，在相思，在单相思……情形如同一出又一出的皮影戏。

她慢慢地走着，听见有紫红色的花椒正在一些烫手的锅里乱蹦乱跳，有清脆好听的女人的声音像美丽的蝴蝶一样在昏暗的时光里翩翩起舞，飞来飞去。

回到家里以后，她一个人躺着，家里，四周一带，几乎听不到任何声音，以往的时候，还能听到有人在街上说话，走动，可是这个晚上，仿佛所有的人都消失了。看着似乎在沉睡的窗户，她第一次发现，原来寂静也是有形式的，有时候是一种小范围内的安宁或悄无声息，而有的时候，比如现在，就是一种无边无际的寂静。

她想，假如万顺要是不小心被他们突然整死，从此再回不来呢？这样想的时候，她忽然感到脸前变得很热，嘴里变得又咸又苦，恍惚中看见万顺的血像羊血一样喷了出来，有的溅到墙上，像是墙上开出的梅花，更多的在地上流着，像打翻了的油漆。一个声音在说："这狗日的，身上的肉不多，没想到血还挺不少。"另一个声音说："最少也有一洗脸盆。"一边说着，一边如同踩着石头过河一样往那些没血的地方跳去。

万顺像一捆干草一样躺在一进门的地方。后来，有人看不过去，就转移到了门后。

她用手捂住脸，久久不敢把手拿下来。先是听到身体里面人声嘈杂，地上是亮的，既像是白天，又有点儿像是一个有月亮的晚上，树叶也露出发白的一面。

嘈杂声渐渐小下去以后，有一个细细的蚊子一样的声音突然像跳动的灯花一样跑出来劝她、开导她，希望她能够胸怀国家，放眼世界。

又说，人生能有几回贱？

又说，别以为贱就是一个不好的词，不要忘了它还有另外一个很体面的同义词——积极，只是为了顺耳，为了好听，后者才被广泛地运用。

就这样娓娓地说着，让她在不久以后慢慢地听到了自己的心跳。一开始的时候，她没往很远去想，也没往别处去想，只是在琢磨，这是在说什么呢？但是后来，她忽然有点儿明白了，那样的一种劝导，表面上看是劝导，实际上更是一种真正的引诱和移性。她慢慢地腾出一只手，把跑到脸前的头发撩开。

五

她没以为自己能睡着，一觉醒来以后，从对面墙上的镜子里忽然看到了她的有些凌乱的头发。那时候正值深夜，她看到镜子的深处似乎有东西正在活动，仔细去看，看到似在开启、张合，于是就疑心是花朵。再盯着看看，忽然没有了，镜子的表面变得黑亮平滑，如一潭深水。

仅仅只过了一会儿，很快又听到镜子的深处有轻微的响动传来，这回她看得比较清楚，浮现在镜子深处的是几片粉红的花瓣，有的地方接近于肉色，能感到它们一开始是合在一起的，甚至相互有些粘连，但渐渐地，它们开始一片一片地分离、张开，颤抖着从里向外打开，盛开，翻卷，裸露，已经能够清楚地看见最里面的那些柔弱的花蕊了。

这以后又过了一会儿，她看见那朵花终于全部盛开，全部张开了，里面的一些包括花蕊在内的机关，也全都完全彻底、毫无保留地裸露在镜子的最深处，它们在一起一落地动，在大口地呼吸、吐纳……粉红的花瓣上面，褐色的折边似的陪衬上面，花蕊的里面，到处都缀满了无数晶莹的湿漉漉的露珠。

那时候，她好像把所有的东西都忘了，只听到自己长长长长地喘了一口气。

她感到自己有些累，于是，十分慵懒地伸开两条手臂，又轻轻地合上了眼。平常也没觉得有什么，以为就是一面普通不过的镜子，没想到里面竟会有那么多的名堂……天哪……妈啊……那最深处的东西让她着实感到难忘。她就那样闭着眼睛躺着，整个人变得十分松弛、迷离，很想爬起来再好好看看，可是又懒得起来，从腰到两条腿，再到上面，整个身体好像都不再由她本人说了算，她不再能够调遣它们，不再能够让它们乖乖地听话，说一是一，说二是二，她多少有些惊异于它们的任性、多变、善变、肆无忌惮和不服管教。有一阵子，她甚至不得不在心里问自己，这个像云彩样丰润饱满的女人体到底是谁的身体？

就那样合着眼躺着躺着，她的眉毛忽然不由自主地跳动了一下，两根眉毛一起跳，不是其中的一根在单跳。就是那时候，她非常清醒非常明显地感到有一个人正站在她的头边，正在仔细地盯着她看。

她听见自己叫了一声，又有些害怕地睁开眼，看到她的脸前果然站着一个人。

她忍不住又叫了一声，叫过以后才看清那个人是万顺。

她哼哼呀呀地对万顺说：

“吓死我了。”

万顺还是像先前那样仔细地看着她。

镇定了一下后，她问万顺说：

“你不会是偷跑回来的吧？”

这个时候万顺已经在开始脱衣服，先脱掉的是最外面的一件上衣。他一边继续脱，一边对她说：“真是个傻女人，在胡说些什么！从来也不把你的男人往好的方面去想，一说到我，就总是把这些偷跑啊逃窜呀一类的不好的词往我的身上贴，硬要把它们生拉硬扯地和我连在一起，我在你的眼里就那么糟吗？也不问问我吃了没有，累不累，一张口就是‘你是偷跑回来的吧？’不！我不是，我不是偷跑回来的。”

“好，我问你，你吃了吗？”

“没有。”

“累不累？”

“要说不累，那是胡说，不过，也不要紧，有一点点。”

“那你告诉我，你到底是怎么回来的，请假？”

“已经没有那个必要了。要是在刚进去的那时，请假也请不下来，但现在不一样了。我告诉你，我已经胜利地毕业了。”

“毕业了？”

“对，在所有那些人里面，我学得最好，也最卖力，乡里也很够意思，不但把‘猪头肉’和王世信两个狗贼强加给咱们的那笔账一家伙全免了，以后再不提起，另外我还受到表扬和奖励，很多人因此眼红得要命。”

“有这样的好事？”

“你不信？”

“这两天快把我愁死了。”

“不要愁，人的运气这个东西，说不来就老也不来，伸长脖子盼也盼不来，更何况那也不是个说盼就能盼来的东西。可是，它要是打定主意要来，铁了心要来找你，你就是想挡也挡不住，无论你藏到哪儿，它都能把你逮到。”

“你慢点儿说。”

“我觉得我现在就是那么一个被运气逮住的人，当然，你也是，因为我的运气也就是你的运气，因为我们两个人是一根绳子上的两个蚂蚱。”

“打个比方也打的这么笨，我不是蚂蚱。”

“怎么不是。你是一只母蚂蚱。”

“去！”

“这两天可把我憋坏了，我再不想去那个地方了。”

“去过了就不用再去了吧？”

“当然不用再去了。人家好不容易把你放出来，完了你再拼命挤进去？”

后来，他们都有些乏力地把身体躺平，两个人都觉得有些眩晕，像是两名危险的高血压患者。

他说起了乡里的一些事情。

他说，白天他们学习，晚上就去听房，比看电视有意思多了，比电视里的任何一个节目都要有趣几倍、几十倍、几百倍。去听谁呢？听书记和乡长的。但书记一般不常在，偶尔才能碰上一两次，乡长却几乎天天都在。所以，名义上说是去听书记和乡长的房，实际上主要是听乡长一个人的，乡长就是主角。

乡长这个人，以前他们都不太了解，甚至可以说一点儿都不了解，但这些天，人们基本上算是把他看透了。总的来说，乡长这个人属于那种外强中干的人，白天看上去硬邦邦的，总是那么硬邦邦的，让人觉得他非常厉害、非常凶，乡里的几个年轻的公务员刚来时还在私下里常说这样一句话，叫“乡长猛于虎”，不是随随便便的乱说、胡说，完全是根据实际情形，根据他们各人的印象有感而发的。为什么会有这样的话，那是因为他们初来乍到，对乡里的一切都不了解，尤其是对乡长本人更是完全不了解才造成的，凭的只是一种粗枝大叶的表面印象。所以，当后来他们逐渐地对乡里以及乡长本人有了比较全面的更深一层的了解之后，那句话基本上就再不怎么被他们像以前那样说来说去了，再后来，就完全没有人说了，就因为与事实不符，甚至相去甚远。

实际的情形是，乡长在白天厉害得不得了，见谁骂谁，但一到了晚上，他就完了，他就不行了，不是假完，是真完，是真的不行了。站在外面的人们常听见乡长这样说：

“嗐，他妈的，又完了，原以为这一回没问题了，没想到又完了。真他妈的!”

他身边的女人，有的从心里蔑视他、嘲笑他，看他的笑话。也有那种真心诚意的，从心里想帮他，与他一起着急，一起上火，一起恨铁不成钢，耐心地安慰他，一再地勉励他，慢慢来，这次不行，还有下次，今天不行，还有明天，今生不行，还有来世。

时常看见他水深火热地焦头烂额地大汗淋漓地爬起来，然后盘腿坐在床上，像是在修炼武功一样，左一下右一下地打自己的耳光，有时还拿头往墙上撞。

“乡长为什么要打自己?”倪云说。

“为什么？看你问的，你说为什么？那能为什么？还不是因为觉得自己无能吗，一事无成，气的，愁的，急的，麻烦的，闹啥啥不成。”

“自己打自己就能顶事了吗？”

“唉，穷则思变，那也是没办法的办法。一个人总那样，天天都那样，能不麻烦吗？一次两次那样，并不可怕，可怕的是一辈子都那样，永远都那样。你想想，他不打自己，不扇自己，又能去打谁呢？只能打自己，狠狠地扇自己。”

“想不到竟也是个那么可怜的人。”

……

这一夜过得又快又慢，天亮时倪云醒来，看到屋里只有她一个人，万顺并没有回来。

她闭着眼想了一下，随后便立即万分惊愕地突然翻身坐了起来。

她看看屋里的情形，又看看自己的身上，她愿意相信她刚刚从一个长长的梦里醒过来，可是……

她想让自己明白，可是又好像觉得不敢让自己明白。

这样想着，她有些僵硬而又酥软地坐在那里，两条腿紧紧地夹着，仿佛在为别人守护着一个秘密。

大约一个多小时以后，当有人来敲门，并在门外面大声叫她的时候，她仍然保持着那样的一种姿势，她没有分辨出是在敲谁家的门，甚至连母亲的声音也没有听出来。

而母亲的眼睛尽管昏花，却仍然还是一眼就看到她眉头紧锁。

六

临近十一月份的时候，天气开始变冷。有一天，她带着几件衣服，去乡里看万顺。他们在乡政府外面的一道长着荒草的土坎上坐下后，她仔细地看了看万顺，发现他似乎变得比以前更老实了，头发刚刚理过不久，身上的衣服也不太脏，比她在来时的路上想象的要好。

“谁给你理的头？像个锅盖似的。”她说。

“雀山的老李，李洞宾。”万顺说，“你也觉得像锅盖？我照完镜子后也跟他说过，可他非说不像，还说长两天就好了。”

“你在这里学得咋样？”

“挺好，没人打，也没人骂，饭也能吃饱。”

“我妈还让我花钱把你赎出来。”

“赎出来？不用赎，真的不用赎，花那个冤枉钱干什么。”

“你学得算是突出的吗？”

“不是，肯定不是，不光我不是，这里几乎所有的人也都不是。为什么呢？听我告诉你，不是我们无能，不好好学，而是因为有人太奸诈、太会算计。你知道有一个叫黄鼠窝的村子吗？对，就是我大姨的头一个男人的那个村子。这一回，黄鼠窝一共来了三个人，另外那两个人还好，只有一个姓陈的，真是个王八蛋，不论做什么事，不论在哪方面，都要抢在我们所有人的前面，只要有他在，别人就都是落后的，不落后也得了落后，上一节课，能举一百次手。如果将来真有人能被免了债务，我想那个人一定是他，我们所有的人都这么认为，那个人一定是他，也只能是他，别人谁都不行。”

“那你们就都没有希望了？”

“那是肯定的。”

“碰上这么一个人，也真让人没办法。”

“要说是命不好吧，我也承认，要说一个两个，三五个，七八个人命不好，那也没说的，可是，那么多人，总不能都不好吧？可是，事实证明，就是不好，不管你有多少人，在这种事情上，和人多人少没有关系。我们村里那么多人，数谁的命最好？肯定是‘猪头肉’，来了这里吧，又碰上个姓陈的，要多倒霉有多倒霉，有他在，我们就集体没希望，他断了我们所有人的念想。”

“你知道我们在哪里得罪了他？”

“你是说‘猪头肉’吧？这些天我也一直在想，可想不出来，我真不知道在哪得罪了他，我觉得没有。”

“你觉得没有不等于真的就没有，一开始我也认为没有，因为实在想不起来。有一次，我妈问我，他的儿子结婚的时候，你和我去了没有？我妈这么一问，把我吓了一跳，我忽然想起来了，你和我都没有去。我妈告诉我说，除了你我，全村的人差不多都去了，连几个五保户都去了。王世信当结婚的总管，还负责收礼，几个五保户把上个月刚刚从王世信那里领到的救济金又给了王世信。他们对王世信说，转了一圈又转回来了，还一分没花呢，再还给你吧。”

“啊！你这么一说，我想起来了，这可能是一个问题。”

“可能是一个问题？这就是一个问题。紧接着，我妈又问我，完了以后，我们有没有去把该上的礼补上？我一想，也没有，人没去，礼也没有补交。”

“真的没有，我们把这事完全忘了。”

“你想想，那天你在哪里？”

“我肯定不在。让我想想……”那些天，我好像正在黑山头一带收蘑菇，对，就是，我想起来了，我有二十几天，将近一个月没有回过家。……倪云，我不在家，我在外面收蘑菇，你应该在啊，你为啥不去？”

“我也肯定不在。”

“那你在哪里?”

“我想不起来了。”

“我不在家，你就到处乱跑。”

“我没有到处乱跑。”

“没有乱跑，那你怎么会不在家里?”

“我是个活人，总不能每时每刻都在家吧？一下也不敢离开，时刻坐在家里等着，等着有人来通知，送请柬，然后去给人家上礼?”

“正经女人都应该在家里。”

“谁不正经?”

“唉，我是说，按道理你应该在。”

“按道理？现在还有按道理的事吗？按道理，这些麻烦事就不应该有。按道理，我大老远跑来看你，给你送衣服，就是为了听你说我不正经?”

“我没有说你不正经。”

“那还要怎么说？那不等于就是说了？我认为你就是说了。你说，正经的女人都应该在家里，我正好不在，那就肯定不正经，不是吗?”

“唉，我不是那个意思，我不是那么想的。我在这里，没有一天不想你，我多想回去看看你。”

“你不用回去，回去我也不在。”

“唉，你看你，我想请假，可是根本请不下来。谁都请不下来。”

“那个姓陈的也请不下来吗?”

“你看你，傻了不是，一听就是女人的话，只有女人才能说出这样的话。听我告诉你，姓陈的根本就不可能请假，即使所有的人都请了，他也不会去请！你想想，他要是请了假，半路上不在了，他所有的那些努力和表现不是就都白费了吗？所以，无论谁请，他也不会去请，让他去请，他也不请，只有没希望的人才会破罐子破摔，一会儿弄出一个事，一会儿又鼓捣出一个理由来。”

“请假就是破罐子破摔吗？”

“我也说不清楚，反正凭感觉来说，我觉得好像不能算是什么好事。你请假，就说明你想离开，想去做别的事情。当然，有时候是因为无奈，因为没办法。”

“我来给你送衣服，也是因为没办法。”

“倪云，别这么说，——是我不对。”

“我不在家，应该是我不对。”

“看见那个从摩托车后面下来的人了吗？那就是乡长。”

“怎么戴着口罩？”

“因为他怕风，因为他弱不禁风。”

“看着好像挺强壮的。”

“那是假象，那只是一种外表，实际正好相反。要是外表也和实际一样，那就快完了。”

“你是怎么知道的？”

“一开始也不知道，可以说完全不了解。我，还有其他人，我们也是来了这里以后才一点一点地了解到的，不了解不知道，一了解吓一跳。这个人，就像一根芦苇，里面完全空了，又像一个糠心萝卜。就说骑摩托这件事吧，本来他们几个领导每人一辆，别人都是各人骑各人的，动不动一溜烟就跑了，只有他不行，他骑不动，每次出门，都必须得有一个人带着他，他坐在后面才行。骑摩托的人每次还都要像嘱咐老年人或小孩子一样一遍又一遍地嘱咐他，坐好，抓紧，必要时还得伸出手抱住骑摩托的人的腰。你知道，没有人愿意带他，人们主要是觉得害怕，担心出事，他坐在后面，比一个八九十岁的老太太，比一个满月不久的孩子坐在后面还要让人觉得不踏实、不放心，时刻都担心一不小心会把人带丢了。谁愿意带一个八九十岁的老太太，谁愿意带一个刚满月的孩子，千里走单骑？谁也不愿意，谁也不敢去冒那个险。带着他就等于是明知山有虎，偏向虎山行。他每次出门，都要临时找人骑上他的车带他，乡里的副乡长以下的干部们、通信员，甚至连食堂里的大师傅、供销社的看门人、兽医站的退休老兽医，甚至还有保外就医的、缓期二年监外执行的人，凡是能找到的，差不多都被他像抓差一样抓遍了。可以公道地说，没有众多的人的帮忙和支持，光靠他本人，他是哪里也去不成，寸步难行，插翅难飞。为什么会这样呢？主要原因在我看来只有一个，就是因为他的身体过于虚弱，没有力气，完全没有能力做一个正常人能做的事情和应该做的事情。

“他没劲吧，还从来不愿意承认自己没劲，总觉得自己很行，很有劲，每天早上起来，也和别的那些干部一样，站在树下或坡上，胡乱地伸胳膊踢腿，弯腰扭脖子，别人怎么做，他也跟着怎么做，有时还要自作主张地盲人摸象地瞎子摸拐子地来几下所谓的太极拳，以为那样就达到了锻炼的目的，实际上完全是自欺欺人。有一次，他自己提出来，非要和一个叫秦二的人掰手腕，秦二一开始不愿意，也不敢和他掰，因为有人提醒过他，无论如何不能和乡长来真的。秦二也是个愣头青，刚开始还记得别人对他的嘱咐，但没过多久就全忘了，于是就伸拳撸袖子地开始掰。掰着掰着，乡长头一歪，就忽然不省人事地昏过去了，嘴角边还挂着一缕从嘴里流出来的东西，当时就把那个叫秦二的人给吓傻了，以为自己把乡长给掰死了。人们马上打电话，叫来了救护车，七手八脚地把乡长抬了上去。”

……

“乡长有一个外号，叫‘心有余’。”

“心有余？……那不就是力不足吗。”

“是的，正是那个意思。也不知是谁给起的，起得真好，简直太会起了。心有余……你闭上眼睛琢磨去吧，越琢磨越觉得对，越觉得有道理，再也没有比那更准确更合适的了，真不知道一开始是怎么想出来的。很多人都一致认为，给乡长起这个名字的这个人，绝对是一个被埋没在民间的天才。”

“乡长本人知道吗？”

“不知道他知道不知道，按道理应该知道。”

“乡长喜欢女人吗？”

“喜欢，喜欢得不得了，喜欢得还厉害呢，要不然怎么能叫他‘心有余’呢。我来那两天，还真以为有一个人叫辛有余呢，辛不是这个心，是辛苦的辛。没想到那就是乡长，因为乡长本人姓穆。”

“有一天，我梦见你回去了。”

“真的？”

“真的。”

“我回去以后吃饭了没有？”

“没有。”

“睡觉了没有？”

“没有。”

“饭也没吃，觉也没睡，那我干啥了？

“啥也没干。”

“唉，是这么回事？……我真笨呐。”

“我看见你瘦得很厉害，像咱们结婚的那时候。”

“那倒不要紧。我只是在想，好不容易回去一趟，还啥也没干成，这个世界上可能再没有比我更笨的人了。”

“你要干啥？”

“我发现，人要是变起来的时候，不是谁能够阻挡得了的，不仅别人阻挡不了，就连你本人也阻挡不了。就说我吧，通过在这里的学习，我现在开始怀疑我们很有可能真的有那么一笔欠款，或许是我们自己忘了。”

“你原来不是说有人在报复我们吗？”

“那当然，‘猪头肉’和王世信陷害我们，报复我们，那也完全是可能的，很正常的，因为他们天生就是要害人的，不害就会觉得不舒服，觉得难过。谁和他们好，他们要害；谁和他们不好，那就更没说的，更要害了，总之，他们活着，就是为了害别人，为了让别人不能好好地活着，这一点，我从来没有动摇过。”

“我听得有些糊涂。”

“不糊涂。我是说，害人是他们的天性，他们要是在这件事情上没有陷害成，那也一定会在以后、在别的事情上继续等着你。至于我怀疑我们有欠款，那和他们没有关系。”

“你不恨他们了？”

“没来这儿以前，尤其是那天晚上，我恨得要命。从那以后，我看着天，经常希望天能够突然塌下一大块来，正好落在他们的头上，活活地把他们砸死，砸成肉泥。现在，要说有，还有一点点，但无论如何再也到不了那种程度了。这事我也觉得奇怪，不知道是怎么回事。”

“你在梦里对我说，‘蘑菇都开花了。’”

“我还说过这样的话？那一定是在胡说，蘑菇怎么能开花。”

“我当时也在想，这个人这是在说什么呢？周围一点儿亮光也没有，听到的话和声音也是黑咕隆咚的。”

“梦里的事情，不能够件件都当真。”

“有些东西，我听得也不是很真切，耳朵里老有杂音。”

“你一个人在家里是不是很闷？”

“有时候确实挺闷的。”

“我快了，我在这里很快就完了，再用不了多久了，你再坚持坚持。”

“我一定坚持。”

“你应该高兴点儿。”

“有时候想高兴也高兴不起来。”

“我是想让你高兴，不要去想那些不好的事情，那样的一些事情，把人想死也没用，只会越想越麻烦。”

“我已经不麻烦了。”

“好了，这就好了。”

“你看——”

“什么？”

“那边有人一直在看我们——”

“不要管他，他想看就让他看去，我们又没做什么见不得人的事情，我们不怕他看。”

“好像已经在那里站了好长时间了。”

“他有腿，非要站在那里，你也没有办法，不能把他撵走，谁也不能不让他在那里站，他长着一双眼睛，非要往我们这边看，我们也拦不住他，他愿意看就让他看去吧。”

“现在好像尽是这种人。”

“他要是不嫌累，就让他在那里一直站着去吧。至于我们，又不是一件东西，他也不能把我们看坏了。”

“你见过这个人吗？”

“见过，经常在这一带出现，也不知道他靠什么生活。真是个倒霉鬼，啥都看，没有他不喜欢看的，上面来了人，他理所当然地要看，因为没见过，透过墙头上的空砖缝也要看。平时，谁家娶媳妇儿、打发死人，甚至给小孩过满月，他也要看，回回都少不了他，要是某一件事情只有一个观众，只有一个看的人，那也一定是他。鸡啄米，他要看，狗打架，他也要看，母鸡领着一群小鸡在街上走，他更要看，眼睛睁得像锥子似的，好像人家领出来的那些小鸡们是他自己的孩子。”

“这样的一个人，应该是没有家庭的。他这么喜欢瞎看，真让人受不了。”

“我也在想，谁和他在一起呢？什么人和他每天在一个锅里搅和呢？谁和他在一起过，准能疯了。做别的也许做不成，要想疯掉，倒是一件很容易的事。”

“可我又觉得他是一个挺可怜的人。”

“你说得对。”

“你也这么认为？”

“我听说他的身上经常有伤，往往总是旧的还没去掉，新的就又来了。”

“哪来的伤？”

“人们打的。前天我们出去出操，跑步，看见他坐在一棵树下，正在很专心地修理自己的一条腿。”

“腿怎么修理?”

“应该说那是他腿上的一处旧伤，看样子至少有十几天了，已经结了一层硬硬的血痂，黑的，像一块铁皮，有一个巴掌那么大，四四方方的。他把那块硬甲一样的血痂慢慢地揭起来以后，露出了盖在下面的粉红色的肉和一些新的血，而那块硬甲一样的血痂被揭起来以后，另一头还继续连在他的腿上，就像我们平常打开一个盒子的盖子，被掀起来的总是三面，总有一面还和盒子本身继续连着。对，准确一点儿来说，他腿上的那块四四方方的硬甲一样的血痂，完全是一个盖子，被掀开后，就立在那里，等过一会儿，等他察看完那片粉红色的有伤的肉和那些新洇出来的血后，就又把那个又黑又硬的盖子重新盖上了，盖得严丝合缝，严严实实，一看就知道是最初的原配。”

“你说得我都有些疼了。”

“人家本人看上去都不疼。”

“他就是疼也没有地方去说。”

“我走了以后，老谭有没有消息?”

“来过一次电话。”

“他一定在电话里说我了吧?”

“对，一开始是有点儿生气，说你不够意思，不守信用，让他在白草坡足足等了一天。后来，我把你没去成的原因对他说了，他也就不再生气了，还说，那没说的，从来都是胳膊拧不过大腿，更何况咱们这条胳膊还不是那种很粗的胳膊，而是细得厉害，瘦得可怜，其实，就算是粗的，就算是很粗很粗，那也照样没用，因为你无论多粗，本质上毕竟还是一条胳膊，粗了又能咋?”

“就是，真的不能怨我，粗了也没用，该咋还咋。”

事实上，老谭不仅打过电话，而且还亲自去了一趟，他像是从地里冒出来的一样，突然出现在倪云的面前，让她一时变得有些慌乱，甚至忘了是在自己的家里。

这些，她没有告诉万顺。

回去的路上，她一边走着，一边又忽然想起了老谭的那种近乎赤裸的表达。

天又高又蓝，有黑黑的像饱满的玉米穗子一样大的鸟在飞，四周的荒草在摇晃。

老谭看着她，眼睛里有明显的光在流动，那种东西，倪云想，别说是她，恐怕再傻的人也能看出来。老谭一开始可能确实没有任何准备，当他后来第一眼看见倪云的时候，他不禁有点儿傻眼，来时的一肚子怨气也早就没了，跑得烟消云散。

“凭我和他一起共了几年事，我就知道他也不能是那种人，我心里有数。”

当知道原因后，老谭这样对她说。

然后就看着她，目光像水波一样在起伏、荡漾。过了一会儿，像是在对她又像是在自言自语地说，说起来万顺也够傻的了，家里放着你这样的一个女人，他还成天往外跑，鼓捣什么蘑菇啊木耳呀，那有什么意思？我要是他，我就哪里也不去，谁叫我也不去。

她说，他要是也这么想，那我们就饿死了。

老谭说，别以为饿死就不是一件好事。两个人一起挨饿，越来越瘦，身体也变得越来越轻，总有一天，两个人会像梁山伯和祝英台一样，忽然哗的一下，变成两只美丽的蝴蝶，双双飞走，那难道不好吗？那多好！

停了一会儿以后，又说，在我看来，与其累累赘赘地苦挣苦熬，还不如一下飞走。

她低着头，老谭的那些话让她觉得既可笑又感到有些脸热心跳……后来，她匆匆地透过窗户朝外面看了一下，竟连天色也没有看清，不知道那时是什么时辰。

又听见老谭在自言自语地说，当然，那也不能无原则地随便乱飞、瞎飞，关键是要看究竟是谁在和你一起飞，那才是最重要的，否则，无论飞得多好也照样没意思，还不如掉下来算了。

那样的一些话，当然她听过后就忘了，但没想到过了一些日子以后竟又清清楚楚地想了起来，长了出来，它们像是水里的木头，不断地漂上来，浮现出来，自己找上门来。

又有一天，她梦见她正要出门，却忽然被一截自己找上门来的湿木头撞得晕了过去。

这些，她都没有告诉万顺。

回去的路上，她慢慢地走着，那时，她感到一些人的样子正一张一张地从她的眼前被抽走。

正是初冬时节，她却闻到了一种刚刚钻出地面的青草的气息。又似乎隐约的听见一些声音正在寂静的原野上低声交谈。

二〇〇四年六月

三十二年后的一天

鸡叫第一遍的时候，起云没有听见，那时候他还没醒过来，正在一个幽暗低矮的梦里进退两难地站着。梦中的一盘炕上，一张平时用来吃饭、记账的小方桌被推到了一边，有一男一女坐在炕上，像是一对夫妻，看上去都有五十开外了，都不大能看得清他们的长相。炕上朝南的窗户，下边一排是正方形的，上面全是菱形的木格，下边那一排正方形的玻璃像是冻上了冰霜，四周全是白茫茫的毛边儿，只有中间那一小部分被擦过了，能看到窗外的树。那五十多岁的一男一女坐在炕上做什么呢？女的不知因为什么生了气，身板直直地坐着，脸朝窗户，一声不吭，男的正在她的身边一遍一遍地哄她，逗她开心，不知是方法不对还是功夫不到，怎么也哄不过来，女的如同铁打的一样，似乎已经不再会笑了，永远不再能够开心起来了。起云站在靠近门口的地方看了一会儿，门上掀起的一角帘子还搭在他的肩上。起云在心里对那个女人说，差不多就行了，闹一闹就行了，他已经铺了那么多的台阶，顺着走下来就算了，这样闹下去什么时候是个头呢？可是后来，那个男人哄女人的办法就让起云感到不能接受了，已经不能叫惊讶或惊奇了，应该叫惊愕或惊骇才对。那个男人用什么办法哄那个女人，逗她开心呢？用的就是他本人的一个东西，他把它捧在自己的手里，对准了女人，一会儿在她的脖颈上蹭一下，一会儿又在她的脸上戳一下；那个女人呢，不管他怎么戳，一点儿反应也没有，依旧是直直地坐着，脸朝南，一动不动。起云眼睁睁地看着，不由自主地用一只手捂住自己的嘴，因为他觉得自己就快要大声地叫出来了！活了这么大，见识过的事情也不算少了，可还从来没有见过用这种办法哄女人的呢，这是个什么人呢？他自己从容、自然，丝毫不觉得害羞，一直站在门边看着他的起云却有些害羞起来了，起云觉得自己的脸已经红了。就在那时，起云忽然又看见一下出现了好几个小孩，有四五个小脑袋都仰起脸看着那个人，小孩们的脸上都和起云的脸上一样布满了惊奇与不解。起云想，我都看不懂，弄不明白，他们当然就更不行了，他们才活了几天，离断奶的日子也没多久。几个头顶黑黑的小东西，环绕在那个人的四周，都瞪着一双双惊奇的眼睛看着，像是刚冒出来的几个蘑菇。

就在那时候，鸡开始叫第二遍了，这一回起云听见了，他哗的一下醒了过来。

那盘炕，炕上的那张被推到一边去的小方桌，那道朝南开着的窗户，上面的菱形的木格，下面的结着白茫茫的冰霜的正方形的玻璃，炕上那两个奇怪的一男一女，那几个蘑菇一样的孩子，那种冬日黄昏里的情景和气氛，一下就都不见了。起云从被子里伸出一只手，摸了摸自己的脸，脸似乎还有些隐隐发烧，梦里的那种难堪似乎也还没有过去，是替别人感到害羞，是替那个不知名姓的也未看清长相的人感到难堪，人家自己倒丝毫不觉得有什么。回味那整个事件，只有起云一个人的脸红了，那几个后来突然蘑菇一样冒出来的孩子当然不会脸红，因为他们还不懂，他们只有无限的惊奇和不解。

该起来了。起云的头稍微离开枕头，欠起身向屋里看了一下，另外的几个人还在睡着，睡在黎明前的黑暗里。石富生、老裴、王贵，三个人像是在比赛打呼噜，老裴的呼噜长而尖，末尾一声像是爆竹从地面窜入空中时的那种尖啸；王贵的呼噜短而粗，像是铁锤，一下是一下，一锤接一锤地结结实实地砸在人的心上。起云用一只手臂支撑住上半个身体，歪着头听了一会儿，黑暗中他皱了一下眉头，他听见睡在柱子后面的小马也开始打呼噜了，小马的呼噜吱吱的，虽然是初学，刚刚起步，还十分的稚嫩和不成熟，不够壮大，却也让起云感到一丝难过。小马是什么时候学会打呼噜的呢？刚来的时候不打，睡着了没有声音，静悄悄的，像是个文静的姑娘一样……这一下可好，他也学会了，屋里从此又多了一种声音。

他重新躺好，把身体放平，闭上眼睛想道，人要是想让自己往下出溜，真是太容易了，虽说睡觉打呼噜不能算是一件罪恶之事，可也无论如何都不能说是一种美德，小马这么快就掌握了，别的都还什么都没学会，先已掌握了这个。年轻人，真是让人不放心，谁知道他以后还会学到别的什么。

正闭着眼想着小马的事，忽然听见脸前响起咚的一声，像是从房顶上掉下来一个东西，很快，一阵恶臭劈头盖脸地向他的脸前涌了过来，又像烟一样迅速地顺着他的鼻孔和半张着的嘴流进来他的身体里。起云合上嘴，心里泛起一阵恶心，不用看也知道，刚才那咚的一声砸过来的是石富生的一只脚，又伸过来了。这个坏种，每天睡着以后，都要无数次地把他的一只毒药一样的脚伸到起云的脸前，有时候起云醒着的时候，石富生的脚也会贼一样地在附近试探、游荡。看见有个胶皮一样的又极其难看的东西在眼前鬼鬼祟祟地窝藏着，或者大模大样地举着，起云就会毫不犹豫地出手。起云的枕头下备着一把锥子，是母亲和春玲她们两个人给他留下的。当石富生的那只脚突破了一道又一道的防线，打到他的家门口时，起云就会捍卫自己，就会从枕头下摸出那把倾注了他太多记忆和情感的锥子，轻轻地朝黑暗中刺一下，也不敢刺得太狠，刺得太狠了，石富生会扑起来和他拼命，另外，还得给他支付治疗费，破了财不说，两个人的关系还会真正变得敌对起来。意思一下、警告一下就行了，石富生的那只脚就会像一只受惊的兔子一样猛地缩回去，窜回它自己的老窝里去。起云无数次地想过，当自己睡着以后，石富生的那只脚一定就准时地摆在自己的脸前，这些，起云都不知道，但是都能够想象得到。夏天里有一次，起云困乏得要命，睡得那么沉那么死，但后半夜的时候，还是在石富生的那只脚的熏拂下醒过来了。

此刻，起云抓住石富生的脚踝，用力向一边推去。推是推走了，但仅仅只过了一两分钟，石富石的那只被推走的脚就又咚的一声回来了。起云有些仇恨地看着那只走了又回来的脚，本来没有人愿意挨着石富生睡，没有人愿意与他做近邻，是自己自告奋勇地搬过来的，当初很有信心，觉得自己不怕，能容忍，无所谓。

真是不好忍啊。起云在黑暗中想道。

忽然又想起了梦里见到的那几个蘑菇一样的孩子，起云的心里惊了一下，想起他们黑黑的头顶，一张张惊奇的小脸，那意味着什么呢？预示着今天有可能会遭遇小人？……啊，眼前的石富生算不算是一个小人呢？应该是吧？

他在心里提醒自己，今天这一整天，还有以后几天，要以预防为主，以忍让为主，那个梦含含糊糊又阴阳怪气，看上去似乎确实有些邪气，让他不明底细，心里雾雾的，光是看都让人看不懂，更别说更深一层的理解。不管真的有事没事，小心一点儿应该是没错的。有什么不能忍的呢？没有什么不能忍的，一切都能忍过去。

这样想过之后，他模模糊糊地瞥了一眼石富生的那只脚，用力把身上的被子裹紧，翻了一个身，脸朝另一面躺着。他盘算着该起来了，每天都是在鸡叫完第二遍以后开始起来，在起来之前，他想让自己再闭一会儿眼睛，哪怕是三分钟。隔着窗户，他看见有一段砖墙已经亮了起来，那就是说，看守大门的罗成万已经起来了，已经让大门廊道里的那盏灯亮起来了。

鸡是主人家里的鸡，公的母的加起来可能有四五十只，母鸡主要是为了下蛋，供主人一家人食用，公鸡则是为了报晓。主人是一个情趣高雅的人，尽管家里有那么多的钟表都无一不在显示着精确的时间，显示着世界各地的时间，但主人还是喜欢鸡叫的声音。尽管从未见过主人的面，但起云早就感觉到，主人的身上有着十分念旧的一面，黎明前的鸡叫声或许会让他回到过去的那漫长而苦难的童年时代，看见自己在故乡的原野上奔跑、哭泣，瘦小的树摇来摇去……主人似乎不常在家，不过即使在，起云他们也见不上，即使见到了，也无法确认，也不知道哪一个才是主人。几个衣着体面的年龄又十分相似的人站在一起说笑，没有人告诉你，你能知道哪一个是主人，哪一个又是客人？鸡们都放养在附近一带的山坡上和小树林子里，还有鸭子、鹅、山羊、绵羊、牛马和骡子。负责放牧这些的就是王贵，王贵已经放牧了好几年，有了不少的经验和办法，主人还曾专门送他去一所畜牧学校里学习过八个月，王贵在那里的学费生活费什么的当然也都是由主人出的。谁都以为王贵以后只管放牧，不会再干别的了，可前些天李管家的话里竟有意无意地流露出王贵有可能不再放牧的意思，很有可能让王贵去干别的，很有可能让小马来接替王贵。王贵干得好好的，又受了专门的训练，为什么不让王贵干了呢？为什么要让小马顶替呢？小马一个年轻孩子懂什么呢，连马和骡子都还分不清呢。当然，所有这些都是他们私下里的猜测，李管家也并没有明确宣布什么。王贵本人也考虑到了自己的前途，他估计不外乎有三种可能：一，什么事也没有，还是继续让他放牧，否则，送他去畜牧学校接受专门的学习，就显得毫无道理，说不通呀，人派出去，钱也花了，学完后回来却又让他去做别的，那是在干什么呢？拿着钱打水漂吗？二，真的不让他再放牧了，而是让他去做别的；最后一种可能是，不让他再放牧了，也不让他去做别的，三种里这是最有悬念的一种，就像一道分水岭，有可能滑到向阳的一面，也有可能跌到阴面去。好的坏的，王贵都想到了，他还半遮半掩地说到大王庄那里也急需要一个懂畜牧的。王贵说那话的意思就是要让人知道他是有用的，有价值的，那一摊子离了他是不行的。

每天鸡叫完第二遍以后，起云起来后做的第一件事就是走进磨坊里去磨豆浆，然后把磨出来的新鲜豆浆送到厨房里去。主人一家人早上起来喝牛奶、喝豆浆，新鲜是最必要的。

鸡叫第一遍的时候，起云没有听见，他听到的是第二遍，但他的心里愿意相信自己听到的是第一遍，因为那样就可以再睡一会儿，即使不睡，闭着眼睛躺一躺那也是好的。但当后来猛然看到外面的一段青灰的砖墙被灯照亮时，他才终于相信叫已经叫过两遍了，叫头一遍的时候，自己没有听见，正在那个阴阳怪气的梦里纠缠、徘徊。

可不能再睡了，再睡就要误事了。起云在心里对自己说着，翻身坐了起来。他向旁边看看，竟没看到石富生的那只脚，他轻轻地笑了一下。人就是这样，你越和他计较，他也就越来劲，一遍一遍地侵犯、突破；你不在乎了，让了他了，随他去吧，他反倒乖乖地缩回去不出来了，也没有使用锥子扎他，他自己就主动缩回去不出来了。

一边往身上穿衣服，一边想，以后也不再使用那个锥子了，能不用就尽量不用，总在同一个炕上睡，那也应该说是一种缘分吧。就算石富生真的是一个坏得流脓的人，总是不嫌麻烦地把他的那只脚伸过来，可自己要是暗箭伤人，躲在黑暗中冷不防地用锥子刺他，那不也是一个得理不饶人的小人吗？是的，就是，那样做，比石富生也好不到哪里去。裤子蹬到了腿上，往上提的时候，裤兜里忽然传来了一阵干燥的响声。起云把一只手伸进去，不久掏出一个烟盒，里面还有几支烟。掏完了一个兜，接着又去掏另一个，很快又掏出一个一模一样的烟盒，里面也剩着几支烟。他拿着两个烟盒坐在那里想了一会儿，后来把被子往旁边推了推，又将褥子掀起来一些，铺在下面的那块白色的泡沫板便露了出来，用指甲在上面撬了几下，撬起一块手帕大小的泡沫，一个方形的洞显现了出来。起云将其中的一个烟盒放了进去，又重新盖好，恢复了原样。他一边恢复，一边留意着屋里的那几个人，没有人醒来。

可是，等他穿好衣服，站在地上，准备要出去的时候，却又有些迈不动步了。他在门口站了一下，突然又返回来，怕惊动了屋里的其他人，轻轻地掀起被褥，暗暗地用指甲在那块泡沫板上撬着，指甲在泡沫板上划出的轻微的吱吱声让他的牙根不禁酸痒了起来。谢天谢地，那块手帕大小的泡沫又松动了，又被撬了起来，起云伸手把刚藏进去的那个烟盒拿了出来，又重新把那个洞堵好，铺位上也恢复了原样。这以后，他踮起脚，迅速地来到门外，把两个烟盒里的烟合并到一个盒里。

泡沫板上的那个方形的洞，当初头一次挖开的时候，曾经很是让他暗暗地惊喜高兴了一阵，以为那会是一个世界上最秘密的地方，除了他本人，不会再有任何一个人知道。什么东西最怕有闪失，他都会放在那里，一些零钱，一支偶然得到的价格惊人的好烟，或者从哪里捡到的一个玉坠子……放好以后，一整天，连着好几天，他的心都是安静的、美好的、有指望的，再做起事情来，无论什么事，比磨豆腐更脏的更累的，也都不会影响他的心情。可是后来，不知从什么时候开始，他吃惊地发现他的那个秘密已不再是一个秘密了，原来那个只有他一个人知道的秘密已经破了，不能说是彻底的公开，但至少在一个小范围内已经是暴露了。最直接的证据就是，头一天放了一盒烟进去，等第二天或第三天再去拿时，那里已经是空的了，东西早就没有了。是谁干的呢？起云觉得出不了同一个屋里的那几个人，一定是他们当中的某一个，石富生、老裴、王贵、小马……不应该是小马，小马还没有学会抽烟。那件事起云一直没有声张，他暗暗地观察着他们每一个人，可观察了许久也没有结果。那几个人，谁不像呢？说实话，谁都像，谁都有可能。起云不知道自己的那个秘密是怎么被人发现的，是别人趁他不在屋里的时候胡乱翻腾时偶然发现的，还是从一开始就暴露了？他一个人在弯腰屈背地掏洞，在秘密地制造一个属于他个人的小天地、小世界，窗外的某个地方却有一双贼一样的眼睛正在吸血似的盯着他，盯着他的一举一动，目睹了整个过程。

树木在黎明时的风里摇晃着，呜呜地叫着。

掏出钥匙，打开磨坊的门走进去，洗手，拿下罩在石磨上的一块屉布，开始准备磨豆腐。

磨坊不需要扫，头一天晚上已经扫过了，这样可以在磨豆子的时候避免灰尘。豆子都是头一天泡好的，都是最好的黄豆，浑圆、饱满，没有一粒杂质。每天都是准确的定量，既不多也不少，来了客人，厨房就会临时通知他增加。挑选豆子的时候是起云一天中最安静的时候，能够坐下来干，把最好的豆子选到一个桶里，主人一家人食用的豆浆和豆腐都是这个桶里的豆子磨出来的，出来后的成色明显是不一样的。残次的放在另一个桶里，磨碎了作为鸡和羊的饲料。最坏的豆子，起云会交给专门负责种花的老白，做了花肥。

从磨坊的门里看出去，外面的天色还是麻麻亮，一些角落里甚至还是黑暗的。起云在胸前系好围裙，又戴上干净的套袖和口罩，推着石磨走了起来，三圈以后，往磨眼里加一小勺豆子，每次都不能加得太多，平平的一小勺正好。乳白色的浆水开始慢慢地漏在石磨的四周累积一会儿后，就能够在磨槽里流动了，先是开始往下面的一只锃光瓦亮的不锈钢桶里滴答，随着石磨的转动，越滴答越快，终于开始淅淅沥沥地往下流了。主人的家里不使用磨豆浆的机器，要是愿意买，十万台、一百万台也不算个事，关键是他们认为机器磨出来的豆浆根本不能叫豆浆，与小石磨一点一点地磨出来的完全不一样。主人的看法无疑是对的，两种方法两种渠道磨出来的的确是不一样的，这一点起云本人也能感觉得到。有好几家制作豆浆的店，希望每天早上按时来送货，都被拒绝了。李管家对起云说，我们自己有磨，我们只喝自己家里磨出来的东西。

最后一小勺豆子从磨眼里消失以后，磨坊外面的天已经亮了。起云看了一下表，时间正好，这个时候把刚刚磨好的新鲜豆浆送到厨房里去，应该说一点儿也不晚，主人一家人此时还在甜甜的梦里，等他们起来的时候，厨房里早已经把最新鲜的牛奶和豆浆都烧开了，还有现烤出来的面包和各种点心、小菜、水果，主人家的早餐开始了。烤面包的香气从前院弥漫到后院，从一间间房屋的门前经过，拐着弯儿，孩子般地跳跃在早晨的阳光里。

起云把一块雪白的屉布洗干净，蒙在那个不锈钢的铁桶上，提着去了厨房。

这个厨房是专为主人一家人做饭用的，起云他们一伙人的饭是在另外一个厨房里做的，两个厨房当然不一样，从里面的器具到饭菜的内容都无法相比，就连在里面掌勺的人也是相互不能比的。给主人这边做菜的叫厨师、大厨，给起云他们那边做饭的叫大师傅、伙夫，这就是一个很大的区别，叫法不一样，实质上也是不一样的。这边的这个厨师姓温，叫温士玉，最早是公社食堂里的炊事员，起云在很多年前就认识他，那时候起云还在教书，每次去联校开会或学习，都能碰上。那时候的温士玉就有一种明显的高人一等的感觉，觉得自己和普通的老百姓不一样，因为公社书记和主任的小灶就是由他来做的，名义上是公社食堂的炊事员，实际却根本不掺和食堂里的事，那里的一切都与他无关。他只知道，不管是谁来当书记当主任，只要让他们的嘴舒服了，把他们的心喂高兴了，他就永远可以保持那种高人一等的姿态，这一点脉他算是摸对了、摸准了，掌握住这一点，无论任何时候都不会有错。那时候，起云他们这些教书的就不在他的眼里，没想到多少年过去了，一切还是没变。

起云提着刚刚磨好的豆浆走进厨房里。每天清晨，起云都会在这个钟点准时地来到厨房，偶尔要是有一次迟上几分钟，温士玉也不会说什么，最多也就是脸上冷冷的。起云知道自己的职责，按时把磨好的豆浆送来就行了，这里其余的一切都与自己无关，所以他每次走进这个厨房，总是把手里的豆浆桶放下就走，既不多看，也不多问，更不会这里摸摸，那里瞅瞅，温士玉即使什么也不说，也不能够那样去做。

今天，起云一迈进厨房的门，就被里面的一派繁荣的景象给镇住了，他看到那张七米长两米宽的大长条桌子上已经摆满了各种花花绿绿的东西，起云不敢细看，只知道那都是一些最好的最上等的东西，没有一样是次的、是不好的。一口大锅里，雪白的牛奶正在里面哗哗地开着，怒涛翻滚，白雾弥漫。面包和点心正在烘烤中，起云闻到了那种上面抹了蜂蜜和奶油的甜丝丝热烘烘的香气，它们成为这个早上厨房里最主要的空气。

突然，起云闻到了另一种香味。起云想，如果自己没猜错的话，那有着奇异香味的东西应该是……咖啡？是的，就是咖啡，随即他就看到深色的咖啡正在一个亮闪闪的壶里煮着。今天早上有咖啡，一定是昨晚有客人来了，是的，一定是主人的客人。亲戚们要是来了，是不喝咖啡的，他们只喝牛奶或豆浆，还有的连牛奶和豆浆也喝不惯，要喝粥，甚至吃面条。起云有一次早上来送豆浆的时候，就正遇上一个亲戚正在厨房里面吃面条，就着咸菜和腌蒜，吃得不亦乐乎，温大厨端到他面前的一杯牛奶他动也没动一下。

把手里的豆浆桶放下，转身要出去的时候，一直没有说话的温士玉却突然叫住了他。起云回过头，看见温士玉一边朝他走来，一边随手从一个盘子里捏起一片切得像纸一样薄的肉，温士玉捏着那片肉走过来，用自己脸上的表情示意起云把嘴张开，起云愣了一下，随即就乖乖地把嘴张开了。温士玉的胖乎乎的细腻红润的手指一松，那片像纸一样薄的肉就掉进了起云的嘴里。起云觉得自己的嘴只是紧紧地抿了一下，几乎没感觉到怎么动，那片肉就已经在嘴里消失不见了。是咽下去了吗？还是一下就融化了？起云有点儿糊涂。温士玉操起一把亮闪闪的长柄的勺子，在波涛汹涌的锅里舀起一勺牛奶，接着又把勺子一翻，牛奶成一股直直的白线，重新注入锅里，锅里那翻滚的波涛比刚才平息了一些。温士玉问起云味道怎么样，起云使劲地点点头。起云能说什么呢？当然是好了，当然是没得说了，那还用说吗，就凭切得那么薄，像一片纸一样，就足以能证明它好得不能再好。唯一遗憾的是，起云不知道那是一片什么肉，美味尽管还在嘴里驻留未去，但起云仍然觉得自己说不清楚，回味也回味不上来；问问温大厨吧，又问不出口，实在不好意思问。

“我今天忙死了。”温士玉对起云说。

听见温大厨这么说，起云愣了一下，他不知自己该怎样对答。平日里，他们之间也很少有话，尽管早在几十年前就已认识了，可那又怎么样呢，不熟还是不熟，不是一条道上的，认识得再早也没用，天天见面也枉然。温大厨眼下在这里应该算一位人上之人，过去也不差；起云呢，从前、现在，却从来都不是。

温士玉对起云说，今天一早，李管家就通知他，让他认真准备今天的午餐，中午有重要的客人要来。有客人要来，温士玉本来是知道的，只是原定要在饭店里请客，那样一来，温士玉这边就不紧张了，可以逍遥一个上午，可以出去办一点儿自己的私事。可后来，李管家告诉他说，主人突然改变了主意，决定不在饭店里吃了，改在家里。温士玉一听就有些急了，有重要的客人要来，平时都得提前准备，现在突然袭击，就算有十双手同时在干，紧锣密鼓地准备上一个上午，到时候恐怕也未必就能样样都详尽周到。

温士玉对起云说："你上午不忙的时候，就过这里来帮帮忙。"

起云说："我还得做一槽豆腐。"

"少做一点儿，"温士玉说，"今天不需要太多的豆腐。"

主人一家人不吃隔夜的豆腐，每天上午，起云都得做一次豆腐，做好了，就送到这个厨房里来，交给温大厨。厨房里要是用不了那么多，起云还得把剩下的豆腐拿出去卖了，卖完以后，回来再把卖豆腐的钱如数地交给李管家。李管家有时会半是玩笑半是正经地对起云说：

"老老实实地把钱交给我，不要想着贪污，贪污是没有好下场的。"

起云红着脸说："我没贪污。"

"是给你提个醒呢，打个预防针，也是为了你好。"李管家说，"省里的李省长，官儿大不大？够大的吧？曾经还在咱们家里吃过饭呢，现在完了。因为啥完了？我不说你也知道。"

起云想，我不知道，我怎么能知道？

豆腐做好了，也是拿到厨房这边来交给温大厨，用多用少，完全由他处置，既然温大厨说今天不需要太多的豆腐，起云就决定一会儿回去后就少做一点儿，如果做得正好，他也就不用再拿出去卖了。卖豆腐可是一件麻烦的事，一群女人，老太太，围住他说个没完。起云已经在心里决定了，今天少做一点儿，做完以后，一定要想办法腾出一点儿时间，过来帮帮温大厨的忙。温大厨那么一个人，是不会轻易向别人开口的，既然已经说出来了，那一定也是迫不得已。不说人家还给了他那么一片好吃的肉，就凭能主动说出来，亲口说出来，自己也应该来。

已经出了厨房的门了，温士玉忽然又从后面撵上来，往他的手里塞进一个热乎乎颤巍巍的东西，起云吃了一惊，看见是半个煮得熟烂喷香的猪舌头，齐齐地从中间切了一刀。温士玉已经又回到厨房里去了，起云朝厨房的门口看了一下，这会儿他的手里是热的，心里也渐渐地热了起来。他又看看四周，没有人，清晨的冷风正用力地舔舐着猪舌上冒起的热气。他把两只手捂在一起，快步向磨坊里走去，这样一来可以不让别人看见他手里的东西，又可以让猪舌上的热气散得慢一些，一会儿要吃的时候说不定还是热的，热气散发的同时，香气也在流失呢。同屋里的那几个人这时候应该是都起来了，自己突然捧着这么一个东西回去，真不知道该如何面对他们，如何当着他们的面，在他们的好几道目光的注视下吃下去。这就是他，这就是他和别人不一样的地方，关键的时候，怯懦和退缩总是会占据上风，压倒一切。要是换成石富生，甚至老裴，才不会想那么多呢，石富生还巴不得在众人面前炫耀一番呢，不怕别人看见，就怕别人看不见，就怕人们不知道他在吃什么，知道的人越多他就越高兴。但是，起云不想那么做，为什么要那么做呢？眼下，也没有更好的去处，睡觉的屋里不能回去，最理想的地方就是赶快回到磨坊里去，那个地方，除了他自己，不会再有别的人去。现在，有一些平时用不着，但又需要藏起来的小玩意儿，起云不再往睡觉的那个屋里拿了，而是都放在了磨坊里。今天放进去的一个东西，再过十天半月去看，那东西还在，完好无损地存在着。这还差不多，这还像个世界。世界是那么的大，那么的广阔，可是，一个人要想在那么广阔的世界里找到一个安全的能够隐藏和存放自己的秘密的地方，却又是那么的不容易，这种事听起来有些怪，做起来也真的不一般。

回到磨坊里，关好门，起云决定立即把手里的这半个猪舌解决掉，首先就因为它不是一个可以长久保存的东西，无论放到哪里都不行，唯一可以放的地方就是自己的肚子里。他自认为自己还不是一个嘴馋的贪吃的人，可是这个东西怎么办呢？温大厨已经给了，总不能不吃吧？总不能扔了吧？扔了当然不行，拿回到睡觉的屋里去也不行，它一定会在那几个人中间惹是生非，最终的结局一定不会很好。这样想着，他忽然低下头去咬了一口，顿时，一种奇异的香味通过喉咙，迅速地流遍了他的全身，他差一点儿叫出来。第二口好像是连滚带爬地在嘴里消失了的，他的舌头还没有来得及阻拦，那熟了的猪的舌头便已一跃而起，头也不回地滑走了。

只有两口，只有短短的几秒，这时他才开始意识到自己有些性急，有些鲁莽，至少应该在眼前摆放一会儿，看看它的成色到底如何。他一边惋惜，一边把几个浸染了油汁的手指分别地吸吮了一会儿，然后开始去洗手。洗手的时候，他忽然想起来在厨房里吃下去的那一片像纸一样薄的肉，好像就是这个味道，可又有点儿不太像。如果不像，那一片像纸一样薄的肉究竟是什么呢？要是它们就是一回事，为什么仅仅过了十几分钟的时间，前后两次的味道会不太一样呢？温大厨的手艺啊，真是有些神秘莫测，有些神工鬼斧的味道。

早晨的阳光穿过南墙上面的那扇窗户，斜着照了进来，像是有一根明亮的柱子突然被抬进了屋里，使得本来就不太宽敞的磨坊里显得有些拥挤、狭窄。起云把磨坊又清扫了一遍，连磨坊门口一带也扫得干干净净。一只瘦得像猴子一样的小狗站在不远处看着他，起云抬起手中的扫帚朝上面扬了一下，小狗愣了一下，神情严峻地看着他。他笑了。

清扫过后，他决定去吃早饭以前，先把火生着，等吃完早饭回来，那时的火已过了冒烟的阶段，再烧一会儿，做豆腐的火候就正好了。

把那口点卤的大锅端起来，柴火放进去，再把一些火柴盒大小的炭块压在柴火上……几十年过去了，他生火的动作仍然笨拙得如同当年第一次学习生火时一样。

当浓稠的黄烟裹挟着轻薄的白烟从磨坊的窗户上冒到外面的时候，起云已走在去厨房的路上。

像平时一样，早饭还是灰色的菜汤和一小撮辣萝卜条。他们这些人吃饭的这个地方实际上只是一个棚子，一共有六七根柱子支撑着一个上面铺满了麦秸和高粱秸的顶棚，三面有墙，一面是敞着的。起云朝棚子前走过来的时候，闻到了那种再熟悉不过的菜汤的味道，有好几个人已经吃开了，各自占着一个位置。石富生蹲着，背靠着柱子，也不用筷子，一手拿着一个馒头，那个盛汤的碗就放在他面前的地上。由于他蹲在那里，两条腿是分开的，这让从正面走过来的人觉得他更像是在准备要往面前的那个碗里撒尿，起云远远地看见时就有那样的一种感觉。从石富生的旁边经过时，石富生蹲在那里没有动，只是两个眼珠子跟着转动了一下，起云仿佛听见身后哗啦地响了一声。

石富生突然从柱子后面站起来，拦在起云的面前，他的鼻子往前伸了伸，然后忽然发出一阵嘿嘿的笑声，低声对起云说："吃肉了吧？我闻到了。"

起云看着石富生，一时惊得说不出话来。

这是一个什么样的鼻子啊？

用来盛汤的大铁勺子斜着插在锅里，像是一根正在歇息的船桨。

贺兵站在锅前发愣，脸上是一副凶狠而又茫然的表情。起云看看在场的几个人，没看出是谁又招惹了他。同样都是给别人做饭，那边的温士玉受人尊重，被称作大厨，而他却被人们叫作大师傅，这是他的一块永远也去除不掉的心病。每天从温士玉手里过的都是人人都喜欢的锦绣玉食，而从他贺兵手里过的都是一些真正的陈芝麻烂谷子，发黑的菜叶，再怎么摆弄也还是黑的，就算他有天大的本领，也无法让它们变得青翠碧绿。发芽的土豆，发芽的小麦磨成的面，里面总有一种隐隐约约的红颜色，有时会让他长久地站在那里发愣。在温士玉的身边，摆着许多精巧的银碗银筷子，漂亮的青花瓷，温士玉每天看到和使用的都是那些，而他的面前都是一些疙里疙瘩的大笨碗。就说盛汤用的勺子吧，温士玉用的是一把异常精美的玉一样的亮闪闪的勺子，上面还有美丽的花纹；而他用的这把勺子又黑又大，还十分的沉重，没有一定的手劲还掌握不好，手柄握上去十分的硌手，又极容易生锈，一不小心就锈了。除了这些，还有一点贺兵或许从来没有意识到，那就是他长得也与温士玉完全不一样，他本人就像他手里那把大铁勺子一样又黑又笨，沉重，硌手。

穿过一溜干垒的砖头和两根用铁丝与地面拉紧的柱子，起云来到打饭的那个小窗口前，那口冒着热气的大铁锅和一些湿漉漉的筷子映入他的眼里。他站在窗口前，等着贺兵给他盛汤，但贺兵没有动，也没有说话，而是用眼睛向一旁的那张上面堆放着许多杂物的桌子上示意了一下，起云这才看到那上面有一碗不知什么时候早已盛好的汤，没有人动过，但显然已经盛出来好一会儿了，碗里已没有一丝热气。

起云的目光从那碗冷汤上回到面前冒着热气的锅里，很快又落到贺兵的脸上，他说：

“我想要一碗热的。”

听到起云那样说，贺兵像是没有任何准备，明显地吃了一惊，就在那时，一股热气从锅里窜起，飘至他的脸前，他往旁边偏了一下头。起云看见，惊讶过后，先前那种凶狠的表情又已经回到了贺兵的脸上。贺兵猛一下把那个大铁勺子从汤里抽出来，接着又咚的一声重新插进去，拿起一个碗开始盛汤，眼睛却不知在看哪里，既不看锅里的汤，也不看汤里的勺子，勺子远远地从汤里露出来，直奔那只碗过去，起云看见自己的那只碗好像漏了。

两勺过后，起云把手从小窗口里伸进去，说：

“够了。”

真的够了，有半个猪舌头在肚子里，起云觉得今天早上少喝几口汤也无妨。他没有再去看贺兵的那张脸，一只手端着汤，开始寻找一个能够放碗的地方。很快，他的眼睛就亮了一下，他看见那块一尺见方的大理石上竟然是空着的，没有人在那上面放碗，这样的情形太少见了，以至于一时让他有些不敢相信。发生了什么事呢？自己来之前，这里到底发生了什么事呢？为什么今天没有人在那上面放碗，然后再把咸菜铺开？以往，那块平展展的又稳又坚实的平面每天都是众人的必争之地啊，谁都明白，一碗汤放在那上面，就不再需要担心碗会突然倾翻；如果再用几块小石头把放咸菜的报纸的四个角都压住，报纸和放在报纸上的咸菜就不会被风刮走，那真是再好不过。要是放在别的地方，那可没准，一阵风吹来，放咸菜的报纸被刮走了，剩下几根咸菜被留在了泥地上，像是几个被遗弃了的人；也有连咸菜带报纸一起刮走了的。那么样的一个理想之地，今天为什么会没有人占领呢？起云觉得有些不可理解。他看看周围，没有一个人说话，只听见一片喝汤的声音。

他端着汤慢慢地朝那块白玉般的大理石走过去，到了跟前，他已确信今天再没有人来与他争这个地方了，大家都在低着头吃自己的东西，也没有人抬起头来看他。于是，起云弯下腰，将手里的碗放在上面，又把包咸菜的半张报纸打开，铺展，用四块小石头将报纸的四个角压住。一个馒头放在咸菜上，另一个拿在手里。以往的时候，你刚端着东西过来，还没有来得及弯下腰，就有人变戏法似的已经把他自己的东西摆在上面了，已经先你一步占领了；于是，你也就不用再弯腰了，直接端着你的东西再找别的地方去。

像欣赏一件有价值的东西一样，起云目光静静地打量着自己的早饭。记不清有多久了，从来没有一顿饭像今天这样平平展展地摆放过，常常总是在坑坑洼洼的地形里尽量地找出一块暂时属于自己的平地，让一个碗安置下来。好在大多数的时候也并不需要往哪里放，只需端在手上就行了，十几分钟，甚至几分钟以后，当手里的碗变成一个空碗的时候，便不再需要任何的平地或平台，因为已经用不着了，饭已吃完，眼前无论再有多么平坦的一块地方，甚至是一张真正的桌子，也已经没有意义了。

不知道汤为什么总是灰蒙蒙的，即使有酱油的时候也不放，贺兵似乎不喜欢放酱油。前些日子起云看见厨房里的一个柜子旁立着一瓶酱油，刚才在小窗口前打饭时又看见了，还是那一瓶，还在那里立着。起云想，多少放一点就不一样了，哪怕只有几滴呢，就不会像现在这么灰蒙蒙的了，可是贺兵执意不放，别人也没有办法。不放就不放吧，放了又能怎样，放了也吃不成神仙。那些成天做酱油的人不也一个个都是凡人吗，该得病的也照样得病。

起云用筷子在汤里搅动了一下，没有发现有什么新东西，像往常一样，几片黄黑的菜叶受到筷子的惊扰后，突然惊慌失措地从碗底浮了上来，在上面转着圈儿漂浮了一阵后，又重新沉下去了。

端起汤大大地喝了一口，放下碗的时候，起云看见蹲在他不远处的老裴摸摸索索地从怀里掏出一张叠在一起的黄纸，慢慢地一层一层地展开后摊在面前的地上，暗黄色的纸上赫然出现了一块酱红色的腐乳。老裴用筷子夹一点，均匀地涂抹在馒头上，又夹一点，放进汤里，用筷子在里面轻轻地搅动着。起云想，老裴的那碗汤，这会儿一定是灰红色的了，一定和所有人的汤都不一样了。

忽然，起云看见了靠在柱子上的石富生，石富生已经吃完了，但是还蹲在那里，正在像一只饥饿的老鹰一样紧紧地注视着老裴，老裴的每一个动作都被他看在眼里，老裴突然间暴露出的那点儿夺人眼目的红颜色或许正是把他继续挽留在原地的主要原因，甚至是唯一的原因，否则他早就应该站起来走了。往常也都是他吃得最快，吃完就走了，今天却背靠着柱子，一直蹲在那里没动，也许他早有预感？他在盯着老裴面前的那一小块软软的带有酱香的红色的小方块，看见它已经和刚拿出来的那时候不一样了，完全不一样了，一点一点地缩小了、变化了，变得不再是方块，变得已经没有形状了。是谁让它越变越小，越来越不成形的？当然是老裴！此刻，在石富生的眼里，老裴像是一个真正的吸血鬼一样，正在一丝一缕地吸吮，一点一点地剥蚀，看着看着就不多了。

石富生就是这样，无论谁吃东西，只要有一点和他吃得不一样，他就会这样在一旁老鹰一样地紧紧地注视着你。

老裴吃着吃着，忽然感到耳根发热，觉得有人正在注视着自己，他抬起头没往别处看，首先看了石富生一眼，很快又低下头去。老裴有些慌乱，后来他突然站起来，换了一个方向，背朝石富生的方向蹲着。起云看见老裴一不做二不休地将最后一小块腐乳用筷子一分为二，一半夹进一小块馒头里，另一半如同投水自尽似的投进汤里，然后一口把馒头吃掉，又端起汤，两口喝完。老家伙放下碗，仰起脸，眼睛闭着，鼻孔翘着，开始幸福地回味，睡着一样。

石富生不再蹲着了，猛然从柱子前站起来，有些仇恨地看了一眼老裴的背影，然后拿着空碗放回到厨房的小窗口里去，没有和任何人说话，低着头走了。

起云是最后一个吃完的，那时候，所有的人都已经走了。王贵去了南面的树林子里，石富生，老裴和小马去了地里，这些天他们到处去拾粪，然后运到地里，花钱买来的也运到地里。主人的地里是不准使用化肥的。起云有些担心老裴，担心石富生会报复他，不久前石富生临走前的那种仇恨的表情，老裴只是没看见罢了，那时，他只顾背转身不顾一切后果地往嘴里塞东西。起云想，如果他是老裴，他一定会分半块给石富生，让他吃完以后再没什么可说的。可是老裴不给，他把什么都看得像金子似的、命似的，谁要是碰一下他的东西，他都会杀猪一样地叫唤。他们两个人，干的都是一样的活儿，睡觉的铺位也挨着，老裴却把自己的周边环境搞得一团糟，似乎完全不懂得睦邻，不知道友好。昨天晚上睡觉的时候，老裴把自己脱下来的衣服虚虚地堆放在枕边，任何人碰一下，他都会杀猪一样地叫起来。听见他吱吱地叫唤，人们都不明白他怎么啦，不就是几件平日里每天都穿在身上的破衣裳吗，碰一下又怎么啦，难道能碰坏吗？闹了半天，原来竟是为了那么一小块藏在衣裳里的腐乳。

太阳正在往高处去。

有云彩、有风，风里的土不算很大，尽管这样，吃过饭回到磨坊里以后，起云还是把磨坊的门窗都关了，要是刮到豆腐里可不是闹着玩儿的。

火正好，吃早饭前冒起的那一阵浓厚的黄烟都已经走光了。起云取出另一桶昨天泡好的豆子，开始准备磨豆腐。温大厨要求做得少而精，事实上每天都又少又精，但对于主人一家人，再加上他们的那些从来都没有定数的亲戚和朋友们来说，常常还是显得有些多，多了，用不了了，就得拿出去卖。好在并不难卖，事实上还非常的抢手，只要他一出去，一会儿工夫就全完了，外面的女人们一看见他出来，很快就把他包围了。人们都知道他拿出来的豆腐绝对是真正的上等货色，无论拿到哪里，也都是最好的。就因为人家主人一家人用不了那么多，才拿出来的，要是都能用得完，无论出多少钱你都没地方去买，只能买到那种最普通的。

石磨不是很大，一个人推起来还不算太吃力，要是再过十年，起云可不敢保证自己还能推得动，那时候他应该有六十好几奔七十了，想推也不一定能推得动了，主人一定会换一个更年轻的人来顶替他推磨。磨坊里的地是用青砖墁出来的，非常干净，不像别的磨坊那样墙上挂着灰尘，地上积满浮土，整个磨坊里乌烟瘴气，雾气腾腾。他慢慢地一圈一圈地推着，听到青砖在自己的脚下发出一种好听的声音，听着那声音让他觉得心明眼亮。几十年前，他没想过这些，也不知道将来是什么样子，日子一天天地过着，流淌着，从夏到秋，从冬到春。春、夏、秋三季里，每个星期里有两三天，他都要领着学生们去学校的小农场里劳动，小农场就在河东，清亮的河水日日夜夜都在哗啦哗啦地流着。他们在那里种了土豆、小麦、黍子和胡麻。在柳絮飞舞的春天里，周校长亲自开着拖拉机犁地，好像不那样做就不足以体现和证明他校长的身份，坐在拖拉机上，死活都不下来，别人替替他都不行，连吃饭也要在上面吃，学生们跟在后面点籽、撒种。从种到收，都是由学校的老师和学生们来完成，关键的时候村里才派人来指导一下。事实上也就得那样，关键的时候指点一下就行了，要是从种到收，村里把一切全都包办了，学生和老师们干什么去呢？那还能叫学农吗？

他坐在地边的树下，看着学生们虫子一样碎粉粉地散落进地里，有的一进去以后就吱哇乱叫地打闹开了。他坐着没动，嘴里朝着橙黄碧绿的地里大喝一声，打闹的也就不再打闹了。

男生的黑头发，丝丝缕缕的破袖子，女生的小辫儿，花衣裳，很快就都不见了。榆树、杨树和柳树穿插着生长着，清亮的河水从旁边流过。

那时候也不知道怎么了，那么小的一些孩子们就让他们学习种地、收割，不知道是什么意思，问谁，谁都不知道，没有一个知道的，都不知道是什么意思。秋天割麦子的时候，和周校长在一起捆麦子，一边捆，一边又问起了周校长。周校长满脑袋尖尖的麦芒，眉毛也成了白的。周校长说，你挣钱不多，管得倒宽！这是我们这些人应该考虑的事吗？该操心的不操心，不该操心的瞎操心，还是考虑一下如何把这一地的麦子运回去吧。又捆了十几捆以后，周校长说，上面非要让这么闹，你能顶住不闹？你以为你是谁？就这还不行呢，紧闹慢闹还不行呢。咱们这个小农场产量不高，上个月联校开会的时候，我已经又被狠狠地骂过一回了，是龙王爷亲自骂的。每次去开会都要挨骂。你们是没听过，骂得那个难听啊，说出来的话又严重又下流，严重到会让你犯错误、被开除、坐牢；下流到让你脸红，抬不起头来。

龙王爷就是联校的校长，喜欢骂人，每次骂完人，嘴都高兴得合不拢。

周校长说小农场的产量不高，这也正是起云自己想要说的，让一群完全不懂农事的老师和学生娃娃们来种这块地，产量注定高不了，永远也不可能高上去，那是一定的。要是哪一天突然高上去了，倒成了一件奇怪的值得好好研究一番的事。相反，那块临河的地要是让村里种村里收，产量一定会比现在高出多少倍。当初，村里没有把那些干山梁上的旱地划一块给学校，就是担心学校会种不活，一棵苗也长不出来；又不想破坏学工学农的政策和号召，所以才把河边的这块地划给了学校，它平坦，湿气大，仿佛插上一根棍子都能活了，都能长出叶子，开出花来。可是，无论多好的地，只要给了学校，给了一群不会种地的人，也就瞎了，等于用一张钱叠了一个纸飞机。

不过，说产量不高，是相对于村里和别的学校来说的，其实，在老师们和学生们看来，已经很不少了，已经够得上是一个大丰收了。秋天里，土豆滚了一院，堆得像丘陵一样，别的粮食堆起来也有半教室。耗子们举家出动，没日没夜地忙着、搬运着，呼儿唤女地一趟一趟地往窝里搬运着。人们不是没有看见耗子们举家出动，男女老少齐上阵，看见了也不说。我们有这么多吃的，为什么不能让它们也搬一点儿回去呢，它们能吃多少？周校长决定请所有的老师和学生们狠狠地吃一顿，能吃多少都不怕，只要你的肚子还能放得下。于是，一笼一笼的馒头蒸出来了，每一个都有小孩的枕头那么大；一锅一锅的油条炸出来了，每一根都有成年男人的胳膊那么粗那么长，油光闪亮地在秋日的阳光下吱吱地叫唤着。还磨了豆腐，起云就是在那个时候学会磨豆腐的，只是没想到那会成为他后来每天都要做的一件事情。

剩下的粮食给老师们分了一些。头一年，起云分到四十斤黍子、二十斤麦子和五斤油，油是直接用胡麻换来的。他把四十斤黍子给了大哥，二十斤麦子和五斤油给了春玲她们家，那时，他已与春玲订了婚，正式确定了关系。原以为两家人得到东西后都会高兴一阵子的，却没想到好事办成了坏事。什么都不怪，就只因为他太老实、太愚蠢。他在大哥大嫂面前说，还有二十斤麦子和五斤油，给了春玲她们家；又在春玲的父母面前说，还有四十斤黍子，给了大哥大嫂。结果，两家人都很不高兴，基本上都得罪了。

通过那一件蠢事，他得到一些教训，明白了人不能太老实，不能总是一味地不分场合地说真话、说实话，那样说来说去会把所有的人都得罪光了，会让你周围的困难越来越多，会让你一年一年地寸步难行。尽管后来还是和春玲结了婚，那是因为春玲了解他，但她的父母那里却有一种阴影始终没有去掉，直到几年后春玲去世，那阴影顺理成章地变得更深更暗。

他自以为记住了那一次的教训，自以为刻骨铭心，类似的错误永生不会再犯，却没料到根本就没记在心里，当时以为记住了，但过后还是忘得一丝痕迹都不留。后来他也发现了，他这样的人，很有点儿像是笑话里说的那种傻子，一遇上个新的事，便又不知如何应对，只能按照原来记得的那个答案老老实实地作答，然后再乖乖地陷进去。没有办法，只能这样。有一年，周校长恨恨地和他说起自己的儿子，说儿子不太成器，尽管是身材魁梧的劳动委员，可在班里的成绩总是排在最后，这让他这个做校长的父亲总是在人前抬不起头来，面上无光，心里气短，说话也缺少硬气与豪气。他听了，觉得周校长这一次说话还是比较客观的、公正的、实事求是的，真是知子莫若父。说心里话，他也有与周校长一样的感觉，也觉得周校长的那个儿子不太像是一块念书的料，干活儿倒是一把好手，人高马大，一身的力气，又有热情，喜欢帮助别人。于是，他就劝周校长，不如给他在矿上找个事做，他一定喜欢做，也能干出名堂来，还能给家里挣钱，一举多得的事。可是他没想到，周校长啊，听了他的话，好半天没有开口，脸色像是白露过后的天气，没有太明显的霜冻，却像是比有霜冻的夜间还要厉害，冷冷的、硬硬的，没有一丝热乎气。他还没结婚，更没有孩子，体会不到一个父亲对儿子的一番心思。正在忽东忽西地想着，忽然听见周校长说，我的儿子我知道，他脑子不笨，如果认真地逼一逼他，还是能上去的，不会比别的孩子差。听到周校长这样说，他一下就知道又坏了，又说了不该说的话，该说的却一个字也没说。没有夸奖和称赞，也没有鼓励，又没有积极的建议和良好的办法，却直接就劝人家到矿上去找个事做。这样的建议用你提吗，我们要是想去早就去了。这是周校长最不愿意听到的、最不愿意看到的，他不想让自己的儿子与那种黑乎乎的工作有染，四块石头中间夹一块肉，那是人干的事吗？周校长的脸也黑了，仿佛是被儿子的事情弄黑的，仿佛是被儿子的前途映黑的。他没再说什么，站起来就走了。

周校长拍着身上的土，越走越远。他一个人继续坐在学校里那棵上面悬挂着一口钟的树下，来了一阵风，把周校长刚才坐过的那张报纸吹走了。看着周校长有些前倾的背影，他后悔死了，难过死了，恨不得立即把自己抽打得鲜血淋漓。难得周校长有一刻闲工夫，坐下来和他说一说自己的那些麻烦事，碰到的却是他那么一个人，万事不懂，听别人说话也听不出个音来，更不清楚别人心里在想什么，想听到什么。从头到尾，不知都胡咧咧了些什么！什么煤矿呀，找个事呀，不像是念书的料呀！那些办法要是些好办法，周校长早就去做了，还找你干什么？那样的一席话，没有哪一个做父亲的听了会舒坦会高兴的。找别人倒倒心里的苦水，顺便想听取一些良策，别人却顺势把你的儿子说得一团糟，那还有什么说头呢？周校长够有涵养的了，够能包容够能忍受的了，心里灰暗，不高兴，也不再说什么，只好站起来走了。要是换成李老五那样的人，说不定早就和他打起来了，不离开那棵树，就在那棵悬挂着一口钟的树下就把他打翻了。

桶里的最后一小勺黄豆又在磨眼里摇摇晃晃地消失了，起云又推了两圈，听见石磨发出一阵低沉的声音后停了下来。他来到灶前，看到吃早饭前生着的火这时候着得正好，通红、热烈，一种隐隐约约的蓝色的气焰正在不露痕迹地上升着、跳跃着，那就是一氧化碳，他每天都能看见它，很多人都没有见过，而他却是再熟悉不过。他把锅洗干净，坐上去，又从磨槽下提来装豆浆的桶，将刚刚磨好的豆浆倒进去，锅里一片雪白。

窗户开了一半，门也开了一扇。

又打开一个桶的盖子，小心地从里面舀出卤水。

趁豆浆在锅里游动、起沫、抱团、成块，往一起聚集、凝结的时候，他用一桶清水把磨洗了一遍，从上到下，从里到外，刷得干干净净，每天都要这样洗干净，等晾干以后再用罩子罩上。李管家经常交代：不要怕费水，一定要把磨闹干净。

卤水用过后，又重新封好，锁进一个柜子里，这样的东西不能让任何人接触到。有一天，他正往锅里点卤水，老裴忽然从外面闯了进来，一进门就对他说：“给我一碗卤水，我不想活了。”吓得他差一点把一碗卤水都倒到锅里去。

那天，起云费了不少口舌，又搭进去好几支烟，最后总算把老裴送走了。在磨坊的门外，红彤彤的太阳照着，黑色剪纸似的燕子嗖嗖地飞着，老裴感激而又郑重地向他表示，要好好地活着，再也不动死的念头了。

起云对老裴说：“那么多死的办法，非要想起来喝卤水？非得把我也扯上？”老裴笑嘻嘻地说：“这不是离你最近嘛。”

不要脸的老东西，来磨坊里装死卖活的吓唬他，纯粹就是来骗烟抽的。

去年夏天里的一天，老裴的一个儿子忽然来找老裴，说是来看他的，实际上是来找他要钱的。父子两人在南面的树林子里吵了起来，吵得很厉害。后来去吃饭的时候，起云见到了老裴的那个儿子，长得十分的瘦小，看上去体质很弱，年纪轻轻的，却瘦得像鬼一样，脸上也没有肉，只是一层灰黄的皮，只记得两只眼睛一直在脸上骨碌骨碌地滚动。老裴后来告诉大家说，他的小孙女在医院里病得很厉害，老裴把自己几乎所有的钱都给了儿子拿走了。没有人看见老裴的儿子是什么时候离去的，到晚上吃饭的时候，只看见老裴一个人坐在一块石头上，他的儿子已经走了。

锅里呈现出河流解冻时的景象，凌汛一样，已经可以出锅了。起云展开一块洗得很干净的雪白的纱布，将四个角分别从四个方向钩住，悬空着吊起来，又换了一把又深又宽的大勺子，将锅里的东西盛起来，倒在撑开的纱布上。水蒙蒙的雾气已经充满了整个磨坊，开了一扇的门，洗干净以后的磨，排列在墙边的七八只桶，墙上挂着的白麻绳，细铁丝的筛子，一个棕色的木盒子，都在水蒙蒙的雾气里隐去了。

他不断地用嘴吹拂着脸前的白茫茫的雾气，不这样便完全看不清锅里的东西还有多少，一些雾被吹走后，很快就又回来了，密不透风地涌过来。锅里的那些冰凌般的块状物都被一勺一勺地盛走了，只留下一锅黄白的汤，上面纱布里的水还在下雨一样地往锅里流淌、滴答。站在白茫茫的水雾里，起云忽然很想抽一支烟，但他想了想还是忍住了。干活儿的时候他不抽烟，尤其是这样的活儿又不同于在外面砌墙，就是砌墙的时候他也不抽。总是等干完以后，专门找一个地方坐下来抽，那种时候，一支烟才能完完整整地发挥它最大的作用，人也会变得安心，不必再担心烟灰或火星会掉落到哪里，只管慢慢地吸，让那舒坦幸福的烟雾欢畅无比地流遍全身的每一个角落；慢慢地想一想事情，事情有新的也有旧的，有几十年前的，也有最近一两天的。

纱包里已经不再有水往下面的锅里滴答了。起云把坐在火上的锅端起来放到一边，出了磨坊的门，操起靠着门边的一把铁锹，铲回满满一锹面煤，蒙在火上，之后又把灶上的盖子盖好。这样埋好以后，这一天就不需要再管了，要用的时候，捅开即可，很快就能重新旺起来。把铁锹放回去，又重新洗手。洗干净以后，先解开纱包上的一个角，握在手里，接着又去解平行着的另一个角。就这样依次解开，四个角分别握在两只手里，那个圆鼓鼓的又湿又软的纱包几乎就抱在他的胸前，一直被他抱到那个早已准备好的四方形的木框子里，然后轻轻地放下，像放下一个睡着了的孩子，将它安置在那个上个月刚换了的黄白颜色的崭新的木框子里；又如同为那个孩子盖被子一样，将纱布的四个角用力兜紧，折回来，在上面抻展，铺平，严严实实地盖好；最后，把一块与新做的木框同样颜色的崭新的木板轻轻地压在上面，木板上面又压上三块洗得洁净瓦蓝的青砖。做完这些以后，他满意地看了一会儿，又用手摁了摁。今天的豆腐又成了。

他来到磨坊的门外，眯着眼看了一会儿黄澄澄的阳光，然后在一块像瓷器一样光滑细腻的石头上坐了下来，从口袋里掏出烟丝，给自己卷了一支，刚吸了一口，就觉得那一股烟像一条欢快的小溪一样在身体里面流淌起来了。他不由得闭了一下眼睛，这样美好的时刻真是难得啊！每天的这个时候，在等待豆腐最后成形的这一小段间隙里，他都要在磨坊的门口坐一会儿，给自己卷一支烟，有时甚至是两支，慢慢地抽着。那时候，世界在他的眼前，但又好像并不在他的眼前，远在天边，远在一个他永远都到达不了的地方。

他想起了多年以前窦卫向他描绘过的共产主义景象，如今，多少年过去了，窦卫当时的那副神情至今还映在起云的脑海里。年轻的窦卫，跟随工作队来了没多久，就与起云成为无话不谈的朋友，那时他们都还没有结婚，工作队任务不紧不重的时候，窦卫就会到学校里来找起云，两个人在起云的宿舍里下棋、聊天、吃东西。棋是中国象棋，几十枚经无数的手捏过、摩挲过的木头坨子，传到他们的手里，经常也是捏住不放，一思索就是很久。

也是一个秋天，外面的天已经很黑了，不知道萤火虫是什么时候出来的，等起云出去的时候，看见它们正在九月的夜色里散发着闪闪烁烁的亮光，在山坡上一粒一粒地铺成一片，又在河边的草丛里形成一根比头发粗不了多少的银色的线，像是天上的星星都排着队下来了。再细看，发现那根亮晶晶的线隔一会儿就动一下，一动就歪了，整个儿一条线都是歪的，又软又弯曲地搭在草上；歪一会儿，慢慢地用力一挺，就又直了。

苜蓿的花已经开过了，靠近大路的那一片十几天前就已经被割倒运走了，留下一地的短茬子，有一个身量细高的人每天日落时分都要去那里闷着头挖一阵，也不知在挖什么，一直挖到天黑。是不是有人派他去的，这些也都不知道。天一黑下来，别人也就看不见他了，他又不是萤火虫，别看长得那么高那么长，浑身上下却一丝一点的光亮也发不出来，黑夜是什么颜色，他也就是什么颜色。所以，也就没人知道天黑以后他是回去了，还是继续留在那片黑雾雾的地里。羊群从很远的山上回来了，年轻的大声地叫着，年老一些的边走边咳嗽着，都聚集在河边喝水。放羊的人也蹲在那里，慢腾腾地洗着手，洗完手又撩着水洗脸，然后站起来把一双湿手在裤子上抹一下。

一些门在风中怪声怪气地叫着。

把学校宿舍门前的那片空地扫了一下，又去油毡下面抓了两把草，扔进西边寂静的兔窝里，起云顺势往里看了一下，里面漆黑一片，没有一丝声音。其实不用看也知道，它们都睡着了，大的搂着小的，白的靠着黑的，互相团在一起。关上它们的小门后，起云又用一根棍子从外面顶了一下。这些日子以来，河边的黄鼠狼从未有过的厉害，神出鬼没，动不动就摸进来了，云山他们家一次就有三只鸡被同时掳去，周校长的家里也有一丝一缕的飞来飞去的鸡毛在向他们报告、述说着什么。血的印痕如躺在地上的细麻绳一样从鸡窝的门口一直通到大门口，在快到潘文凯家东墙下的那扇小门前时突然消失了，再没有通向任何的地方。细心的周校长沿着那条细麻绳一样的正在逐日变浅、逐渐消亡的血路走了几个来回。不知他那时候都在想些什么，只知道自那以后，周校长对潘文凯一家人开始警惕起来，从老的到小的，时常都暗暗地观察着那一家貌似平静的人，而那一家人也常有丝丝缕缕的诡异的行为或举止被悄悄地摄入进周校长他们的眼里。终于有一天，周校长在起云用一把大板刷子往墙上写字的时候，站在起云的身后，对起云说：“我怀疑我们冤枉了那些黄鼠狼……”起云听了，心里一惊，手里的板刷往旁边一滑，一个字写坏了。看周校长的那种有把握的表情，起云疑心他已发现了什么。起云对周校长说：“不至于吧？潘文凯一家人，再不行，也要比黄鼠狼强吧？再说，他本人也还是干部呢。”周校长说：“你呀，又犯了主观主义和经验主义的错，干部怎么啦？告诉你吧，干部比一般的老百姓更喜欢吃鸡，也比黄鼠狼更喜欢吃鸡。”周校长的话让起云忍不住笑了起来，他放下手里的板刷，把它挂在油漆桶的一侧，掏出烟给周校长和自己各点了一支。周校长吐出一个白白胖胖的圆圈后，问起云：“我是不是干部？”起云说：“你当然是，你咋能不是，校长还能不是干部？”周校长说：“那就对了。我就以我的切身经验和体会告诉你，我就比你们更喜欢吃鸡。都这时候了，我也不怕你笑话，你们几个月不吃甚至一年不吃也不想，我就不行，有几个月不吃，我就会非常的想念，日思夜想，走着想，坐着想，睡着了也还在想，总想着啥时候能狠狠地来他一家伙，连骨头都给它嚼碎了。”起云看着周校长，油漆的气息一阵一阵地弥漫在脸前，让他一时再想不起别的味道。忽然想起与周校长共事几年来，他身上竟有那么多他弄不清楚的东西和更多的未知的东西，熟只是表面上的熟，周校长、潘文凯，还有其他人，他们对他来说都是这样，而自己对于他们来说又何尝不是如此？每一个人都像是一个无底的深渊，绝大部分的东西都在水下，不为人所知，日常暴露呈现出来的那些只是极小极少的部分，相当于十成中的两三成。

扫完院子，给兔窝里添完草，再回到屋里时，土豆的香气已弥散得到处都是，一进门，起云就直奔炉子前。窦卫坐在炕上，目光注视着门口，起云看了看他，他一定也是被土豆冒出来的香气振作起来的。起云出去给兔窝里添草时，他还正躺在那里看报纸，一开始本来打算是要下棋的，但忽然少了三个棋子，都摆开了，才忽然发现少了三个，炕上地下哪里都没有找到，只得又收起来码到盒子里，没有下成。这以后，他发现了糊在墙上和顶棚上的报纸。

起云用捅火的铁钩从灼烫的炉灰里扒出两个烧熟了的土豆，剩下的继续用热灰埋好。在地上磕了磕上面的灰，递给窦卫一个，他接过去，在两只手上倒了几个来回。窦卫已经知道该怎么吃了，这样烧出来的土豆，看似有些糊黑，却并不需要剥皮，只需把最外面的糊黑了的那些表皮蹭掉一些就可以了，一定要保留那些焦黄发脆的部分，之所以不剥皮，之所以要在砖上蹭，也就是为了要保留那一层香脆的东西，那样才会更加好吃。起云和窦卫一人拿着一个烫手的土豆，在炕沿下青灰的老砖上轻轻地蹭着，一些酥松的黑末子脱离了土豆，沙沙地掉下去，土豆的外表开始变得焦黄、硬朗、焕然一新；脆是一定的，一眼就能看出来；脆下面的那种沙和面的感觉也是一定的；这样的东西，真是人间的美味。

“只有‘东方红二号’才是这样的，别的土豆都不行，”起云对窦卫说，“‘东方红一号’也不行，后面的三四五号也全都不行。”

窦卫嘴里吃着土豆，眼睛看着起云，很信服地点点头。一年前的秋天，年轻的窦卫随工作队刚刚到来，正赶上秋收，山区里遍地的土豆，遍地的热情洋溢的葵花和身穿黄衫头戴蓝色小花的胡麻。夜里做梦的时候都能听见铺满大地的土豆在轰隆轰隆地滚动，到处叮当作响，猪吃得都走不动了，躺在路边或墙下，嘴边堆积着溢出来的白沫，一副深度昏迷、不省人事的样子。那时候，初来乍到的窦卫，根本不懂得烧土豆是怎么个吃法，有文化是有文化，见识也不少，可那都和草木连天的山区无关、和土豆无关。当起云第一次把一个表皮烧得焦黄香脆的土豆拿给他时，他竟然把那一层最好吃的焦黄香脆的皮全部剥去、扔了，他以为只吃里面的部分，以为只有里面的那些才能吃。起云忍不住告诉窦卫，他把最不应该扔掉的全扔了，窦卫起初还不信，以为是当地人在捉弄他，后来看到别人的吃法，才终于相信了，吃完里面的部分后，又把自己刚才扔了的那些焦黄香脆的皮重新捡起来啃了一遍。

那天夜里静极了，只有一些虫子在漆黑空旷的山区里偶尔尖声细气地叫一阵，此外就再没有别的声音。天上有月亮的时候还好些，似乎还有些动静，有时毛毛糙糙，有时瓮声瓮气；遇上月亮不出来的时候，黑夜就是真正的黑夜，整个山区里会变得又黑又静，让人觉得世上所有的东西突然都不见了，白日里的一切都像是一个梦里的情景，像是假的，像是根本不曾有过。

吃着土豆，窦卫对起云说：

“将来呀，吃饭不要钱，想吃什么你就去吃；穿衣裳也不要钱，看中哪一件，去穿回来就行了。”

窦卫的话把起云噎住了，他吃惊地看着窦卫，好一阵说不出话来。

“会有那样的事？那是一个怎样的社会呢？”

“傻瓜啊！那就是共产主义呀，那就是我们常说的共产主义社会呀！”

“真会有那样的时候吗？”

“会有的，当然会有的。我们现在不是正在朝着那个方向奋斗吗，全国人民一条心。”

土豆里的热气在他们的脸前幽幽地冒着。

“没有阶级，没有仇恨，没有嫉妒，更没有陷害与争斗和不择手段……”窦卫看着灯光下的起云，低声说道，“你有三间房，一处院子，你曾经的仇人有五间房，外带一个小花园，他再也不会仇恨你，算计你，想恨也恨不起来了。他反过来会担心你会对他和他的家人的安全形成威胁，担心你会隐藏在他的花园里和他过不去，谋害他。”

“……”

“你呢，也根本不需要去谋害他，他有什么好谋害的呢？不就是五间房，一个小园子吗？那时候，谁都不会去谋害谁，想都不会往那些方面去想，想的都是健康向上的事。起风了，你走在街上，觉得自己需要一件大衣，于是，你就去挑一件大衣；有短袖衫也在那里挂着，但是因为你不需要，所以你也就不会去挑，你就是专门冲着大衣去的。每一个人都是冲着自己的需要去的，不需要的就不拿，再好也用不着，因为拿回去也没用，拿回去也还是在那里挂着；真正到你需要的时候，你再去拿也不晚。”

“售货员就不管吗？眼睁睁地看着你不给钱就把大衣穿走了？”

“没有售货员了，也没有货币了，因为社会上从此不再有任何的交易。你去挑衣裳，你自己就是售货员；你既是顾客，同时也是售货员。”

“都把好衣裳穿走了，剩下那些不好的咋办呢？给谁去？”

“都是好衣裳，没有不好的。更何况，人各有志，你认为不好的，恰恰就是另一个人最喜欢的。”

“那倒是。我们周校长就有一件绒线衣，要我看吧，一点儿也不好看，颜色像猪血一样，要多难看就有多难看。可周校长本人却非常喜欢，总也舍不得穿，每年过年的时候才拿出来穿两天，到县里开会的时候穿一下，平时都不舍得穿，叠在柜子里。”

“那么，这件衣裳到底是一件好衣裳还是一件坏衣裳呢？对你来说，肯定认为不好，你永远也不会挑中它；而对于你们周校长来说，无疑是一件心爱之物，一去了，他就看中了。”

“我明白了，这样，人与人永远也不会因为都去挑衣裳而打起架来。”

“不可能有打架的事发生。除了眼光的不同，还有道德的力量，文明的程度，更有物质的极大丰富在做保障。那时候，有一百个周校长，就会有二百件三百件那样的衣裳挂在那里，在等着他们去挑，那怎么会打起来呢？更重要的是，谁要是做出那样的事，谁就会被整个社会所唾弃、抛弃，你自己也会没脸见人。你会因为挑衣裳和别人打起来吗？”

“我不会。”

“这不就对了嘛，到时候，大家都会这么想。”

“要是人人都去吃肉，剩下那么多粗粮怎么办？喂马？喂猪？”

“你看你，又来了！我的同志，并不是所有的人都喜欢吃肉，就有不喜欢的。世界上最好的东西难道是肉吗？肯定不是。就算是，吃多了也会腻，会不由自主地想念粮食，想念清淡的东西。”

那怎么可能呢，怎么会腻呢？起云看着窦卫，这一点起云觉得他不能说服自己，他无论如何也不会相信有人会扔下肉不要而直奔粗粮过去，除非那是一个真正的傻子。而事实上，傻子们也并不傻，关键的时候也总能心明眼亮地分得清好歹。姚湾村的喜荣，疯了有好多年了，谁家里一办喜事，他就会准时地出现在谁家的筵席上，看着满桌子的盘子，指指点点，只要肉，别的东西都不要。

“你现在饿着肚子，好多事情都不能理解，说什么也没用。”窦卫对起云说，“一个人在这种时候根本体会不到那种丰衣足食的吃饱吃腻后的难受的感觉。”

也许他说的是对的？起云灌满一壶水，放在火上慢慢地烧着。接着又从下面的灰里扒出两个土豆，给窦卫一个，他自己一个。一边慢慢地吃着，一边在心里追忆着曾经有过的那种丰衣足食的感觉，记忆的原野上竟是一片荒芜，几十里不见人烟，天上的云彩像纸、像棉絮，却怎么看也不像面粉，地上的枯枝像铁、像铜、像吹灭后的蜡烛，却怎么看也不像是带肉的骨头。谁能让我们看见我们想看到的呢？班上有一个孩子画了一张画儿，画的是一只名叫毛头的小狗正在做梦，梦见自己的面前有一堆骨头，骨头上还冒着一缕一缕的弯弯曲曲的热气，一看就知道很烫。因为太烫，还不能马上就吃，名叫毛头的小狗就耐心地在那里趴着、看着。起云对那个孩子说，小狗梦见的？是你自己梦见的吧？孩子没想到自己的心思一眼就被老师看出来了，立即羞红了脸。

“那是真正文明的时代，”窦卫还在继续说着，脸上有光在一闪一闪地亮着。“每一个人都具有高度的修养和觉悟，没有哄抢，没有个人的小算盘，没有损人利己……你也不可能顾头不顾尾地去抢肉吃，让自己闹出天大的笑话，那种时候，让你去抢你也不会去抢。肉算什么！有一点儿就够了，多了就是累赘，给你你也不会要，还盼着能匀给别人一些。”

起云从水缸后面找到一个棋，是一个“马”，原以为他会高兴的，却没想到窦卫只是无动于衷地瞥了一下。窦卫对起云说，你一定认为我对你说的是一件没影的事，多少年前，有人幻想着将来能够点灯不用油，耕地不用牛，当时的人们都认为那纯粹是一派胡言，不用油用什么？不用油灯能亮了吗？后来怎样，不是亮了吗，不是一切都实现了吗？

“可是你说的那种事和点灯不用油不是一回事。”

“就是一回事，所有的梦想都是一样的。”

起云不认为那是一回事，从心里不认为是。那怎么能是一回事呢？点灯不用油，耕地不用牛，是一种技术上的突破，而窦卫描述的那种景象要比那复杂得多，也困难得多，那不是单纯的技术上的问题，无论多高的技术也不行。

“连你这样的人都不信，更何况别人！”窦卫脸上的那种光没有了，神色灰暗地说道，“那些种地的、做工的，他们就更认为我是在胡说。理想的种子播不下去，就永远也不可能有生根发芽、开花结果的那一天。”

起云弯着腰又从灰里扒出一个焦黄的土豆，递给窦卫，但窦卫却说他不要了。河边的青蛙像是身上通了电一样，在漫长的还刚刚开始的黑夜里，在他们不经意的时候，呱呱地叫了起来。窦卫从炕上下来，对起云说：“我该走了。”

起云送他出了门，外面没有月亮，天地之间上蓝下黑。

三十多年前的蛙声突然在起云的心里亮亮地叫了几声。他掐灭了手里的烟，站起来，回到身后的磨坊里，用水把手湿了一下，揭开白色的纱布，在已经成形的豆腐上轻轻地按了按，豆腐的弹性像一股外来的力量一样迅速地窜到他的手上。

上午十点整，平时也是这个时间，起云锁好磨坊的门，提着做好的豆腐来到厨房。把豆腐放下后，起云站在厨房的门口，等着温士玉的吩咐和安排。灶上的火虽不是很旺，但还是有一股一股的热浪朝门口这边不断地涌过来，热气里有阵阵的香味，十几个白色的一模一样的罐子摆成齐齐的一溜，坐在火上。

过了一会儿，忙碌中的温士玉忽然发现了站在门口的起云。温士玉首先交给他一筐鱼让他去洗，又把井上的钥匙也解下来给了他。

起云搬着筐子，走到距离厨房约五十米以外的井边，用温士玉刚才给他的那把钥匙开了水井的盖子，从井里提上一桶水，然后蹲下来，开始刮鳞、剖腹。主人喜欢井水，不喜欢自来水，所以院子里才有了这口深井。平时这口井都是用锁子锁着的，温士玉掌管着井上的钥匙。刚才，温士玉在把钥匙交到起云手里的时候，特别嘱咐他千万不要让不相干的人靠近井口，看见有人往井这边走，也不行，一定要制止。另外，洗鱼的时候更要离井口远一些，越远越好，洗过以后的水要倒进外面的排水沟里去。

一边刮鳞，一边又想起了那口井，那里面可真深啊，趴在井口，完全看不见下面的水，只看见一条湿漉漉的朝下去的幽深乌黑的巷子，有的地方已长出了暗绿湿滑的苔藓。他还从来没见过那么深的吃水井。从前的那些水井，遍布在乡间、树下、房前屋后，隔不远就有一口，最深的也不过两人深；有些浅的甚至如同家里的水缸，人趴在井口，把一条胳膊伸下去，里面的水就舀上来了。真没想到现在的一口井会有那么深，你在井边往上提水，不像是往上提水，更像是从另一个黑洞洞的幽深莫测的世界里借水，需要好一会儿工夫才能借回来。

井上成天锁着，用的时候才开一下，用完了，很快就又锁上了。四周严丝合缝，一只蚂蚁也爬不进去，一滴水都漏不进去，又有钢铁的护栏护着。起云心里明白，那是怕有人往里扔东西啊。又想起从前的那些井，那些井，没有一个是有盖子的，更没听说过用锁子锁着，一年四季地敞着，几十年如一日地敞着，傻乎乎地朝着地面，朝着蔚蓝色的天空，也不怕有人往里扔东西，也真的就从来没有人往里扔东西。下雪了，会有一些雪落进去，下雨了，会有一些雨下进去，刮风了，会有一些土和树叶刮进去，人吃了却不得病。

鱼鳞不断地蹦到他的脸上，上去后就牢牢地粘住了，不再下来，脸就开始变得紧起来。筐子里的十几条鱼全部刮干净以后，起云感到脸上已经厚厚地贴了一层胶。手是湿的，又有血，鱼的血和他本人的血混在了一起，分不清谁是谁的了。他抬起一条胳膊，用袖子在脸上抹了一下，看见青白的鱼鳞碎纷纷地从脸上掉下来，看见手背上也是亮晶晶的一片。这些鱼，没有一条是能叫出名字的，洗了半天，也不知道它们叫什么。叫什么都不奇怪，一看就知道都是从很远的地方来的。

蹲在寂静的院子里，把那些神秘而遥远的鱼又用清水都洗了一遍，重新放回到筐子里。能听见高大的围墙外面，秋天的风正在田野里和路上呜呜地叫着，快速地行进着，围墙外面的树头摇晃着，有时俯看着下面这个院子里的情景。看见这个叫起云的人把所有的鱼的内脏都装进一个袋子里，小心地扎好口子；又把他蹲过的那片地方仔细地扫了一遍。水井也重新锁上了，接着又锁了钢铁的护栏。钥匙的一头咬在嘴里，端着筐子，走进厨房里。

他站在厨房门口，问温士玉，洗过后的鱼要放在哪里？

温士玉说：“搬进来吧。”

搬着筐子，迈过门槛，起云来到长桌的一头，把手里的筐子放到地上后，抬起头，看见灶上的那一溜一模一样的白色的罐子都在冒着气，厨房里香气弥漫。

“这么多罐子呀!”起云说。

“这不是罐子，”温士玉说，“这叫煲。”

起云慢慢地朝后退去，一直又退到厨房的门口，一只脚已经到了门外。他知道，这个厨房不是随便哪一个人都能进来的，不要等到温士玉撵他出去，要等到那个时候就不好看了。不要硬等到让别人说，自己先主动退出去比什么都好。老裴、石富生、王贵，他们那些人还从来没有来过呢，连里面是什么样子都不知道，连窗户朝哪个方向开都不知道。自己呢，因为磨豆腐、送豆腐，天天来，对这个地方比他们那些人熟多了，虽说更多的时候只是在门口站一会儿，可他见识过里面的情形，知道了世上还有另外一种完全陌生的生活，要不是亲眼看见，说什么也不会相信。而那些人呢，他们不知道，他们依靠的只是各自的一种胡乱的想象和推断，就像过去的人们以为皇帝每天都在吃饺子，每天都在喝油一样，以为除了人参，别的什么都不吃。有一次吃饭的时候，老裴对大伙儿说，他知道有一个有钱的人，那个人每天要吃掉五斤猪肉、五斤羊肉和五斤牛肉，这还不包括别的，当时就把众人都镇住了。现在想起来，老裴那当然是在胡说，是在嘴上过瘾，把自己的一些实现不了的梦想放到别人的身上说出来，像是在借尸还魂。他也不想一想，五斤这个肉，五斤那个肉，还有一个五斤，还有别的，那加起来是多少？别说是那么多的肉，就是那么多的水，一个人也喝不下去。老家伙，说起瞎话来脸不红心不跳，完全是在凭自己的胡思乱想推断别人。别的人家起云不太清楚，就温士玉负责的这个厨房来说，猪肉每天都有一点儿，但是不多，那也常常是为主人家的那些亲戚们准备的，亲戚们大都来自一些村里，猪肉会让他们感到放心、亲切，不会那么拘谨和不习惯，吃上一会儿，就仿佛又回到了自己的家里。要是把一盘他们从来没见过的东西端上来，他们就会变得不自在，甚至恐慌，就像面对一群生人时一样，怎么也无法亲近起来。

他站在门口等着，看见温士玉把一团雪白的东西挤进一个锅里以后才腾出手来。靠墙的一张深色的细长的几案上摆着十几盆东西，温士玉过来看了一会儿，然后让起云把其中的几个盆里的东西端出去洗，有虾、莲藕、肠衣，还有十几个猪脚和蹄膀。尤其是那些猪脚和蹄膀，温士玉特别交代说，一定要把上面的毛全部弄干净，一根也不能留，更不能留下那种看似没有实则是一小丛一小丛的短茬子，那样的肉吃到嘴里，感觉就像是在吃一个人的下巴，一个长着短胡茬的下巴，会非常的恶心。

手里端着两个盆子，起云一边点头，一边对温士玉说，他听说把沥青烧热以后用来去毛，效果很好，能去得干干净净。

“不行，绝对不可以！”温士玉挥了一下手说道，“那种办法我也知道，那是穷人和懒人们的办法，我们绝对不能用！用那种办法，给食堂里做饭还差不多，这里可不行。”停了一下，又说：“你是教过书的人，我知道你，勤快，又比别的那些人懂事。你知道吗，沥青加热以后，它的气味会直接深入到肉里，一入进去以后就再也去不掉了，多少佐料也扭不过来。咱们是让客人吃蹄膀呢还是闻沥青呢。”

“我明白了。”起云说。

用沥青去毛，起云也是曾经在别的人家里看到的，自己倒并没有用过。把烧热后的沥青糖稀一样浇到有毛的肉上，然后就放在一边等着，该聊天的聊天，该做别的也不误做别的。等稀热的沥青逐渐变冷变硬以后，再去把沥青慢慢地揭起来，那时候，你就会明显地看到上面的毛跟着沥青一起下来了，那一片原来像是重灾区的地方变得干干净净。起云第一次看见别人用那种方法去毛的时候，对那个人顿时心生佩服，觉得人家有灵气、有办法，能够创造性地干活儿，开展工作。现在听温大厨这么一说，很快就觉得那个人也不怎么样，不过是一个喜欢偷懒的人，在自己家里还用那种办法，那不是害自己的一家人吗？在外面吃到那种用沥青处理过的肉那是因为没办法，在自己家里也那么干，那不和外面一样了吗。

前面的几盆东西很快就都洗干净了。肠衣用竹针把里面翻出来，又用清水洗了两遍，然后一根一根地挂在绳子上。一会儿温士玉要往那里面塞东西，有切得很碎的碧绿的青菜末，有粉红色的肉馅，还有泡好的糯米。

之所以要把猪脚和蹄膀留到最后清洗，是因为起云觉得在这几盆东西里它们是最难对付的一盆，把前面那些都清理完了，就可以专门一心一意地对付这些，而不再需要去顾及别的。从厨房里端着盆子出来的时候，起云就已经注意到了，大部分的猪脚和蹄膀可以说都是好的、省事的、光洁的，上面的毛也不太多，零零星星的有一些，很快就都能拔干净。可是，其中有一个蹄膀，起云只看了一眼后就再也忘不掉了，那只蹄膀上的毛多得让起云不禁倒吸一口凉气，就像是一只刺猬，就像是一个满脸胡子的人，真不知道该从哪里下手。顺着那一只多毛的蹄膀，起云开始想象那该是一头怎样的猪，长成这样儿，难道是一只野猪吗？

该拔的毛都拔完了，也清洗过了，整整齐齐地码在盆里。最后，只剩下了那只毛最多的。

起云掏出老花镜，放到衣襟下面擦了擦，然后戴上，这一下，他看到了更多的毛，有些地方像矮小的黑森林一样密密麻麻，绵延不绝。他翻来覆去地看着，手里的镊子东拔一下，西拔一下，每次都只能拔下那么寥寥的几根，甚至一根。有一瞬间，他想起了小时候过年时，看到父母用烧红的火钎给肉上去毛，通红的火钎烙上去，听见一阵嗞啦嗞啦的响声，蓝色的浓烟从肉上冒起，满家里都是火燎毛的味道，一整夜都散不去。虽然厨房里现在就有火，有熊熊的气焰高涨的大火和平静如水的温火，可那样的一种办法，温大厨显然也是不允许的，用那种办法处理过的肉，上面会永久地留下深深的烫痕和烙印。

后来他意识到那样东拔一下西拔一下是不行的，拔到正午时分也休想拔完，必须得集中精力，一个地方一个地方地对付、清理。于是，他老老实实地只盯住一个地方，不再看别处，一小片一小片地清理，甚至三根五根地开辟。这样仔细地拔了一会儿，效果明显地就有了，在他的手曾经停留过的地方，那些黑森森的毛不见了，猪皮的本来面目开始清晰干净地显露了出来，他用手摸了摸，就像在摸一个人的脸。他笑了，眼前的情形让他感到高兴、愉快，不仅仅是因为看到了明显的效果，更让他有了信心，知道照这样的办法干下去，一定能把所有的毛都拔得干干净净，一根都不会留下。温士玉再挑剔，再讲究完美，也不会挑出什么毛病来，因为已经没有什么毛病了，因为自己没有投机取巧，用的都是老老实实的笨办法，每一下都集中了所有的力量，没有一处是蒙混过去的。如同开辟根据地、打江山一样，眼看着根据地在不断地扩大，一眨眼一个样。碰到那些堆积在一起的皮肉，形成一棱一棱的死角，就得用一只手把它们绷展，另一只手里的镊子准确地咬住那些树丛般的毛，向上一拉，将它们拔下来。那样的一些堆积在一起的皮肉，就像有些人脖子后面的那种肉，你站在他的后面，眼里看到的就是那样的一种形态，看见他脖子后面的那种肉一棱一棱的、一道一道的，紧紧地挤在一起，那里面要是长了毛，只有把它们绷展了才能拔掉。

每清除完一大片，他就会换一个姿势，有时把肉举起来，托在手里，放在眼前，迎着光线拔。但这样的一种姿势持续不了多久，眼睛就会又酸又痛，两条胳膊也会越来越乏力，手因为抖动也不再有准头，看着是觉得夹住了，实际上却并没有。那时候他就会把举了半天的肉放下来，活动一下胳膊和手，然后再把它按住，空出需要拔的地方，集中优势兵力扑上去。

拔完最后一根毛的时候，他清楚地听见自己的心里欢呼了一声。这么一个不大的东西，比磨一次豆腐费劲多了。他端着清理干净的猪脚和蹄膀又一次走进厨房，温士玉站在灶台前，正俯身朝一个锅里看着。

他站在门口，看见在靠近门口的墙边，他上午做好后送来的那一桶豆腐还放在那里，没有动过。

灶台上那一溜一模一样的白色的罐子还在哧哧地冒着气。温士玉忽然转过身，紧走了几步，从一个柜子里拿出一个长方形的盒子，又回到刚才一直看着的那口锅前，把盒子上面的一层纸撕开，随后那盒子里的一些什么东西就流到了锅里。温士玉操起一把银光闪闪的勺子，在锅里轻轻地搅动了几下。后来他转过脸，看见了站在门口的起云。

他当然也看见了端在起云手里的那一盆拾掇得又白又净的

猪脚和蹄膀，因此也并没有多问什么，更没有像起云想的那样亲自走过来拿起盆里的东西，一只一只地检查，认真地审核。温士玉知道，这样的事交给起云这样的人去做是让人放心的，他不用看也会知道，那上面一定是一根毛也没有留下。他让起云进来，把手里的盆子重新放回到靠墙的那张细长的几案上。

放下盆子后，起云说：

“不需要拣豆芽吗?”

温士玉说：“豆芽我亲自拣。”

听到温士玉这样说，起云朝门口走去，在他的身体快要从门外消失的时候，温士玉忽然又把他叫住了。这一回不是让他拔毛，也不是要他再去洗什么，而是让他剥出四十棵葱，六十头蒜。葱和蒜都在厨房外面的另一间小屋里，那里还有许多晒干后的蘑菇，每逢有人进去，不小心碰到它们的时候，它们就会像众多的石头一样嘎啦嘎啦地响起来。

起云早就听说过，在世上所有的菜里，主人最爱吃的一个菜就是炒豆芽，而且还必须是素炒。吃遍了千山万水，最终只有一个素炒豆芽紧紧地抓住了主人的心，只要他在家，每天必定有一盘素炒的豆芽。豆芽由温士玉亲自生，亲自拣，当然也是亲自炒，不让任何人碰一下。老裴、王贵他们都说，真是日怪，那么多好吃的东西都不吃，就喜欢吃个素炒豆芽，素炒的豆芽有啥好吃的呢?

“感谢你们带来了毛主席的书……”

从厨房里忽然传来了温士玉的歌声。起云坐在厨房外面的台阶上，手里剥着葱，脸上浮现出一阵笑容。这个年纪的人，只会唱这些，别的都不会。歌声软软地拐着弯儿，顺着一条熟悉的小路，没费什么劲，一下就把他带回到了过去。杏花开了，青草绿了，土也松软了，风也柔和了，蚂蚁在下面走，蝴蝶在上面飞，燕子在蝴蝶的上面，鹰在更高的晴空里，黑漆漆的一团，一会儿缩小，一会儿又变大。起云记得，他和春玲结婚的时候，有人真的送给他们两本毛主席的书。新婚之夜，他知道有人在外面听，有领导，也有群众，领导与群众打成一片，挤在一起。他记得，春玲刚把外面的一件红罩衣脱去，他就对春玲说：

“来，让我们先学一段毛主席语录，完了再睡。”

春玲朝窗户上看看，看到窗外有长长短短的黑影，有的在动，有的不动，还有一趟一趟的咚咚的搬砖头的声音。春玲说：

“学哪一段呢？”

起云用手敲打着书说：“就学这一段，‘我们已经取得了局部的胜利……’”

他像平时在讲台上给学生们读课文一样读了起来。春玲坐在他的身边，靠着他的肩膀。窗外有人小声抱怨道：“真他妈的，还不睡！”

几年以后，春玲病倒了。临死的时候，春玲对他说：

“原以为能和你过一辈子，现在看来不行了。”

他坐在春玲的身边，用手捂着脸，尽量地把脸上的水接在手里。那时，他们的孩子两岁。

又过去了两年。有一天，他正在黑板上给学生们抄写课文，一个戴草帽的人忽然从外面推门闯了进来，那个人告诉他说，他的孩子掉进了一口井里。他扔下手里的粉笔和书，向外面跑去。一边跑，一边问那个人，捞上来了没有？那个人也跟着他一起跑，一只手护着头上的草帽，边跑边说，正在捞。在青杨树附近的那口井边，他看到了从井里捞上来的孩子，已经没有气了，小小的身体冰凉凉地躺在井边，身上的小鞋、小袄，全是湿的。像两年前的春玲一样，孩子也永远地离开了他。清明的前一天，他去给春玲烧纸，火着起来的时候，他对春玲说，孩子去找你去了，你见到了吧？山上有哭声，山下也有哭声。山羊们排着队在平川里行走，黑山羊在前，白山羊在后。

厨房里的歌声断了。

他歪着头听了一会儿，歌声再没有响起。他把剥好的四十棵葱码好了，放进一个上宽下窄的柳条筐子里，又把剥出的六十头蒜放进一个浅绿色的瓷钵里。又找来一把扫帚，把台阶下面的那片地方扫干净，把撮起来的葱叶和蒜皮倒进一个装垃圾的铁箱子里。抬起头时，看见太阳已到了正中。

一手提着柳条筐子，一手端着那个浅绿色的瓷钵，起云返回厨房。在厨房的门口，他停住了。他探进半个身子，看了看那个细长的几案，看到靠近门口的这一头空出了一片地方，于是，他就把筐子和钵子都放了上去。温士玉平时总是不大喜欢有人走进厨房，因此，起云也不打算再进去了，能在门口办完的事，就在门口办，能不进去的时候就尽量不进去。其实，也并不是温士玉一个人这样，大约每一个厨师都不会太喜欢有人随随便便地出入他的厨房。起云想，自己要是也是一位厨师，大约也不会喜欢有人随便地进来，在里面到处乱窜，这儿看看，那儿摸摸，问一些千奇百怪的问题。

但是温士玉却迎了过来，热情地邀请他进来。起云站在门口，脚下没有移动。温士玉诚恳地对他说道：

“今天多亏了你，帮了我的大忙！”

起云向温士玉询问，还有没有别的事要做？温士玉说，没有了，差不多都已经齐备了。听到温士玉这样说，起云转身朝外面走去，天已正午，那边的那个厨房里应该已经开饭了，老裴、石富生、王贵他们估计也已经从地里回来了。

“周老师，你等一下——”

听到背后忽然传来这样的一声呼唤，起云愣了一下，好一阵才反应过来，明白那是在叫自己。这样的一种称呼远在过去，远在很多年前，如今乍一听到，是那样的耳生！起云好像听见从自己的心里传来一声清脆的碎裂声。

是温士玉在叫他。

温士玉从厨房里跑出来，来到起云的面前。

“别再那么叫了，”起云对温士玉说，“早就不是了。”

但是温士玉却很认真地说：“在我的眼里，你还是从前的那个周老师。”

温士玉的手里拿着两块颜色金黄的点心，用一张雪白的韧性很好的纸包着。“拿着，刚烤出来的。”说着，把纸包往起云的手里放。起云往旁边闪了一下，他说：“我不要，我们那边已经开饭了。”厨房所在的这个小院是单独的一个小院，有几间房子，平时只有温士玉和一个十五六岁的孩子住在这里。院子的东西两边各有两个小门，从东边那个门过去，就到了主人住的院子里；从西边的那个小门出去，先是花房，花房挨过去就是磨坊；从磨坊一直往南，绕过一排房子和一排杨树后，就通到了另一个院子里；朝南的那个敞开的棚子里，就是起云他们一伙人吃饭的地方，他们的厨房紧挨着那个棚子，里面很乱，贺兵从来不收拾。好在不需要常进去，吃饭的时候，从那个小窗口里把饭端出来就行了。

快到西边的那个小门前时，起云猛然发现，温士玉又站在了他的面前，手里拿着那个已有油浸出来的白纸包。温士玉对他说："周老师，你连这么一点儿东西都不要，是不是以后再不想帮我的忙了？"起云说："有事你就去磨坊里叫我，我会帮的。"温士玉的脸上露出了笑容。"这就对了。快拿着吧。"说着，也不管上面的油，把那个纸包一下塞进起云的一个口袋里。

温士玉又回到厨房里去了。起云从那个小门里走出来，在从花房前经过时，看到里面的花姹紫嫣红，白的像雪，黄的像傍晚时分的云，开得真好啊！起云边走边想道，都已经是这样的季节了，花还能开得那么好，仅凭这一点，就足以证明如今的人要比过去的人们聪明许多，手段也更厉害。想想多年以前，每到这样的季节，眼里看到的除了黄的就是灰的，要不干脆就是黑的或白的，白的是芨芨草，漫山遍野的芨芨草，再往后就是雪，漫山遍野的雪，哪里能看到什么花红柳绿！夜里做梦的时候也梦不见。有的人尽管有本事，能梦见羊腿，梦见油汪汪的板油，甚至面粉和缝纫机，却从来没有梦见过一个山花烂漫的季节。再看如今的人，手段不可谓不厉害，本来是夏天里才开的花，却一定要让它们在冬天里也要开，甚至一年四季地开，它们就真的开了，不得不开。动物、植物，哪一种生命能有人厉害呢？碰上了人，它们就得改一改自己的性子了，从凶猛、不听话、不驯服，一直改到温顺乖巧，百依百顺。

人类活得是不是有些太霸道了呢？

已经从磨坊的门前走过去了，起云又返了回来，他站在门前想了一下，然后掏出钥匙，打开磨坊的门走了进去。从口袋里掏出那个白纸包，打开看了一下，是两块十分陌生的东西，能闻到一阵阵甜蜜的香气。拿在手里看了一会儿，然后重新包好，又用半张报纸从外面又包了一层，然后踩在一个凳子上，手高高地伸出去，手里的纸包就放进了那只从房梁上垂下来的篮子里。从凳子上下来后，觉得那种甜蜜的香气还在脸前缭绕。这以后，他重新锁好磨坊的门，到前面的棚子里去吃饭。

远远地就看见老裴和石富生并排着站在打饭的那个小窗口前，两个人都把各自的胳膊向两边撑开，一看就知道是在互相拥挤，在抢占地盘，都在极力地想把对方从小窗口前排挤出去。起云走近一些的时候，听见贺兵在窗户里面大声地喊着，让他们排成一行。贺兵用手里的勺子敲打着锅沿，大声地说道：

“我再说一遍，不能有两张脸同时出现在小窗口前！我把丑话说在前头，我只给一张脸打饭！”

贺兵说出这样的话，那就意味着，只要小窗口前一直有两张脸，只要老裴和石富生还在继续互不相让地在小窗口前并排站着，谁也不肯站到对方的身后去，让打饭的行列成为一条直线，贺兵就绝不会给他们当中的任何一个人的碗里打饭。以前就有过这样的事例，贺兵是说到就能够做到的，把打饭用的勺子像一根拐杖一样拄在手里，脸上不再有任何的表情，极有耐心地等待着。如果僵持的时间久了，他还会给自己点上一支烟，慢慢地抽着。那种时候，起云最担心的就是贺兵嘴上那长长的烟灰会一不小心掉进锅里。其实，起云的担心也是多余的，并不是从来没有掉进去过，真的掉进去了也没有什么，贺兵用勺子在锅里搅一搅，烟灰很快就在一锅汤里消失得无影无踪了，别说用普通的肉眼，就是拿一架显微镜来，也不一定就能分辨得出来，因为汤本身也是灰色的，灰白色的烟灰落进灰色的汤里，犹如一滴水掉进了大海里，那种时候，神仙来了，也不可能再把它们分出来。

起云站在王贵和小马的后面，眼睛却望着窗口的方向，石富生的那个斗一样的大脑袋和老裴的那个光秃秃的后脑勺几乎在同时映入他的眼里。这两个人，经常总是这样，谁都不肯让谁一下，一个比一个硬。其实，打饭的过程非常的简短，贺兵挥动勺子，啪啪两下，一个人的饭就打好了。早打一点儿，晚打一点儿，前后也不过是几分钟的事，可他们好像就是不明白。他们这样做的结果常常是让时间白白地过去，让锅里的饭由热到温，由温到凉，温度一减再减，害得大家都吃不上热饭。

突然，起云看见老裴从那个小窗口前离开了，不知是被石富生挤出来的，还是他自己主动撤出来的，老裴面色灰暗地朝队尾这边走来，手里拿着两个空碗和一双筷子。老裴来到起云的后面，背靠着一根柱子站着，起云看见老裴的那一双拿着碗和筷子的手抖得很厉害。

老裴在起云的后面低声说道：

“真是个畜生！本来我是排在第一个的。”

起云回过身，拍拍老裴的肩膀，安慰他说：“用不了几分钟，每个人就都能吃上饭。”

老裴看了起云一眼，脸色发紫地说道：

“我这一辈子，碰上他，算是倒了大霉了。”

这时候小窗口前已经开始打饭了。石富生第一个打到了饭，还没有从小窗口前完全离开，他就已经把碗送到嘴边，喝了一大口汤。随后，他把碗的边沿继续放在嘴里，一边慢慢地往出走，一边用眼睛四处寻找着一个可以放碗的地方。很快，又有人端着打好的饭从那个小窗口前离开了，刚才还显得空荡荡冷清清的棚子里转眼间就有了热气，有了一种暖融融的烟火的气息和饭菜的气息。一个小小的旋风，在棚子外面的空地上急速地旋转着，转着转着，突然一扭身，拔地而起，到了对面的屋顶上。

中午的这顿饭要比早晚两头都多，每人四个馒头，汤可以喝两碗，辣萝卜条吃完一小撮，也还可以再要一小撮。

吃早饭时起云曾经放过碗的那块光洁的白玉般的大理石此刻正被石富生一个人占据着，由于他是第一个从小窗口打到饭的人，就当然能给自己选到一个最理想的放碗的地方，那么一块又平展又坚实的石头，无论把什么放上去都不会有问题，一个人坐在那样平的一张“桌子”前吃饭，再没有不安心的。起云端着打好的饭过来的时候，看见石富生把自己的东西几乎放满了那块大理石的平面，盛汤的碗，摊开以后像是正在晾晒的辣萝卜条，剩下的两个馒头不是放在一起，而是东一个西一个地摆开，中间空着很大的距离，甚至还把掐灭后的半支烟也放在上面，甚至在距离那半支烟的不远处，还放着一盒火柴……石富生这样排兵布阵似的摆放他的那些东西，为了什么呢？为的就是尽可能地让他自己的东西把那块大理石的整个平面全部占满，让别的人不再有希望，不再心存幻想，不再端着碗打那块大理石的主意。是个人，谁都一眼就能看明白，那上面确实已经不能再放什么了，同一个人的东西还可以再增加一些，但另一个人的东西绝对不能再挤上去了，哪怕是一双筷子！你要是不信你就去放，放上去了，立刻你就会觉得非常的不对，非常的不合适。

起云把四块砖拼在一起，形成一个青色的平面，把盛汤的碗放上去以后，一点儿也不晃荡，一点儿也不比那块大理石逊色，也是相当的平稳，不用担心碗会突然翻了。

起云只占据了四块砖中间的两块，另外那两块砖还空着。不久，老裴也端着碗过来了，把自己的碗和馒头放在那两块空着的砖上。老裴蹲下来的时候朝起云笑了一下，嘴里的两排牙一闪一闪的。起云想，头发都没有了，没想到嘴里的牙却还很好。

吃着饭，起云向老裴询问他那个小孙女的情况，老裴摇了摇头。

后来，王贵也过来了。王贵看见那几块砖上已没有他放碗的地方，就一直把碗端在手里。起云三口两口吃掉一个馒头，把另一个拿在手里，砖上腾出一块地方，让王贵把碗放下。

王贵对起云说："我今天才知道，你年轻的时候还教过书，是老师。"

起云说："教过几天，那时候还没有你呢。"

老裴对王贵说："那时候你还不知在哪里转筋呢。"

王贵白了老裴一眼，说："没有就没有吧，还非说是要转筋，什么话一到了你嘴里就都不对了。那时候你又在哪里转筋呢?"

老裴说："我转筋?"又指着起云说："我比他还大十几岁呢。"

王贵说："反正从你那张嘴里永远也吐不出象牙来。"

"那当然了，算你说对了，"老裴说，"人嘴里咋能吐出象牙呢? 在我这个年纪，要吐也只能吐出一副假牙来。"

起云和王贵都笑了起来。却看见老裴闭上了嘴，眉头也皱了起来，并没有吃鱼，但老裴的表情却像是被鱼刺卡住了一样，嘴闭得紧紧的，嘴里在迅速地蠕动着。就那样快速地来来回回地蠕动了一会儿后，嘴突然张开了，一副假牙掉了出来。

最惊异的要数起云了。“真的是一副假牙？”起云吃惊地问道。

老裴说：“我这个年纪，哪还有啥真牙！肯定是假的，真的哪有这么好。”

起云说：“平时我可一直没看出来。”

老裴指了一下旁边的王贵，对起云说：“刚才只顾和他拌嘴，一不小心就下来了。”

“赶快把你那玩意儿安上去，”王贵说，“又不是一朵花，摆在这里，还让不让别人吃饭了？不安我就扔了。”

“你扔？”老裴说，“我就不安，就要摆着。”

嘴里说着，却还是把那副假牙拿起来，把嘴撑开一些，慢慢地放了进去，仔仔细细地在嘴里进行安装、体验，一边还不忘用眼睛斜视一下王贵，假牙突然掉下来，全是因为他。大约彻底安装好以后，他的一双手放了下来，嘴闭着，上下又蠕动了一会儿，终于感觉牢固了，没问题了。突然张开嘴，对起云说：

“我早就看出来了，现在这些四十多岁以下的年轻人，大都是妖魔鬼怪转世的。”

王贵说：“也包括你的儿子吗？”

“包括，你满意了吧？”老裴说，“那也是一个妖魔鬼怪，你们没见过他和我算计的时候，眼睛瞪着，凶相毕露，一点点情义也没有。我这么老出来受罪还不是为了他们吗？手里刚有了一点儿钱，还没捂热，他就来了，一把就都抓走了。我对他说‘给我少留一点儿零花的吧，’他说，‘这里有吃有喝，你这么老了，要零花钱干什么？男人有钱就学坏，不助长你犯错误。’人生在世，哎呀，唉。”

起云和王贵笑得停止了吃饭。王贵对老裴说：

“我看你儿子说得对，你还真是一个让人不放心的人。”

“不放心？”老裴瞪着眼说，“我这么老了，我能干什么？”

王贵起身去盛第二碗汤，问起云用不用给他捎一碗。起云说，这一碗还没喝完呢，一会儿再去。老裴把一个空碗拿起来，让王贵给他捎一碗。

趁王贵去盛汤的时候，起云问老裴的假牙是谁给他装的，那要花不少钱吧？老裴说是他的两个女婿帮他装的。又说，那年他病了，病得快不行了，他们去看他，没想到他却又挺过来了。病好以后，他们就提出要给他安一副假牙。“依我的意思，坚决不装！装那有啥用呢？省下钱可以做别的。但他们却说装了和不装是完全不一样的，最后就装上了。不怕你笑话，现在我的身上，最值钱的东西就是这副假牙。”

“把心放宽吧，”起云对他说，“没人会打劫你的这份财产，谁拿上都没用。”

王贵一手端着一碗汤回来了。起云问王贵，第二碗汤里有没有猪皮？

“本来应该是有的，”王贵说，“我看得清清楚楚，已经舀到勺子里了，可是贺兵的那只拿勺子的手一歪，那块猪皮就又滑回到锅里去了。我向他指出来了，可是他假装没听见，他就是成心不想给你。”

听见王贵和起云这样说，老裴有些奇怪地问道：

“你们在说啥？猪皮？猪皮在哪？我怎么没看见？”

起云对老裴说：“第一碗的时候，每个人的碗里都有一块猪皮，你没吃到吗？”

“没有啊！”老裴吃惊地说道，“见都没见过。你们都见到了？”

“你喝第一碗的时候，没有好好在碗里找一找吗？”起云说，“也许是你喝得太快，没来得及嚼就下去了。”

“不可能！”老裴有些焦急而又断然地说道，“每喝一口前，我都会用筷子在碗里搜索一遍，都搜遍了，搜了不知多少回了，根本没有。”他看看王贵，问王贵：

“你也吃到了？”

王贵点点头。

又问：“告诉我，是多大的一块？”

王贵想了想，说：“有小拇指那么长吧。”

老裴又看看起云，起云也说，就是那么长，粗也是那么粗。

“啊呀！我这个冤大头啊！”老裴用力在自己的光光的脑门上拍了一下。“让人卖了都不知道，还成天觉得自己挺精明。我刚才喝汤的时候就觉得今天晌午的这个汤味道有些怪，和早上的那一碗不一样，想了半天也没想明白，闹了半天是这么回事。不行，我得找他去——”说着，从地上站起来，端着一个碗，朝小窗口那边走去。

很快，小窗口那边就传来了老裴与贺兵争吵的声音。

“凭什么别人有，我就没有？你必须得给我捞一块！”

“没有就是没有，凭什么必须就得给你捞一块？法律上哪一条写了，说是必须要给你捞一块？你去找，你要是找到根据了，我就给你捞一块。”

“你不要耍赖，法律上怎么会写那个？”

“你说谁耍赖？”贺兵的那张脸突然出现在小窗口上，把一个小窗口堵得满满的，“是你耍赖，还是我在耍赖?”

“我也没有耍赖，”老裴说，“我只是想要回我应得的。”

“那你就等着吧!”贺兵说着，把脸从窗口上缩回去，小窗口啪的一声从里面关上了。老裴端着碗站在外面，身上猛地一抖，像是一个被关在了城门外的人。

起云和王贵过来，把老裴从小窗口前拉开，王贵拉着老裴走开后，起云敲了敲那个小窗口上的木板，又用手里的空碗隔着窗户向里面的贺兵示意，自己该盛第二碗了。贺兵走过来，拉开小窗口上的挡板，接过起云的碗，很快盛满一碗汤，重重地放在窗口前。起云端起碗，一边往回走，一边用筷子在碗里捞了几下，一条比小拇指略短一些的猪皮突然映入他的眼里。

来到他们三个人一起吃饭的地方，起云用筷子捞起自己碗里的那块猪皮，放进了老裴的碗里。

吃完饭，独自回磨坊的路上，起云越想越觉得有些后悔，后悔自己不该和王贵说起猪皮的事，他们要是不提起，老裴也就不会知道，事情马马虎虎也就过去了，少吃一块猪皮也不会短了什么，也更不会生那么大的气。老裴那是真生气，两只手抖得后来连筷子都握不住了。

可是，道理又明显在老裴那一边，但没有一个人站出来说一句公道话，自己也没有。什么时候变得这么软弱怕事了呢?前几天，一只猫在院子里追扑几只母鸡，一只公鸡看见了，立即挺身而出，拉开架势与那只猫对峙、搏斗，最后硬是用自己的嘴和两只翅膀把那只猫打跑了。起云想，自己还不如一只鸡呢。

吃过午饭以后，老裴，石富生和小马就都走了，他们三个人要出发到一个二十里以外的地方，把那里的三车粪运回来。

几年下来，周围很多地方都知道主人的地里不用化肥，于是就不断地有人来，说他们那里有很好的农家肥，有时候他们亲自送来，实在送不来的，老裴他们就亲自去运回来。冬天的时候，先在地里均匀地撒一层，下了雪以后，白茫茫的雪就把它们都覆盖住了，捂上一冬天。春天的时候，燕子快来的那些天，再撒一层，然后开始翻耕。地变得越来越松软，越来越肥沃。

一个十五六岁的孩子正在磨坊的门口等着起云，起云从那一排房子和房后的一排杨树下走过来的时候就看见了，就是那个给温士玉打下手的孩子。起云快走了几步，觉得一定是温士玉有事要找他。很快，他就看见了放在那个孩子身边的一只熟悉的桶，那是他每天用来往厨房里送豆腐的那只桶，他忽然觉得眼睛有些刺痛。

和他想的一样，那个十五六岁的孩子果然是温士玉打发来的。孩子告诉起云说，中午的菜太多了，实在没有机会再用豆腐做菜，桶里的豆腐一块都没有用上。按照以往的惯例，用不了的豆腐就得由起云拿出去卖掉，明天再做新的。“师傅说您可能正在吃饭，就让我给您提过来了。”孩子说。

“师傅还说，咱们的豆腐不愁卖，过了中午，也还能卖得了。”

“没问题，我一出去，人们就都围过来了。”起云说。

他本想还说“我不出去，他们还想我呢。”可是没有说出来。孩子沿着花房前面的那条砖道走了。起云打开磨坊的门走进去，把挂在墙上的一杆秤取下来，又从窗台上拿下了秤砣，套进秤杆上。之后，他又一次来到磨坊的门口，揭起蒙在桶上的白色纱布看了看，桶里的豆腐还和他当初放进去的时候一模一样，一下都没有动过，甚至都不曾被看过一眼。没看一眼也是正常的，温士玉一上午连水都没顾上喝一口，这是他亲眼看见的。

他把桶重新蒙好，给自己点了一支烟，然后坐在磨坊的门口抽了起来。树上的树叶已经没有了，有风的时候，能看见他们在地上嘁嘁嚓嚓地旋转，还有些时候如同做游戏一样，飘起来又落下去，又如同做游戏做累了一样，躺下去就再不动了，睨着眼睛，静静地躺着，身上一天比一天干枯、苍黄。

黄绿两种颜色的琉璃瓦在他的眼前层层叠叠地起伏着，一直延伸到前面很远的地方，檐上的风铃时有时无地响着。

把嘴里的最后一口烟徐徐地吐出去一些后，起云锁好磨坊的门，提着桶和秤，绕过前面的杨树和那排房子，来到最前面的那个临街的院子里。在从他们每天吃饭的那个棚子前经过时，一眼就看到了午饭时自己拼起来的那四块砖，此刻那个青灰的平面上是空的，到晚上吃饭的时候，又会有自己的或别人的东西摆在那上面。主要的问题是碗，主要是因为碗里的汤一不小心就会洒出来，只要把碗安置好了，整顿饭就会吃得又完整又顺利。

打饭的那个小窗口前此刻也是寂静的，没有一点儿声音。想起不久前老裴和石富生在那里互相排挤的情景，竟像是上一辈子的事。

从这个大门里出去，往南是老裴他们干活儿的地里，往西是王贵常去放牧的山坡和河滩，往东一拐，就到了街上。平时，老裴他们和王贵都不从这个大门出入，他们走的是院子里最西边的那个爬满了常春藤的小门。

没有人以为他会在这个时刻提着桶出来，天已过了正午，街上有些空寥，只有两只鸡边走边低着头在土里刨着，一条狗卧在一棵树下，平静地看着它们。整个山区都是一种半睡半醒的样子。谷草和麦秸高高地堆着，麦秸是圆形的，谷草堆得像碉堡。向日葵的枯秆直立在地里，不见了上面的那一张张金黄的热情四溢的脸盘。云彩也稀稀拉拉的，隔老远才有一小块，像一只兔子一样卧在上面。

一个穿白衣裳的女人从一条巷子里走出来，在街口闪了一下，很快就又过去了。

春玲去世后，起云慢慢地发现自己看人时的心理和眼光都发生了变化，不能说每一个人都是吧，但至少觉得相当一些人都像是纸糊的，不管他表面看上去多健壮，也不管她曾经如何的活蹦乱跳，一不小心就会呼地一下着起来，转眼间就会烧得只剩下一个干架子，事先也没有任何的铺垫与过渡，弄破了外面的那层纸，直接就裸露出最后的结果。谁不是这样呢，谁都是，有的人之所以还未扑倒在地，那是因为还没有轮过来，等轮到他这里，他照样会不管不顾地应声倒下，十头牛也不再能把他拉回来，多少人喊破了嗓子也不再能把她叫醒。她不再睁眼，脚下却越走越远，也没有人知道她走的那条路上到底是亮的还是黑的。还有孩子，孩子应该比大人更难，一个三四岁的孩子，独自一人走在那样的一条路上，走着走着，要是能忽然碰到他的母亲，那应该是运气好有福气的，要是一直都碰不到那怎么办呢？家里只剩下他一个人的时候，他时不时地会想到这些。柜子上的钟敲过八点，阳光把家里的窗户照亮，她那里是什么时辰呢？一个有雾的晚上？孩子那里又是几点呢？能听到布谷鸟的叫声吗？一路上有小羊小狗吗？有燕子在低低地飞过吗？不远处有河吗？河边有芦苇吗？芦苇是青绿的还是黄白的？春玲的母亲无限悔恨地对他说，从一开始我就不愿意，从那年第一次见你的时候我就知道，她要是跟了你，这一辈子没个好。离一辈子还远着呢，这才几年，你就把她克死了。我那可怜的闺女哟！老太太反复地蘸着泪水，用到了“克”这样的字眼儿，这让他吓得有些真魂出窍，如同半夜里听到黑暗中有人叫自己的名字一样，惊吓、警醒、魂不附体。这样的话若不是从一张思念女儿的嘴里亲口说出，真切道来，他还真的从来没有想过。妈啊，您这样说真是让我这个做女婿的承受不起啊！好像我从一开始就隐瞒了什么，我从来不知道自己的身上会有那种能够致人死命的可怖的东西，而且每每遭殃的还总是至亲至爱的人，对外人反倒无妨。妈啊，我要是知道自己的身上有那种不祥的能够夺人性命的东西，说什么也不会与春玲结为夫妻，我为什么要害她？您能举出一两个理由吗？我倒宁愿她嫁给别人，一生平安顺畅；看戏的时候，逢节日的时候，能在熙熙攘攘的人群里远远地看她一眼，也就十分知足了。没有想过，从来没有往那些方面想过，什么都可以想，唯独没有想过那种东西，谁会去想那些呢？现在，冷不丁经由别人突然指出来，自己也被吓个半死，难道自己的身上真的有那种东西吗？叫异秉也好，或者叫别的什么也好，总之是一种看不见摸不着的东西，那么样的一种东西，谁又能保证自己没有呢？从这个事情上来看，每个人其实都活得含含糊糊、隐隐约约，有多少云遮雾绕的东西永远也不会有澄清的那一天。疑惑的种子就是从那时候被埋进他的心里，在它不发芽不拱动的时候会暂时地忘记，一搁就是几年。到了第五年的头上，一年前死了丈夫的小雪出现了，光听名字，首先就印证了他的那个看法，想当然地觉得又是一个用纤细的用白纸糊出来的人，及至见了面，才明白名字是不能代表一个人的，往往与实际之间存在着很长的一段距离。应该说小雪也算得上是一个健壮的女人，手脚利索，也在一个学校里代课，周末回家，常常扛着自行车过河。认识以后，他去那条河边等过她几回。有一次，他刚赶到河边，看见小雪正在扛着自行车过河，已到了河的中间，夏日的河水漫过她浑圆雪白的大腿。他以最快的速度冲进河里，接过她的自行车，扛到自己的肩上，又伸出一条胳膊，小雪也把自己的胳膊伸了过来，两条胳膊挽到了一起。小雪对他说，其实你不用过来，站在对面等着我就行了，以往每次都是我一个人，我都能过去。夏日的晚霞把河水映得又红又亮，河面上金光闪闪，河的两岸也笼罩在透明而微微发红的夕照里。他说，这么白的腿，就不怕河里有东西咬你吗？小雪说，顾不上那么多了，它想咬就让它咬吧。正是她的这句话，让他莫名地感动了好长时间，也说不上是为什么，顿时对走在身边的这个女人心生怜惜，觉得两个人之间已再没有任何的距离和过不去的东西。河底的沙子嗖嗖地从他的脚掌下流过，过得飞快，致使他的脚下常有悬空的时候。他对自己说，过了这个月，下个月的第一个星期天就结婚吧！春玲已越走越远，越沉越深，永不再回来。若不是命中注定，小雪也不会在这个时候出现，以前的那些年，她为什么没有出现过呢？说一次少，一次都没有。你的身边空出了一个位置，有人就会远远地走来，打量一下那个凹下去的空位，琢磨自己是否合适，然后把自己嵌进去。但是，如果尺寸和薄厚都不对，那也是嵌不进去的，勉强按进去，用不了多久也还得出来。那个凹下去的空位始终都在盼望一个与它最最匹配最最吻合的人，一嵌进去，就惊喜交加地发现大小长短正合适；而来人要是不对，它很快就会变得坚硬、狰狞、泥泞不堪，让她每天都会感到硌得难受。小雪说，不难受呀！我心里高兴。那就说明它没有把小雪硌痛。他看着小雪，一遍一遍地在心里说，小雪啊，难怪你没觉得硌呢，因为我就是那个凹，我就是那个槽，我就是那个凹进去的槽！冬天到来以后，那条河上结起了一尺多厚的冰。周末，他带着铁锹、镐头和一个装土用的筐子，来到小雪回家时必经的那条河边，从河的南岸取了土，用筐子拖到比镜子还要光滑许多的冰上，把土一段一段地铺在冰上。不久以后，从南到北，一条细细的土路出现在洁白的河面上。他上去试了试，从南到北走了一遍，脚下不再打滑，与大多数的土路完全一样，无论骑车还是步行，无论快走还是慢走，都能够由自己控制，而不是由冰来决定，感觉就是在平地上行走，脚下甚至还有一种生生的涩涩的感觉。晚上，院子里响起了清脆的自行车的铃声，小雪兴冲冲地带着冬日的风寒告诉他，说她是一路骑回来的，中间没有下来过。原本打算到了河边后要下来推着走，可是却一直没有看到那条河。她骑着骑着，忽然有些害怕地问自己，那条河哪去了呢？河上的冰哪去了呢？一路上都没有看见。这样想着，猛然一转脸，发现自己正在冬日的河面上骑得飞快，两边的冰面像一场蓝幽幽的弥天大雾，而脚下分明是一条平坦的不发光的土路。明知道在那样的路上骑是不会滑倒的，但自从看见那蓝幽幽的冰面后，她的两条腿还是很快就酥软了。她对他说，不知道的时候根本不怕，也想不起怕，自从知道以后，自从看清两边那蓝幽幽的大雾似的冰面以后，就再也不由自己了。她让起云摸她的腿，让他明白她的那种虚空和酥软。女人啊！这个时候他又开始觉得她像是用纤细的白纸糊出来的了，胸前无论有多饱满，两条腿如何的强劲有力，好像也丝毫不能改变什么。到了第十年的夏天，一切果然又都得到了印证。事实证明，和当年的春玲一样，小雪也是一个用纸糊出来的人，只不过她这一层纸比春玲的稍微要结实一些，但也结实不到哪里去。黄昏的夕照里，雨后的树木和青草绿得让人心醉，除了到处闪烁的水珠，河边还拉起了轻纱般的薄雾。就在那样的一幅图画般的景色里，小雪扛着自行车从河的北边下了水。快到河中央时，一向温顺安静的河水忽然变了脸，用力扯去罩在脸前的轻纱，露出一副狰狞的面目……没有人看见当时的情景，这都是他后来坐在那条河边想出来的，他觉得河水既然能把小雪带走，那它当时的面目一定是不善的，与平时完全是两个样。不是吗？总不会是笑模笑样的吧？他还听到一些传说，那些传说像蝴蝶一样飘忽不定，又如同夏夜里的萤火虫一样时明时暗。他听说小雪那天本来已经出了学校的大门，但是校长又把她叫回去了，说是有事情要和她谈。一前一后，这就耽误了很长的时间。其实，也并不需要提前多少，只要提前十几分钟赶到那条河边，就能像平时一样顺利地过了那条河。一天午后，他渡过那条河，去找那个混账校长，河水早已又是那副温顺安静的模样，正像一匹青色的绸缎一样在缓缓地飘动。他对它说，再也不信你了，你的这种样子完全是装出来的。离小雪教书的那个学校越来越近了，仇恨和愤怒像一条性急的狗一样，急急忙忙地跑在他的前面，为他带路，为他辨认着方向。那时候他忽然想起前些年窦卫曾经向他描绘过的那个美好纯净的世界，窦卫说，那个时候，没有人再说粗话，更没有罪恶累累的事……他边走边在心里说，窦卫啊，我们现在还没到达那个时候，我们连那个世界到底在哪里的大方向都不清楚，连那个世界的一粒沙子都没有摸到！我们还处在一个人人都在说粗话，说假话，说坏话，做亏心事，做坏事的年代，我们水深火热啊……学校的轮廓已经暴露在他的眼前了，甚至其中的五脏六腑也能看清了，多年来，小雪就在那里出入……他一脚踢开一扇门，把那个正趴在办公桌上对着一面小圆镜子一根一根地拔胡子的混账校长揪了起来。十几年没有骂过人了，那次他忽然觉得再也管不住自己的嘴了，心里的话语连毛带血地嗞嗞地从他的嘴里涌出来，一离开嘴唇就变成了喷射状的。将来等到了窦卫说的那个新世界里的时候，这样的嘴还是要管住的，甚至要严加看管。他说，操你妈的！小雪是我的女人，你凭什么和她谈话？你把她谈死了。你怎么不谈了？再去谈去呀？听到他说出这样的话，校长手里的那面小圆镜子吓坏了，一转身，骨碌碌地逃到桌子下面去了。校长突然惨叫了一声，校长一条腿跪在地上，另一条腿软软地耷拉着，膝盖以下的那一截已感觉不到疼痛了。校长摸了一会儿，突然又惊又害怕地说道："啊呀，你把我的腿打断了！你别想再教书了，教育局会开除你的……"校长在青砖的地上哧哧地摩擦着，像一堆会动的衣裳一样朝着门口的方向爬去。他说，教不成就教不成，教不成也不会饶了你这个狗娘养的！校长一边爬，一边自言自语的说道："你等着哇，教育局一定会开除你的，他们会为我做主的！"午后好像已经过去了大半了，红沉沉黄闷闷的残阳从外面照进来，在校长的背后形成一些老虎花纹般的图案，他在后面看着，不禁吃了一惊。就在那时，校长忽然不爬了，抬起一只手在脸前摆了几下，紧跟着又传来一声惨叫！校长哭了，又惊又害怕地哭着说道："你把我的一只眼睛也打瞎了！你完了！我要去告你——"他说，去告去吧，小雪已经死了，我也大不了是个死，正好去和她做个伴。

一些殷红的树叶在他的视线里翻卷着。

这会儿有的人正在睡午觉，有的不睡觉也是在家里，人们吃饱了以后就不再想着出来买什么，这样的时候真不是一个卖东西的时候。起云看看身边的那只里面盛着豆腐的桶，它的身上流动着一种让人眼生的寒意，这是今年才买的新桶，不锈钢的，说起来还是温士玉替他争取来的，他自己是没有权利去争取这样的东西的。温士玉对李管家说，不能把主人一家人吃的豆浆和豆腐成天用一个不像样的桶提来提去，应该换新的了，质量上乘的。李管家说，那就买，那还考虑什么！还有什么需要买的，一并列个单子给我。除了桶，还另外新添了许多别的东西，雪白的又干净又结实的屉布，漂亮的糊墙纸，摸上去不太像纸，竟有些皮革的意思，这样的纸贴在磨坊的墙上可是从来没听说过的事。桶是按一套买回来的，大大小小，加起来一共十二个，足够用了。还有和桶同样质地的勺子，也是按一套买回来的，也是长长短短的十二把，最短的二十多厘米，最长的那把比人的胳膊还要长，这样，人就可以不必离锅太近。还有蜡烛、口罩，蜡烛是预防停电后用的。口罩一个星期换一次，旧的就不能再用了。起云觉得把那些只戴了五六天的口罩白白地扔了，怪可惜的，所以每换下一个，都要悄悄地洗干净，晾干后都存了起来，至于保存它们到底有什么用，起云自己也不知道，完全说不上来，只觉得它们还是一个东西，洗干净以后仍然是雪白的，和刚买回来的时候也没什么两样。他不是没有扔过，扔过几个，天擦黑时扔了，晚上睡觉的时候又想起来了，躺在黑暗中，一直翻来覆去地想，有一次竟想到凌晨三四点钟还没有合上眼，后来正要入睡时，听见黑咕隆咚的外面鸡已经叫了。

冬天的拂晓时分，应该是一天中最冷的时候，也是一年里最冷的时刻，他们几个人睡觉的房子里像一个冰窖，炉子里残留着一丝微弱的热气，连房梁最上面的冰霜都化不了。从被子里钻出来，往身上穿衣服的那一会儿工夫，人很快就会被冻得打起冷战，两只手尽管在不停歇地忙乎，但仍然会冷得像两块铁。这样一来，最冷的时候，有的人睡觉就不脱衣服，老裴甚至连帽子也不脱，把帽檐使劲地往下拉，一直拉过眉毛和眼睛，到达鼻梁上，像个没有脑袋的怪物一样躺在那里。

从睡觉的地方到磨坊那一段又冷又黑的距离，起云常常是奔跑着过去的，嘴里的上下牙齿在有规律地磕碰着，像啄木鸟一样地响着。磨坊里要比他们睡觉的那个地方暖和得多，因为灶膛里埋着后劲十足的火，因为怕桶里泡好的豆子冻了。豆子也够金贵的，既不能冻了，也不能太热了，太热了会得红眼病，甚至馊了。所以，装豆子的桶头一天要放在一个恰当的位置上，既不能离火太近，也不能太远。起云从寒冷的拂晓中一跑进磨坊里，首先就直奔灶台，先把两只手平放在微热的灶台上，有时甚至还会把身体弯成九十度，把脸直接贴在温热的火盖上。

他不愿意想起冬天的那些日子，可是现在已是深秋的最后几天了，再用不了多久，那样的日子就又来了。从前年开始，他就明显地意识到自己已经进入老年了，证据之一就是因为寒冷，从住的地方往磨坊里跑的那几分钟里，常常会感觉有几滴令人厌恶的东西在他奔跑的过程中不由自主地漏了出来，有时甚至是秘密的出其不意的一连串，裤裆里会变得阴冷潮湿，那种难受只有自己知道，也只有自己在接下来的推磨的过程中默默地承受。那不是老了又是什么？还有口袋里的老花镜，虽说总是在最关键的时候能帮助他看清楚一些东西，可不知为什么，他的心里一点儿也不感谢它，他也想感谢它，可是心里涌不起那种谢意。它就是一个工具，像有些人手里的拐杖一样。你身上的原来的血肉的东西不行了，你就得依靠别的非血肉的材料，木头的、塑料的、橡胶的、金属的，甚至别的不一定是什么的。

午后的第一个人出现了。

从一条巷子里出来的这个人本来是要朝往北的街里走去，看见起云后又折了过来。那时候，有个白白的东西忽然从起云的脑子里过了一下，起云想起了先前在街口一闪而过的那个女人，现在想起来，那像是一个影子，最多也只能算是一个影子，因为连走路时的声音都没有。而眼前渐渐地走过来的这个人，迈着吃饱饭以后又睡了一觉的步子，脸上绽开着一抹笑容，他问起云上午为什么没出来。这个叫刘定国的人，他和一些人在这里等着，一直等到快十二点的时候才回去。起云告诉他说，上午有事情绊住了，没能出来，这不，刚吃完午饭就赶紧出来了。

起云对刘定国说："中午没吃上，晚上补上吧。"

刘定国说："我是要买一块，给我称吧。"

也不需要再分割，很快就称好了一块，递给刘定国。刘定国托在手里，一种颤颤巍巍的力量也随之由上至下地传到他的手里。刘定国轻轻地掂了掂，赞叹道：

"就是比别人的好。"

"张宝应也和你们一起等到十二点吗？"起云说，"前天他出来得迟了，等他出来时，都已经卖完了，他让我今天给他留一块。"

“他再也出不来了。”刘定国说，“再过几天，他会躺在他的棺材里出来，永远地离开这个地方。”

刘定国的话把起云吓住了，他把手里的豆腐放到一个树墩上，转过身来的时候，看见起云站在那里，嘴张得很大。

“他死了，”刘定国说，“今天早上死的。”

“死啦?”起云说，“前天还好好的，咋能死了呢?”

刘定国说：“今天早上，听见他们家里有好几个人在哭，大门上也贴出了白纸，一开始人们都以为是他爹死了，后来一打听，才知道是他。”

起云说：“他好像只比我大一岁。”

“那和大不大没关系，”刘定国说，“他爹大不大？他爹还活着呢。”

起云面朝村里的方向站着，他像是对刘定国说，又像是在自言自语：“我本来今天还要准备给他留一块呢。”

刘定国说：“不用给他留了，他再也不会出来了。”

从那些错落起伏的屋宇之间，似乎有一些细细的声音像墙上的裂缝一样，正在慢慢地爬上来，升起来。

刘定国说，昨天晚上，临睡的时候，张宝应觉得心里燥热、烦乱，还有些糊涂，心像是被油糊住了，又像是用厚厚的泥裹住了。他对家里人说他想喝一杯清凉的酸梅汤。天都那么黑了，到哪里去给他找酸梅汤呢？家里人琢磨他为什么要喝酸梅汤，可能就是为了想让心里变得清凉一些。又分析酸梅汤的特别之处，酸梅汤有什么特别的呢？好像也没有什么特别的，最大的特点无非就是个酸，那么，有没有和酸梅汤一样酸，甚至比酸梅汤更酸的东西呢？当然有，比如醋，对，就是醋，好像再没有比醋更酸的了。这样里里外外地想了一圈后，于是就问他，弄不到酸梅汤，喝点儿醋行不行？他想了一下，说行。家里人就给他倒了一点儿醋，一口气就喝完了。喝完以后，他说感觉比先前好多了，心里也不那么麻烦了，清亮了不少。后来，他就告诉家里的人说，我睡呀！家人就替他灭了灯，看着他躺平，闭上了眼，和平时要睡时一样。今天早上一起来，发现他已经死了，也不知是半夜里死的还是天快亮时才死的。

刘定国慢慢地说着，起云有些吃惊地听着，看着他，又不时地向村里的方向瞟一下。起云记得很清楚，大约在十几天以前，也就是在如今这个地方，买完豆腐以后，张宝应并没有立即离去，而是也像现在的刘定国一样在向起云谈论着一个人的死讯，只是当时张宝应把豆腐一直提在手里，而不是像刘定国一样放在一个树墩上。起云还记得，张宝应那次谈论的是一个名叫孙守财的人。

不断地有人骑着自行车从村里飞奔出来，每个人的头上都顶着一小片儿白布，各自朝着不同的方向奔去。

刘定国对起云说：

“看，他的孩子们分头去亲戚们那里报丧去了。”

报丧的人麻雀一样向远处飞去。起云也报过丧，母亲去世后，他曾经也像刚才的那些人一样，头上顶着一片儿象征丧事的白布，骑着一辆自行车去各处报告母亲的死讯。在去姑姑家的路上，在一个半月形的缓坡上，竟然遇到了联区校长。他停下来与联区校长说了几句话，灰黄两种颜色的野兔在他们周围的树丛里不断地窜来窜去，野鸡隐藏在高大的灌木丛里，掩耳盗铃地暴露出美丽的长翎和凤凰般的秀尾。联区校长瞅着起云头上顶着的那一小片儿白布，几次想说什么，又终于什么也没有说出来。后来，不知又过了多久，有一次在全联区的学习班上，联区校长说，我们大家都是教书的，教书的就应该有个教书的样儿，不能把自己混同于普通的老百姓。比如，老百姓要是想尿了，就可以解开裤子，站在路边，哗的一股！但是我们不可以，我们就得憋着，想办法转移注意力，能坚持一会儿就是一会儿，憋一会儿又有什么呢？再比如，老百姓家里死了人，可以头上顶着一块儿白布满世界跑，我们也不可以那样，我们只能把悲痛装在心里，而不是白花花地顶在头上……坐在下面的起云立即就想道，联区校长这是在说我头上的那块白布呢，没想到过去这么久了，那一小片儿不祥的白布还在他的心里飘动着。

张宝应怎么一下就死了呢？不管怎么说，起云还是觉得这件事有些突然，仅仅就在前天上午，张宝应还手里拿着一个空的搪瓷盆子站在这里和他说话谈天呢，还告诉起云说，活到今天，他总算明白了一个人活在世上的全部意义了，因此，他也知道自己以后该怎么活了。起云都让他说得有些心动，隐隐地觉得一些从来没有开启过的缝隙正在铁板一样的生活里微微地开启，缝隙里有风，有微微的亮光。临走的时候，张宝应意气风发地扬了扬手中的那只空盆，嘱咐起云一定要给他留一块，明天若是来不了，后天他一定会来的。

今天就是张宝应那天说的后天。

天还是蓝的，但没有鹰在上面盘旋、翱翔，很早就没有了，现在想起来，像是一门音讯断绝了多年的远房亲戚。

小的时候，也不知是怎么回事，亲戚们多得不得了，天空里的鹰也多得不得了。起云有一次亲眼看见一只鹰从上往下地盘旋，在离地面差不多还有一房高的时候，那只鹰突然把一边的一只翅膀像一架软梯一样从上面放了下来，一放下来以后，就把地上的一只小羊羔粘连住了，然后就一点一点地往上提，提到又快有一房高的时候，那只软梯般的翅膀带着很大的风力，啪的一下卷了起来，小羊羔随即就被抱到了高高的空中，很快就不见了，从头到尾没听见它叫唤过一声。

现在，发电厂和煤场上的烟像两条巨龙一样在上面蜿蜒着，它们若是完整地落下来，能把附近那些东一个西一个的村子都串联起来，让那些村子成为它躯体上的几处创伤或关节。

不久，又有人头上顶着一小片儿白布，骑着车子，从渐渐醒过来的村子里飞奔出来，在村口稍一迟疑后，便朝着起云这边来了。是一个十八九岁的年轻人，一手扶着车把，一手提着一只空桶，弓着腰，人还没有从车子上下来，先就大声地对起云喊道：

“豆腐我全要了，不要卖给别人！”

刘定国告诉起云，这是张宝应的一个侄儿。听刘定国这样说，起云就知道他们已经在开始操办张宝应的丧事了。

那个年轻人几乎是从自行车上飞下来的！落地以后，他手里提着的那只空桶被碰得咣当乱响，他把他的那只桶放平，然后就直奔起云的那只桶过来，一把撩开苫在上面的白色的屉布，粗粗地扫了一眼，提起来就要往他拿来的那只空桶里倒。起云问他：“能用得了这么多吗？”年轻人说：“这还多？根本不够！把这些送回去，我还得到别处去搜罗。”起云对他说：“我来给你放吧，你这样倒，会把所有的豆腐都弄碎的。”

听见起云这样说，年轻人终于住了手，站在一旁。起云先往他的那个空桶里倒了一点儿水，把里面涮了一下，然后才把豆腐一块一块地往进放。听见刘定国在问那个年轻人，棺材有了吗？墓打了吗？年轻人有些烦躁地回答说，没有，啥都没有，都正在闹呢。做棺材的木头已经去拉去了，估计就快回来了；打墓的人吃过早饭以后就上了山，想来也差不多打好了；白布已经扯回来了，做帐子用的黑布也扯回来了，白的黑的加起来有一拖拉机。

“一拖拉机？”刘定国说，“能用得了那么多吗？”

“咋用不了？谁说用不了？”年轻人气冲冲地说道，好像是在质问刘定国。“一人一身衣裳，一个白帽子，你算算，那得要多少？总管说了，这一拖拉机到时候也不一定够。”

刘定国问：“谁是总管？”

“还没最后定下来呢。”年轻人说，“现在有四个人选，这四个人都有可能当总管，最终是谁，现在还不知道，还是个秘密呢。”

起云已经在那只桶里码完了。年轻人走过来，伸出一只手提了一下，感觉到一种重量。又回过头去对刘定国说：

“主要是因为他死得太突然，把我们都搞晕了，措手不及，所有的人都像是没头的苍蝇一样。”

“这种事谁能准确地预报出来？”刘定国说，“他也不知道自己啥时候死，他咋能告诉你们确切的日期？谁也不知道自己啥时候死。”

“是呀，所以也没人怨他。”年轻人说，“一辈子就这么一回，我们这些活人多忙乱一会儿就算了。我们再晕、再措手不及，那也是活人的晕、活人的措手不及。”

起云和刘定国都用吃惊的眼神看着这个年轻人，年轻人却不管他们怎么看，付了钱，提上那只比来时多了许多重量的桶，骑着自行车走了。尽管还吹着轻快的无忧无虑的口哨，却明显地比来的时候沉重多了，也慢了许多。

稍晚一些的时候，刘定国也走了。

刘定国一走，周围就剩下了那几棵掉光了叶子的树，还有那些离地一尺多的树桩，它们和起云站在一起，一丝声音也没有。

起云朝西北方向的那些山梁上看了一眼，小雪就埋在一片类似那样的山梁上。那年，他扶着小雪的棺材来到她前夫的坟前，坟头上的几枝“鬼辣椒”开了花，开得唇红齿白。他默默地在心里对坟里的那个人说道：“我把小雪给你送回来了，把门开开吧。”两只喜鹊在旁边的一棵树上落着，他们抬着小雪的棺材从下面上来的那时候，它们好像正在树荫里争吵。小雪的棺材缓缓地落下。好像必须得把小雪送到这里来，与她的前夫合葬在一起，若干年后自己死后，也不能与小雪合葬，他若是与小雪合葬了，春玲怎么办呢？春玲的坟就会永远是一座孤坟，这边小雪的前夫也会是一座孤坟，只有把小雪送回来，他将来才能与春玲重聚。那样一来，大地上就会多出一对夫妻，少冒起一个坟头。

午后的天色是灰白的，起云提着空桶开始往回走，一边走一边想道，今天这一桶豆腐，好像就是专门为张宝应做的，原计划不管怎样都要给他留一块，到头来却整整一桶都成了他的，只是张宝应本人再也吃不到了。早饭后在磨坊里推磨的时候可一点儿也没有想到事情最后会是这样的。他问自己，奇怪吗？他觉得有一点儿。有一种不太能说得清楚的东西，就像眼前这灰蒙蒙的日光，说它明亮吧，显然不是，既不明也不亮，可是，要说它是黑暗的吧，也明显不对，无论如何都不能把眼前这样的天气叫作黑暗。那么，究竟应该叫什么才对呢？究竟应该怎样说呢？一路走回来，他也没有得到任何一种答案，心里倒出现了许多仿佛被采空后的区域，稍一震动，便会有闷闷的回声传来，回声却又是一种满得快要溢出来的回声，瓮声瓮气地回荡着。

他打开磨坊的门走进去，接了一点儿水，把拿回来的空桶洗干净。

前后左右的几个院子里都静极了，听不到一点儿声音。

也许就是因为四周太寂静的缘故，他真切地听到了自己往一棵树下倒水时的声音。东边黄色的琉璃瓦上，一只与黄色的琉璃瓦相比并不算太黄的猫正蹲在那里看着他，他从树下一抬起头时被它吓了一跳，他隐约觉得那只猫的瞳仁好像呈尖尖的十字形，像是一把缩小了无数倍的十字镐头……只是那么觉得，实际上并没有看清，他已经看不了那么远那么小的东西了，这样的忙老花镜也帮不上。

与猫对视了一会儿后，他首先败下阵来。

那只猫蹲在金黄的瓦上，更像是一只用成色不太好的琉璃雕刻出来的假猫，一动不动，根本不在乎看与被看。经不住看的、坚持不下去的倒是他自己。他低下头，尽可能地不让目光越过窗户以上的部分。他不知道自己为什么会经不住看，为什么会首先败下阵来。

三点钟一到，他锁上磨坊的门，去给墙外的树木加固护栏。

从前年起，开始沿着围墙的外面种植树木。前年起云挖了一年的树坑，去年又挖了大半年，到秋天的时候，所有的树木都种上了，各种各样的树木把连在一起的几个院子从外面严严实实地包围了起来，从正面的大门一侧开始，到大门的另一侧结束，一圈绕下来，树木栽了有十几里。为了更加茂密，围墙外面的树木不是一排，而是两排，这样，从外面是看不到那些院子的，只能看到那些高大的树。有些树是从外地运回来的，长得非常奇怪，起云从来没有见过。在第二排树的外面，就是两米多高的护栏，主要是为了防牲畜的，都漆成与树木一样的绿色。

从午后三点到五点，起云计划在这两个小时的时间内完成二十米护栏。五点以后，天就渐渐地黑了，那时候他还要赶回去选豆子，选完以后再浸泡，为第二天早上和上午做好准备。豆子得一粒一粒地选。

来到一段围墙前时，起云看到昨天他刚刚钉好的一段护栏已经遭到了破坏，从痕迹上看，像是从上到下斜着劈下来的，从断开的地方露出木头的生白梨黄的本来面目，又如同被打断的骨头。类似这样的事情断不了常有，所以起云并没有感到有多么吃惊，他立即开始用手里的斧子把劈坏的那一半护栏拆卸下来。护栏是由一段一段的两米长的分体组成的，相互之间都用榫子衔接着，用斧子朝着反方向去敲打，被劈坏的那一段护栏就渐渐地分离、拆卸出来了，护栏上的六个榫子顺着当初进去时的原路分别地退了出来。

起云想不出护栏是被谁劈坏的，做这种事情的人总是像一阵风一样，从墙外经过一下，很快就又不见了。去年，一个艳阳高照的上午，起云正在磨坊前面的一条绳子上晾晒那些洗干净以后的屉布，忽然有一块鸡蛋大小的石头砸到了他的脸上，当即就流出了血。他没有往出追，他知道追出去也没有用，根本逮不到那个扔石头的人，出去也是白出去，外面一定没有人，即使有一个人在那里站着，你就敢肯定石头一定是那个人扔的？一开始的时候，他也曾认认真真地追过几回，事实证明他跑得再快也是徒劳，更何况他跑起来还完全谈不上快。而且，他还知道，那扔进来的石头也并不是专门针对他的，只是自己凑巧碰上了，若是换成另一个人，在同一个时间同一个地点站在那里，照样也会挨一下的。

除了像鸟一样突然飞进来的石头，还有死猫死耗子一类的东西。破鞋上绑着石头，装在玻璃瓶子里的硫酸和石棉，尤其是石棉，从瓶子里一放出来以后，就像妖怪一样满院子飞舞，纷纷扬扬，又如同一场大雪，细毛毛钻到人的脖子里以后就开始在身上多处乱窜，奇痒难挨。还有的时候，你正在磨坊的门口沐浴着暖洋洋的日光，一心一意地挑选着豆子，忽然，啪的一声，一只张着嘴瞪着眼流着腐烂的脓的死猫就来到了你的面前。

遇到这些事情，起云从来没有声张过，不像别的人那样大喊大叫，拎着被称为证据的东西东奔西走，到处给人看，以证明自己的尽职尽责和忠诚，是能够为主人家担当一面甚至流血牺牲的。他大体上知道是什么人干的，也知道他们做这样的事自有他们的原因，人不会无缘无故地去冒险，如果去冒，就必有原因，就说明迫不得已。所以他一般总是等到天黑以后，把它们拎出去，像破鞋破帽子一类的能扔的东西就扔了；对于那些不能扔的，扔了以后还要继续流脓流汤的，就在树林子里挖一个坑深埋起来。

自从墙外有了高大茂密的树木以后，这类事情就少多了，因为很难再扔进什么来了。

眼下，他就准备把拆卸下来的那半扇被劈坏的护栏拿回磨坊里去，或许还能做成些什么，小凳子小椅子一类的，即使最终什么也做不成，再仔细地劈一劈，劈成一尺多长的木条，至少还可以用来生火、煮糨。

他把带出来的新护栏重新衔接上去，一边轻轻地用斧子上上下下地敲打，让每一个榫子都紧紧地深入进去，一边在心里祷告，希望明天再来的时候，这些护栏是好好的，完整的，不再被腰斩，或者自上而下地斜着劈坏。头顶上方的树荫里阴暗、寂静，里面没有鸟，也没有光线从上面漏下来。护栏的下端都是匕首状的，直接插进土里。他已经想了好几天了，明天，或者随便哪一天，要是有机会见到李管家的话，要向他建议，应该在护栏的下面再砌上一圈矮墙，不需要太高，有五六块砖那么高就行了，那应该对护栏是一种很好的保护。

当然，同时也要对李管家说明，砌那一圈矮墙，不需要另外花钱请砌墙的工匠，那点儿活儿，他本人就能够完成。只要有现成的砖和水泥，以及白灰，估计一两个月他就能全部砌完。至于砌墙的报酬，他没有想过，一分没有他也不会有怨言，他真是这么想的，哪能事事都想着工钱呢。

去年，有一个月，隐隐约约地觉得好像要发生点儿什么不好的事情，李管家也一定是察觉到了一些，于是，就让大家轮流值夜，每人三个晚上。也许就是因为上了心的缘故，也许是因为每个人都睁大了眼睛，一个月过去了，两个月过去了，最终没有发生什么不好的事情。事后，李管家给大家发放补助，很多人都要求补助的标准再高一些，李管家也同意了，李管家带着一种高兴然而又掺杂着一丝鄙夷的神情把钱发了下去。晚上，李管家亲自来到磨坊里，对起云说，我果然没有看错，你确实和他们那些人不一样。

那些人是哪些人？听到李管家这样说，起云觉得自己的嘴再也张不开了。

老裴对起云说，我们一和他要钱，他就说他看不起我们，唾弃我们，想唾让他唾去！我们也不需要他看得起，以拿到钱为原则。你呢，表面上他夸了你，说瞧得起你，不唾弃你，可是你一分钱也没有拿到，或者拿的最少。账是怎么一笔账，你自己好好算去吧。

听老裴这么一说，起云猛然觉得这真是一笔账，这笔账也真的好像有些算不清了，这中间，到底是得到的多还是失去的多，他也没底，一时也不大能说得清。不过，有一点他不得不在心里承认，李管家的那句话太厉害了，那句看起来简简单单的再平常不过的话，实则是一道高大坚固的堤坝呢，什么都能抵挡得住，什么都别想越过它去；同时，又像是一个紧箍咒，又像是一根看不见的绳子，一头拴在你的心上，平时不显露，无影无踪，一到关键的时候，猛然从后面紧紧地拽你一下，让你刚跨出去的一只脚马上又痉挛般地缩回来。它用那猛然的紧紧的一拽提醒你：老裴可以张口要钱，石富生也可以不要脸，王贵也能要赖，但是你不行！为什么呢？什么也不为，就因为“你和他们不一样”。

现在，李管家的那句话又在他的耳边响起，响过之后就走了，像是一根铁轨被敲击了一下，只留下“日——”的一串鸣叫。

关于砌墙的事，起云想，李管家要是同意了，材料也齐备了，那就开始砌。但是工钱的事却不能提，既然现在已经闹成这样了，既然人家已经认为你和别的那些人不一样，既然你已经留了好印象给别人，那就绝不能开口提那件事。是的，不提。等你把所有的墙都砌好了，人家要是觉得过意不去，于心不忍，非要给你一点儿，那又是另一回事。

木头簇新的气味不时地被他吸进去又呼出来。木头真是一种好东西，他从小就喜欢闻那种气味，把鼻子贴上去，然后把那种气味深深地吸进去。不过，木头一旦要是做成了棺材，那气味马上就又变了，变得恐怖、恶心。他痛恨棺材，痛恨那个不知是什么人发明的不祥而又可怖的一头大一头小的木头箱子，憎恶那上面的变了味的木头味和油漆味！几十年间，它们缓缓地从他的眼前飘走，一具载走了他的春玲，一具载走了他的小雪，还有两具，先后载走了他的父母，一走就永不再回来。

午后已经过去了大半，天色开始发暗，一排新的护栏从那边衔接过来，整齐、漂亮，稳稳地把根扎在土里。起云拿着斧子，站在一架人字梯上，墙里的院子和房屋被墙外的树木掩映着，基本上看不到院子里的面貌，只能透过树枝间的缝隙，看到几片零星的黄澄澄的瓦。没有人在院子里走动，有也看不到。

从梯子上下来，起云又搬着梯子挪开五六米，把今天带出来的最后一段护栏立起来。由于他不断地敲打，附近一带连一只麻雀也没有。榫子嗞嗞地入进去，起云睁大眼睛盯着，身上也随着它们在一起使劲。等所有的榫子都钻进去以后，刚才还摇摇晃晃的护栏立即开始变得高大、坚固，底下又用石子和土填实了，像是在地里生了根。起云把自己的身体吊在上面试了试，护栏如一堵墙，一动不动。

越是这样结实，越是在它的外面还应该再有一道墙，那样一来就更好了。起云在心里对自己说。这几天要找机会见到李管家，当面和他说，并争取说服他，让他明白有那么一道墙和没那么一道墙是大不一样的。

五点过一点儿，他收拾好东西开始往回走，回去得太晚了，他担心豆子会拣不出来。明天，主人一家人喝不喝豆浆，吃不吃豆腐，那是人家的事，但他必须都得按时做出来。把梯子从头上套进去，横挎在肩上，这样就可以把两只手都腾出来，一边拿着铁锹、斧子，一边拿着那个被劈坏了的护栏。好在并没有多远，东西本身也不算太多，只是梯子有点儿硌肩膀，又不时地摩擦到脖颈，可能已经磨破了，他感觉到一种辣辣的生疼。梯子是旧木头的，上面有刺，还有钉子。

从大门的廊道里经过的时候，听到从一侧的那间小房子里传来一个女人的沙哑的声音，伴随那声音的是接连不断的嚓啦嚓啦的电波的杂音——是罗成万在听收音机。

窗户上有两只眼睛。

都传说罗成万是主人的亲戚，但没有人知道他们是什么样的亲戚，也说不上他们之间到底有多远或多近。除了看大门，罗成万剩下的工作就是打扫院子。扫院子应该是一个轻松的活儿，不过，一连串好几个院子扫下来，也足以能把人扫得腰酸背痛，虚乏无力。起云由此判断，罗成万与主人之间也不一定会有什么血缘上的瓜葛。可是，要说完全一丝一毫的关系也没有，又不太像，证据之一就是罗成万有比别人特殊的地方。比如，规定每个人都不准自己另起炉灶，生火做饭，大伙儿都必须得到棚子里去吃饭，统一由贺兵来做饭、打饭，别人都不行，但只有罗成万就可以在他住的那间位于大门一侧的小房子里单独起伙做饭，而且，有时候在火不好的情况下，甚至还可以使用电炉子做饭、烧开水，这就非常的特殊了，不是一般的特殊！没有相当的关系和面子，哪能够那样？

罗成万也有到棚子里来吃饭的时候，那是他不想做饭的时候，是自愿地来的，不是被逼迫来的。吃的也不太多，一碗汤，一个馒头，一看就知道平时也不太饿。众人都觉得，按他那样儿，应该到温士玉的那个厨房里去吃饭，可是他好像从来没有去过，一次也没有去过，这又让众人觉得奇怪。几年下来，到底也没弄清罗成万与主人之间究竟是一种什么样的关系，没有人能说得清那其中的奥秘和复杂的弯弯绕绕。罗成万本人呢，也从不向任何人交底，袒露自己，而总是有意无意地把自己隐罩在一层似是而非的云雾里，不让别人看清自己。老裴有一次对起云说，这老家伙，把自己隐藏得深哩，像一个裹了十八层布，又套了十二个盒子的羊拐骨。

起云赞同老裴的看法。罗成万，不管他把自己包裹得多严实、多神秘、多复杂，一层一层地剥开，里面其实什么也没有，很可能就是一个羊拐骨。

回到磨坊里，起云洗干净手，又擦了一把脸，然后把半口袋豆子提到磨坊门口，又拿来两只桶放在面前，坐在磨坊门口开始拣豆子。豆子得一粒一粒地拣，每次从口袋里抓出十几粒，摊开在手掌上，首先把那些一眼看上去就觉得不太好的挑出来扔进其中的一只桶里，然后再仔细地选，把稍微不好一些的也挑出来扔到那只桶里去。其实作为豆子，那些被先行挑出去的也都没问题，别说是荒年里，就是正常的风调雨顺的年景里它们也是能够吃的，它们唯一的毛病就在于各自的长相，长得不太圆溜、不太光滑，有的甚至不太像豆子，就因为这就被刷出去了。至于那些真正坏的、不成器的、残缺的，直接就被扔进旁边的一个簸箕里。

不好的都走了，掌心里就剩下了那些好的，都是最好的，再也挑不出什么毛病的，它们被放进另一只桶里。

起云觉得，这样拣豆子比招兵严格多了，招兵还常常会把那些不好的歪瓜裂枣的招走了，而在他这里，任何一个不好的都别想混过去。

天色越来越暗了，他掏出老花镜戴上。又拣了几把以后，发现老花镜也不起作用了。他起身把所有的东西都搬回磨坊里，开了灯，继续拣。豆子扔进桶里后不再有叮当作响的声音传来，仿佛一把土扬到了山上或撒进了地里。

刚刚六点，天就全黑了。

外面的黑暗中传来一阵鸭子的叫声，起云知道王贵回来了。王贵一回来，就说明所有的动物都回来了，鸡，鸭，鹅，白山羊，黑山羊，大羚羊，小尾寒羊，牛和马，都回来了。把一路嘎嘎叫着的鸭子赶进树篱围成的栏里，又赶着鸡上了架。负责打鸣的公鸡总是像一个负责任的男人一样，先让母鸡和小鸡们进去，它自己则总是最后一个进到窝里。去年，它的一个平时很要好的兄弟，因为天亮前从来一声不吭，而总是在大晌午的时候声音嘹亮地打鸣，而终于招来杀身之祸，打鸣的时辰不对，被杀了。从被逮住、从被捕开始，到被反剪着翅膀按倒在地上，再到用刀割破脖子，放出血来，它亲眼看见了它的兄弟被杀的全过程。那个血淋淋的场景对它们大家都是一次不小的震动，就连那些一向自以为能下蛋能交配就觉得万事大吉的母鸡们也被吓得不轻，吓出了觉悟，终于明白：能下蛋，会交配，只是一种本分，并不因此就代表你身怀绝技，出类拔萃。

六点五十分，起云把拣出来的豆子用水泡上，然后拉灭灯，锁上磨坊的门，去罗成万那里还钱。

三天前，起云从梯子上跌下来，当时院子里没有人，只有罗成万一个人正在他的那间位于大门一侧的小房子里咚咚咚地切土豆，是罗成万跑出去帮他从附近的一个诊所里叫来一个人，包扎完后又替他垫付了钱，一共是九块八角钱。五点多钉完护栏从外面回来，从罗成万的窗户前路过的时候，起云就想到了三天前的那笔钱，但当时他的身上没有带钱。本来想进去喝一口水，也因此作罢。身上没带钱，想还罗成万也还不了，那么，青头白脸地进去干什么呢？让罗成万会怎么想？回来后又忙着拣豆子。刚才，把豆子泡上以后，心里忽然松了一下，觉得该去还了。

这以后，他从一个抽屉里找出一把小刀，不是那种又薄又尖的小刀，是一把拿在手里很有点儿重量的小刀，是温士玉的那个厨房里用来吃西餐时使用的小刀。那个厨房里更换了新的餐具，这把看上去有点儿笨有点儿钝的小刀就和其他许多别的餐具一起被淘汰了出来，温士玉就给了他。起云喜欢这把小刀，主要是因为它是刀，却不是人们印象中的那种亮闪闪的利器，也有光，但不是那种让人心惊的寒光；还因为它不锋利，摸上去绵绵的，却又是无比的刚硬，用它来撬墙上的砖头，再没有比那更好的。

这以后，他将磨坊的门从里面关上，然后握着那把小刀走到东墙下。从下往上数第六排，从北往南数第八块砖，这个位置就是他的银行，除了他本人，再没有第二个人知晓这个秘密。第六排的六，代表六月，春玲就出生在六月；从北往南数的第八块砖代表的是八月，小雪就出生在八月……他把手里的小刀慢慢地插进去，不多时，一块活动的砖头从里面轻轻地退了出来。他伸手进去，取出十块钱，然后又把那块砖头轻轻地推回去让它还原复位。是的，这就是他一个人的银行，管理者是他自己，储户也是他自己，甲乙双方是同一个人。他相信他这个银行的账目只会比瑞士银行的账目更清晰、更简洁、更一目了然，不需要借助任何的计算工具，也不需要任何的审核程序。当然，劣势也是明显的，首先是面积小，只有一块砖的面积；其次就是没有利息，放进去多少就永远是多少，只会越来越少，而不会随着时间的流逝生长出新的枝叶，溢出额外的盈余。

又黑又空的院子里，霜气正在降落。从大门口望出去，有些地方已白糊糊地鼓了起来。

墙头上也有了，一棱一棱的、疏松的，像老人的眉毛。

罗成万还没有给自己做晚饭，起云进去的时候，他正用一根细绳子把一个面口袋扎紧，他的脸上粘着面，像是外面地里的霜。起云把十块钱掏出来还给他，并说那天多亏了他，不然还不知要流多少血呢。罗成万接过钱看了看，说："我还得找你两角。"起云说不用找了，边说边往门口走，但罗成万却一把将他拉住了。"那哪能行？必须得找！"说着，把起云从门口拉回来，拉到靠窗户的一张桌子前，按了一下起云的肩膀，让他在一把椅子上坐下。"你先坐一会儿。"罗成万对起云说。

"两角钱，我真的不要了。"起云坐在那把椅子上，对罗成万说。"你可以不要，你一会儿出了这个门把它扔了都行，"罗成万对起云说，"但是我必须得亲自把它给到你的手里，你扔不扔，我就不管了。"

说着，就开始在身上的口袋里翻找。一边翻，一边对起云说：

"我这个人不喜欢欠别人的钱，也不喜欢两头欠；欠了，就会睡不着觉，一黑夜一黑夜地想，一黑夜一黑夜地睡不着。"

听见他这样说，起云在心里想道，那这两天，他一定也是没睡好吧？想是这样想的，却没有说出来。

身上没翻出来，罗成万稍作思索后来到窗户前，把放在窗台上的每一个东西都拿起来看了一下。一本又黑又旧的比一块砖头还要厚的书、一个单手柄的小铝锅、一把棕毛笤帚、七八个大小不一的颜色各异的瓶子、一块灰绿色的毛巾、一只旧饭盒，甚至还把饭盒打开看了一下。合上那只饭盒后，罗成万自言自语地说道："真是奇了怪了，每天都能看见它，要用它的时候却不见了！"他清楚地记得，有一张两角钱的纸币，这些日子以来一直都在他的眼前，不是放在窗台上就是放在桌子上。

起云说："真的不用找了，我还有事。"

"那不行。"罗成万说。看见起云有站起来的意思，急忙用一只手又在起云的肩头按了一下，把他重新按回到椅子上，又安慰般地拍了拍。"你再等一会儿，我一定能找见它，它又没长了腿，今天早上我还看见过。"

印象中的那一张绿色的两角的纸币最近一个时期以来就放在窗台上，或者桌子上，也可能压在其中的某一件东西的下面，可是，刚才都已经仔细地找了一遍了，显然是没有，整个一条窗台上都没有它的踪影。这以后，他开始把注意力放在桌子上。他伸长胳膊，越过起云的脸前，把一个圆柱体的小铁桶探过来，拿到脸前往里瞄了一会儿，接着又摇卦似的摇了几下，听见里面响起一阵稀里哗啦的乱七八糟的声音，一枚钉子和一粒纽扣被应声摇了出来，掉落到桌子上。摇过后，又往里看，还把一只手伸进去拨拉了几下，很快，那只手又无功而返地退了出来，捡起掉出来的那枚钉子和纽扣，放回小桶里，重新把那个铁桶摆回原位。

桌子上除了那个铁桶，还有一副小巧的笼屉。钱不可能放在笼屉里，所以他没有把上下两层屉打开，而是直接把两层笼屉一起端起来，想看看是不是压在那下面，结果也没有。

放好笼屉以后，罗成万来到桌子的正面，桌子的正面并列着三个抽屉，三个抽屉都值得一找。他先打开位于左边的第一个抽屉，飞快地看了一下，很快就又关上了，连离得那么近的起云都没看见里面放了些什么。接着他绕过坐在椅子上的起云，来到右边的那个抽屉前，慢慢地小心地拉开，抽屉的后半部分放着一包用报纸包着的方方正正的东西，死死地卡在里面，一看就知道许久都未曾动过；抽屉的前半部分有一把坏了的缺少了铆钉的剪刀，两支秃毛笔，两三截手指那么长的蜡烛，十几根崭新的泛着蓝光的锯条，一团绕在一起的铜线，一叠用皮筋束起来的旧日的粮票，甚至，甚至还有一副没有用过的马掌……罗成万的一只手在那些东西之间不可思议地灵巧地穿插着、蠕动着。

后来他有些泄气地合上抽屉，伸手在自己的裤腰上摸索。

罗成万摸出一串钥匙。

前两个抽屉都没有上锁，只有中间的那个抽屉需要用钥匙打开，而起云就坐在那里，他的上半身正好对着那个锁着的抽屉。罗成万手里捏着摸出来的钥匙，让起云稍稍往旁边挪一挪，起云想站起来走到一边去，罗成万又不让，一只手按在起云的肩上。起云的上半身朝一边靠去，罗成万看见腾出地方来了，就伸手过去把钥匙插进锁孔里——

起云忽然抓住罗成万的胳膊，有些哀求地说道：

“别找了，好吗？行不行？就算你已经给我了！我觉得我已经拿到了不止两角。”

“没给就是没给，咋能就算是给了呢？”罗成万一边转动钥匙，一边对起云说道。“你不想让我一黑夜一黑夜地睡不着吧？下次再碰到那种事，我还该不该再给你垫钱呢？”

听见罗成万这样说，起云慢慢地把自己的那只手松开了，他深深地叹了一口气。

“这又不费事。”罗成万安慰他说。

钥匙停下来，抽屉打开了，里面蒙着一层花布，看上去十分的平整。罗成万看了一下，摇了摇头。在他合上抽屉的时候，起云无意中瞟了一眼，看见一团鲜红的毛线。

三个抽屉里也都没有。罗成万用一个手指挠着头皮，努力地思索着。起云有些求助似的望着他。“别着急，”罗成万对起云说。“只要它没长了翅膀，就一定在。”

罗成万蹲下去，朝桌子下面张望了一下。很快，他的头和两条胳膊就都钻到桌子下面去了，一条胳膊碰到了起云的腿，起云赶快把腿往一边移。不久，他低头看见罗成万整个人都钻到了桌子下面，自己的一条腿被一个硬硬的锅一样的东西紧紧地顶着——那是罗成万弯曲的脊梁。桌子本来就不大，想到罗成万在下面很难回转过来，起云用了一点儿力，把自己的两条腿从那狭小昏暗的桌子下面抽了出来。

罗成万也明显地感觉到了，起云的那两条腿刚一抽出来，他顿时感到自己的身边宽敞了不少。他在桌子下面闷声闷气地对起云说道：

“你别走啊！很快就找见了。”

起云说：“我不走。”

罗成万整个人在桌子下面变成黑乎乎的一团。到了这个时候，无论如何也不能再走了，再不能提走的话！至少也得等人家从那下面出来。

炕里的墙上贴着一张够得上古老的画儿，画儿上的一个胖孩子抱着一只红毛绿眼睛的大公鸡，咧开嘴笑着，嘴里没有牙。在孩子的身后还有玉米和麦子，玉米是那种黄，麦子是那种黄，两种不一样的黄。前面有葡萄和苹果。起云看了几眼，心里一惊，想起了多年以前大哥家里的那个孩子……那年，他回去时，那个孩子就这样坐在炕上，愣愣地看着他，不过他抱的不是一只红毛绿眼睛的大公鸡，而是一个用葫芦做成的水瓢，身后没有玉米和麦子，身前也没有葡萄和苹果，只有一只苍蝇蹲伏在孩子的头上。起云帮他赶了一下，可过了没一会儿，那只苍蝇就又回来了，仍像先前那样停留在孩子的脑门上。起云想对大哥和大嫂说，苍蝇都快要把孩子吃了！他建议他们两口子想办法扯几尺绿纱，钉一钉窗户和门，阻挡一下那些苍蝇。但大哥看了他一眼，像是完全没有听见他的话，继续低着头研究他带回来的那个提包，那上面的一根似皮非皮又似布非布的带子似乎让他耗尽了脑汁又百思不得其解。起云一转脸，又看见有七八只苍蝇来了，齐刷刷地都站在孩子的脑门上，似乎还是先前的那一只，这一回把它的同伴们也都叫来了。孩子觉得头上难受，却又不懂得该抓哪里，先是用一只小手抓自己的脸，回来又用那只手揉眼睛。

起云有些生气地挥了一下手，它们仿佛哄笑着走了。大嫂的眼神有些怪，她对起云说，吃面吧没有面，一人连半碗都不够；吃糕吧，又没有油。

起云看着大嫂，看着她脸上的几粒雀斑，心里说道，那就吃苍蝇吧！把落在孩子头上的那些苍蝇都统统叫下来，再从家里别的地方搜罗搜罗，加点儿盐，加点儿葱，裹点儿淀粉，用微火煎一煎，足够咱们这一家人吃一顿的了。

孩子在阳光黄浓的七月的正午里哇哇地哭起来。

家里既没有面，又没有油，大嫂却能够把自己养得丰硕健壮，油光水滑，不知她靠的是什么，秘诀又是什么。每个人都有自己的道道，就像河里的水，有一直流下去永不再回来的，也有边流边停下来的，还有中途岔到别处去的。每一个人身上都有许多别人永远也看不清楚的东西，雾茫茫地罩起来，严严实实地裹上几十年，从出生到死去，一生中都不曾解开一次、脱下一次。大嫂说，你几年也不回来一趟，不知道咱们一直都过着有盐没醋的光景。看见了，该看的都看过了，向日葵也开了，对每一个从它面前路过的人都热脸笑着。那样的笑脸就只是一张笑脸，并不是一副上面画着笑容的面具，它的后面也并没有隐藏着什么，也不是笑过以后就紧接着向你开口；开口其实也不怕，怕就怕是一件即使豁上性命也办不到的事。大嫂啊，不是我胳膊肘往外拐，有意不替咱们自家人说话，存心和他们过不去，实在地说起来，他们远不如向日葵那样让人觉得安心、轻松。他们不笑的时候，只能说明他们心里不高兴，他们要是稍微笑起来，不出声地笑一笑，那就说明比不高兴还要严重得多，有更大的麻烦已在后面排成了长队，排成了一字长蛇阵。你想想看，是不是那样呢？而那些黄艳艳的花环，它们对你笑，你不会感到心慌和害怕，不会觉得有什么不好的事马上就要发生了。其实，看见他们，我也常常觉得，与许多不认识的完全没有瓜葛的人比起来，还是和他们最亲近，心里酸甜苦辣的滋味全都有，粗细不匀地研磨在一起，多少年大火改小火，小火转温火，熬成谁也说不清里面到底有什么的复杂得不能再复杂的一锅。

“找到了——妈的！”

桌子下面的罗成万突然喊了一声！起云走过去，帮他把那把椅子挪开，罗成万黑乎乎地倒着从里面退了出来，一只手里举着一张绿色的两角钱，另一只手扶着桌子站起来。

“这就好了，这就好了！拿着吧。”

罗成万把那张钱放到起云的手里。他的鼻子上有几个清晰的黑印儿，头上挂着一缕灰黑的丝绒般的尘埃，像是一只壁虎趴在上面。

星星已经出来了。

替罗成万把屋门从外面带上，从那两级台阶上一下来，起云就看到了天上的星星，他吸入一口凉气，吃了一惊，第一个反应就是晚饭可能已经开过了。

在罗成万这里耽搁的时间太长了！原以为只是三五分钟的事，却没想到一进去就出不来了。也怨自己，他有些后悔自己事先没有准备好九块八角钱，如果钱的数目正好，罗成万即使再认真，也不会用去这么长时间。世界上怕就怕认真二字，他今天算是亲眼看到了这句话的厉害。罗成万就是一个认真的人，一个顶顶认真的人。

棚子里空荡荡的，没有一个人在吃饭，从横梁上垂下来的那盏昏黄的灯在夜晚的冷风中摇晃着。起云看看棚子里的情形，看看地上的痕迹，又特别留意了一下那些平时人们用来放碗的地方，试图看到一些开过饭以后的证据。但是，从那块人人都想争夺到的光滑平整的大理石上却什么也没有看出来，那上面还是光溜溜的，既没有发现水渍，也没有遗留下一丁点儿饭菜的残渣。不过，起云很快就又想道，那么光溜的大理石，即使上面有水，也很难看出来，即使吃饭时真的有人把水洒在了上面，棚子里这么强硬的风也早把它吹干了。是的。平常，一碗热汤或热粥，从小窗口里端出来，用不了几分钟，上面的那层热气就会消失得无影无踪。刚开始的时候，有人端着打好的饭，还一边走一边用嘴吹，以为会很烫，吃过几顿以后就再没有人那么干了。因为，一碗表面看上去热气腾腾的饭，实际却完全谈不上烫——那也的确算得上是一件奇怪的事。光靠眼睛看是不行的，眼睛也常有出错的时候。这些都需要靠自己一点一点地去摸索、去经历，摸索得长了、经历得多了，自然就会明白怎样做才对，怎样做不对。就算你是一个天生不开窍的笨人，时间长了，慢慢地也能琢磨过来。

打饭的窗口是关着的。起云来到小窗口前，里面亮着灯，却没有看见贺兵。离窗口最近的那口大锅用锅盖盖着，长柄的大铁勺子躺在一边。透过窗口旁的不太清晰的玻璃，起云看了一眼那把勺子，从黏附在勺子上的几粒米，起云立刻就判断出锅里是粥，而不是汤，只要不是汤就行。

是的，一定是粥！盛过汤以后的勺子不应该是现在这种样子的。

已经有好几个月没有喝过粥了。起云隐约记得，上一次喝粥的时候，天气还相当的炎热。有人捞起粥里的虫子，端到小窗口前让贺兵看，一碗粥里竟有十几条虫子。当然，虫子都不算很大，米里生出的虫子，再大能大到哪里去？用“条”来形容多少有些夸张，更何况再经过一番熬煮，虫子本身已经变得很小了，有的甚至完全缩成一个比米粒还要小一些的肉团。好几个人都站在小窗口前与贺兵理论。贺兵说：“咋？要造反吗？”用手里的勺子敲打着锅沿，眼睛瞪得像两个丸子。贺兵说：

“我就不信你们自己家的米里没有虫子！做人要讲良心，

虫子是米自己生出来的，又不是我专门放进去的！要是我专门放进去的，你们进来把我打死！”

一晃几个月过去了，从那以后好像就再没有喝过粥。

既然是粥，起云就决定等一会儿，等贺兵回来，好好地喝上两碗，他觉得值得一等。贺兵也许是临时有事出去了，肯定还会回来的，厨房里亮着的灯就是最好的证明。

从棚子里出来，在棚子前面的一条砖道上站了一会儿，漆黑的冷风就又把他吹回到棚子里去了。这一回，他看见了自己在午饭时拼起来的那四块砖，上面有两个圆圆的印记，一看就知道是不久前放过碗的，有人在这上面吃完饭以后走了。那么，晚饭是什么时候开的呢？从时间上推断，就应该是他从磨坊里出来，走进罗成万那间位于大门一侧的小房子里不久以后开始的，等罗成万后来弯着腰钻到桌子下面去找那两角钱的时候，大部分的人也就都该吃完了。是的，一定是的。要知道，他在罗成万那里耽误的时间太长了。

一开始进来的时候没留意，这会儿，他忽然觉得棚子里的空气中一直残留着粥的味道。

一会儿等贺兵回来后，一定要好好地喝两碗。小米一定煮得很烂，甚至烂到不再像小米，由大火改为温火，那样熬出来的粥就有了相当的黏度，米里的油也全都被榨出来了。要是运气好的话，粥里或许还会突然冒出一块土豆或红薯什么的。就算没有土豆也没有红薯，就算什么也没有，就只是纯粹的两碗热乎乎的粥，那也是好的，总比现在每天喝的那种汤要好。这些日子以来，那种泔水一样的汤可真把他喝怕了，连偶尔做一次的梦里都能碰到那种味道。有一天夜里，他就梦见有几个人端着一洗脸盆那样的汤让他喝，还说是把三个人的份额都给了他。他不喝，把脸转过去。但那些人却不依不饶，扳腿的扳腿，摁胳膊的摁胳膊，三下两下就把他制服了。又有人按住他的头，捏住他的鼻子，迫使他自动把嘴张开，然后，那一洗脸盆灰蒙蒙的汤就呼噜呼噜地给他灌进去了。醒来以后，满嘴还残留着苦涩和腐烂的霉味。

忽然看见一个红红的小火星，离地面三四尺高，正在慢慢地由远而近地过来。起云想，是贺兵回来了吧？红红的小火星渐渐地移近，红火星后面的那个黑影也能分辨出来了，就是贺兵。贺兵也看到了站在棚子前的起云，但没有说话，在快到厨房门口的时候，扔掉了手里的烟头，那个红红的小火星划出一道短小的线，之后就在贺兵的脚下熄灭了。贺兵打开厨房的门走进去，先摘去头上的帽子，接着就把那个打饭的小窗口打开了。

起云赶忙来到小窗口前。贺兵已把锅揭开，拿起一个碗，给他盛粥。起云的脑子里飞快地想了一下，很快就有了一个自认为不错的主意，他决定今天的这顿粥应该一碗一碗地喝，喝完一碗后再来端第二碗，而不是把两碗粥一起同时端走。两碗一起端走，对保温没有什么好处，等你喝完第一碗的时候，第二碗也早就凉了。还是让它们待在锅里更好，热气也散得更慢一些，那样一来，前后两碗就都是热的。

这样想过以后，他就对贺兵说，他先要一碗，喝完以后再来盛。贺兵看了他一眼，也没说什么，盛好一碗粥以后就又把锅盖上了。又给他拿来馒头和菜，都放在一起。

端着饭从窗口前离开的时候，起云用眼睛数了一下，一共有八根辣萝卜条。两碗粥，一碗配四根，他想，足够了，非常充足。

整个棚子里只有他一个人，他感到了一种从未有过的自由和空荡。现在，他可以在这个棚子里的任何一个地方吃饭，蹲着或者坐下来都行，无比宽敞地把自己的东西摆开，没有人来和他争抢位置，抢在他的前面把碗占上去。他也看到了那块光滑平整的大理石，它似乎也正在等着他过去，但他没有过去，而是来到了中午时分自己拼起来的那四块砖前。

把手里的碗放在上面。他先用筷子把八根萝卜条一分为二，目的就是为了避免寅吃卯粮，避免第一碗粥不小心吃去五六根，而只给第二碗粥剩下两三根甚至一两根。这样分过以后，他就在喝第一碗粥的时候，不再去碰那分出去的四根了，因为那是要留给第二碗的；只有第二碗粥端来了，它们才能被正式启动；在此之前，它们不能动。

他端起碗放到嘴边，小心地喝了一口。粥是温的，不算凉，但也绝对不热。不过，粥还是熬得很好的，和他不久前预想过的差不多，经过了一定的火候，黏度也有了，米里的油也都熬出来了。这样的粥，要是能再热一点儿，那就更好了，这是唯一美中不足的地方。

他抬起头朝小窗口那边望了一下，他很想让贺兵把粥再加热一些，可是，很快又想到贺兵刚才的那种不声不响的脸色，觉得这样的要求还是不提为好。提了，贺兵要是不理睬，那岂不是更难堪？平时也没有什么交往，论交情更是没有。你本来就来得太迟了，人家又等了你这么半天，你还要得寸进尺蹬鼻子上脸地要求再把粥加热？贺兵刚才已经够客气的了，什么抱怨的话也没说，你说要一碗就给你盛一碗，并没有把两碗一起给你盛出来，这就已经非常不错了。把两碗粥一起盛出来给你，你又能如何？还不得乖乖地接着？那对贺兵来说不是一件更省事的事吗？可是贺兵没有那么做。要知道，从贺兵刚才的脸上可是一丝一毫的喜悦也看不到，在他操起勺子盛饭的时候，起云一直都在注意着他的脸色。

其实，不加热就这样也很好，这样的粥喝到嘴里的时候已经让人的心情非常的好了，热得太厉害了也不行，也不能马上就喝，也还得要凉一凉才行。现在，省却了那种等待，直接就能喝。三口过后，一根萝卜条已经没有了。

吃第二根萝卜条的时候，他决定换一种方式。他先把萝卜条放进粥里，用筷子夹着在粥里游泳般地游了两个来回，像是给萝卜条洗了一个澡，等再捞起来的时候，萝卜条变得干干净净，已恢复了那种原有的黄色。这时，最上面的一层粥已经被萝卜条上的辣椒和咸汁染红了。起云把萝卜条暂时先放到碗里的一边，开始喝那一层被辣椒和咸汁染红了的粥，果然与一开始那几口粥相比又是一种不同的滋味。他在心里赞叹道，太好了！他决定了，后面的两根也要像这样吃。

这样想着，不禁又有些后怕，如果像一开始那样稀里呼噜地都喝下去，这样好的味道无疑就白白地错过去了，等于是人为地糟蹋了一顿饭。

第一碗粥快要见底的时候，从小窗口那边忽然传来一阵敲玻璃的声音，起云抬起头，看见是贺兵在里面敲玻璃，又用一只手招呼他过去。起云以为是贺兵要走了，要把他的第二碗粥提前盛给他。于是，起云喝净了碗里剩下的粥，拿着空碗来到小窗口前。先把碗从窗口递进去，贺兵把他的碗放到一边，却把一个小碟子先递了出来。碟子里有一块鲜红的腐乳，托着腐乳的是一些同样鲜红的腐乳的汤汁。起云愣住了。

他把脸移到小窗口前，问贺兵：

“给我的？”

贺兵点点头，已经开始给他盛第二碗粥了。

“不另外收钱？”

贺兵眼睛看着锅里，又点了点头。

他接过贺兵从小窗口里送出来的粥，充满感激地朝贺兵笑了一下，但贺兵却像是没有看见，把锅盖重新盖好后，坐到面缸前面的一个小凳子上抽烟去了。

真是没想到啊！

起云听见自己的心咚咚地跳了起来，一瞬间，脸也有些胀红，像是喝了酒。他一手端着粥，一手端着贺兵送给他的腐乳，回到了那四块砖前。

他把手里的东西分别放下，又用眼睛扫视了一下，他觉得事情突然变得有些复杂起来了。由于这块临时出现的腐乳和那些鲜红的汤汁，再加上原有的那四根辣萝卜条，第二碗粥怎么喝，突然一下就成了一个问题，他不得不重新考虑一下了。

一种隆重的丰盛的感觉从他的眼睛里流进他的心里，很快又流遍了他的全身。

第二碗粥，有这么多东西配它，是不是有些太铺张呢？早知这样，第一碗就应该喝得再慢一些，而不必那么急慌鲁莽，像是几辈子没见过粥似的，幸好旁边没有人看见。把萝卜条上的辣椒和咸汁涮到粥里就那么好喝吗？很小的时候，有一次他的粥里掉进去一块辣白菜，他哭了半天，最终他的那碗染了辣味的粥还是母亲替他喝了。

他撕下一块馒头，在那些鲜红的腐乳汁上蘸了一下，送进嘴里后，一种鲜美的滋味让他不由得闭上了眼睛。贺兵啊，今天也不知是怎么了，与平时相比，完全像换了一个人。

他的眼前有些模糊了，甚至有些花红柳绿了。他把那个小碟子端起来，往粥里倒了一点那种鲜红的汤汁，又用筷子轻轻地搅散。与萝卜条上的辣味和咸味相比，又是截然不同的另一种味道。这么多种的滋味都要由他一个人来体会，他感到喜悦与压力是并存的。

有一阵儿，他觉得第二碗粥完全乱了，变得复杂无比。多年以前，窦卫有一次曾经告诉他说，在南方，有一种很复杂的粥——说复杂主要是说粥的成分很复杂，里面什么都有，而作为粥的主要原料——米，反倒退居其次了，在里面占的比重很小，完全被别的东西挤下去了，完全被喧宾夺主了。当时，他对窦卫说，那叫什么粥呢？那也能叫粥？窦卫说，那就是粥啊，那也是粥的一种。他说，等将来实现了共产主义，我们每天都要在粥里放上肉，谁不放也不行，都必须得放。窦卫说，你又来了！共产主义也不能把所有的粥里都放上肉，有的可以放，有的也不能放，有人就喜欢那种清汤寡水的粥。还有人不喜欢在粥里放肉？他感到不解。他说，那是些什么人呢？

一颗流星像是抹了油，没有任何声音地滑下来，一头栽进了西边的山里。

吃过饭，隔着窗户，起云向贺兵道了别。

他先去了一趟磨坊，察看了一下泡在水里的豆子，去罗成万那里之前加的水，这会儿已吃下去不少，他又添了一些进去。豆子在灯光下看上去又黄又亮，没有人看见它们是怎么变好看的，它们不动声色地喝着水，均匀地呼吸着，把自己变得湿润、饱满、成熟。几年下来，起云觉得自己成了一个最熟知它们的人，知道它们也有难过的时候，小声哭泣的时候。从口袋里刚倒出来的那时，它们还像孩子一样不懂事，哗啦哗啦地笑着，窸窸窣窣地跑着，一点儿也不知道世界是怎么回事。

看着它们，起云想，事实上，自己也并不比它们知道得更多。它们是豆类，自己还是个人呢，从这个意义上来说，或许还不如它们呢。锁上磨坊的门以后，他一边在黑暗中走，一边问自己，你敢说你知道世界的深浅吗，知道人心的深浅吗？他觉得自己回答不上来。就像头顶上面的这满天的宝石般的星星，从小就认识，知道他们叫星星，可也就仅此而已。

他朝牛栏那边望了一眼，里面黑洞洞的，飘出来草料和牛粪的气息。要是在过去，在很多年前，牛栏外面的那根柱子上一定会挂着一盏亮着黄光的马灯。

回到睡觉的屋里，里面只有王贵一个人在。

王贵正在灯下给自己补衣服。问了王贵，起云才知道老裴他们几个人还没有回来，他们是吃过午饭以后走的，去二十里以外的一个名叫李子沟的地方拉粪，到现在还没有回来。起云这时想起来了，难怪刚才在小窗口前打饭的时候，看见锅里还有那么多的饭，当时他还疑惑了一下，不明白锅里怎么会剩下那么多饭。因为按照贺兵的习惯，从来不会剩下那么多，一般都是正好，甚至只少不多。常听见他给最后一个人打饭的时候，总是把锅底刮得吱吱地响，让其他人听了皱眉头，觉得牙根里痒痒。

王贵一手捏着针，一手举着线，站在离灯最近的一根柱子下，吃力地想把线头从针孔里穿过去，可每次总是差那么一点点，觉得穿进去了，实际上并没有，只是从针的一边擦了过去。才三十多岁，眼睛就已经很不好了，纫一个针，喘气喘得就像扛了一个麻包似的。每一次，线头和针孔开始接近的时候，他的手就开始颤抖。

“我在你这个年龄的时候，”起云对王贵说，“别说纫针，比针更难纫的东西都能纫进去。”

“还有比针更难纫的东西？那是什么东西？”王贵嘴里说着，眼睛却一刻也没有离开针孔和线头。“你来给我纫一纫。”

“现在不行了，”起云说，“别说纫针，拿钥匙开锁子，还得仔细地瞄，瞄啊瞄，瞄上半天，才能勉强插进去。”

王贵哼了一声，不知是想说话还是想咳嗽，但最终既没有说出来也没有咳出来。这样的天气，这样的黑夜，他的脸上竟然冒着汗，连眉毛上都湿漉漉的。后来，在起云的指导下，王贵把那个看似纤细，实则软得像一根茸毛一样的线头放在牙上咬断，又用手捻了捻，接连试了几次，线头终于从针孔里摇摇晃晃地穿过去了！那一瞬间，王贵的脸上掠过一阵惊喜，他屏声息气，担心好不容易才穿过去的线头会不小心滑脱，甚至会被吓跑，那样一来就前功尽弃了。他捏住已经过去了的那一头，慢慢地扯过去有半尺长，这以后才终于觉得放心了。

王贵擦着汗，高兴地问起云：“你又没看见，你咋知道毛病在哪里？”

“我咋能不知道，”起云说，“我也缝过衣裳。”

王贵没有急着去缝补，他把纫好的针线小心地放在枕头上，站在炕前长长地出了几口气，又擦了一遍汗。他的衣服是上午在南面的树林子里赶羊时被一丛酸刺挂破的，要是袖口什么的，他也就不补了，关键是挂破的是裤子，不能不补。为了避免缝完一根线后再次纫针的麻烦和恐惧，为了少纫一次，他把另一头的线留得足够长，有两三米长。这样，缝上几针以后，他就得拖着长长的线一直走到门口那里，然后再返回来；不这样，每一针就不会通畅，线就会纠缠在一起，打成死结；

再缝上几针，然后再拖着长长的线走到门口，接着再返回到炕前；就这样一趟一趟地来回地走着，就能保证长长的线不出问题，每一针都能过去，不会卡住。

起云脱去上衣，盖在身上，打开自己的行李躺下，他深深地咬了一下牙，感觉腰就像断了一样。这一天，自从早上鸡叫第二遍以后起来，他终于可以躺下了。

小时候上学，有一次他趴在桌子上，韩翠薇老师让他坐起来，他学大人们的样子，说他腰疼。韩翠薇老师说，小孩子哪有什么腰，赶快坐直喽。现在想起来，整个童年时期和青年时期，也确实从来没有感觉到腰的存在，就像韩翠薇老师说的那样，那真像是一段没有腰的岁月，因为它从未出现过什么问题，所以你从来都感觉不到它的存在，也真的就像没有腰一样。韩翠薇老师一眼就看出他们这些孩子都是没有腰的，所以根本不存在腰痛的说法……后来，好多年过去了，明显地知道自己成了一个有腰的人，因为它时常会酸困、虚乏，每天都要与你搭腔，说上几句，向你诉说，以求得你的谅解，求得你的帮助和照顾。与腰近似的还有心脏，它们像是一对有着同样遭遇的兄弟，时常会在你不经意之时来找你，用再清楚不过的或者完全梦幻般的疼痛反复地向你证明，它们才是你身上最难受最不好过的地方，提醒你不要再轻视它们，以为它们真的不存在。以前那些年它们为什么没有一趟一趟地出来找你，那是因为它们都过得很好，安宁、祥和、富足，所以不需要麻烦你。而现在，它们觉得再也过不下去了，每维持一天都需要费很大的劲，不费劲就过不去，真的过不去。它们开始跋山涉水地活动了，让你明白你如今可是一个既有心也有腰的人，不再是从前那个无牵无挂、一身轻松的人了。它们时常会隐隐作痛，有时会低声痛哭，昏厥，甚至动手把自己撕碎，今天撕不完，明天接着再撕。

他把自己的身体放平，尽量地让腰和背与炕上贴紧，有一阵儿他闭上了眼睛，听见王贵拖着长长的线，从炕前走到门口，接着又从门口返回到炕前。

“腰疼了吧？”王贵一边穿针引线，一边问他。

未等起云回答，王贵又说：

“我的也疼哩。”

起云闭着眼，对王贵说：“年纪轻轻的，你哪有什么腰呢。”

说完后，他不禁吃了一惊，他的口气竟像是当年韩翠薇老师的口气。

“我咋能没有腰呢？”王贵说，“我赶着羊在树林子里走的时候，常用鞭杆敲打敲打；有时靠在树上，让树从后面顶一顶，挤一挤，挺顶事的。”

拖着线从门口走回来，又说：

“我想就不用去找医生了，有些医生还不如一棵树呢。”

王贵才多大，三十多岁就叫喊腰痛，难道是一代不如一代？他在心里对自己说。他在王贵这个年龄，可没有他这种毛病，直到那个时候，还仍然不明白什么叫腰，什么叫心。

他睁开眼，看见王贵手里的线已经变短了，缝完几针以后，慢慢地拽着线从炕前离开，不再需要像一开始那样走到门口那么远了，只需走出去三五步，把线理顺了，就又可以返回来继续缝了。没有人像他这么缝衣服的，幸好是补一条裤子，要是完整地缝一张被子，至少得多走几十里甚至上百里。但王贵似乎很高兴，在他低着头穿针引线的时候，拖着线慢慢地往门口走的时候，有时会听到他哼唱着一种调子，好像是“桃花红了……”什么的。他想，这个时候哪有什么桃花呢，红了的桃花应该是在王贵的心里。

他掏出一个烟盒，里面还有三支烟，他扔了一支给王贵，自己也点了一支。王贵弯腰把烟捡起来，说要等缝完以后再抽。

青蓝色的烟雾从他的脸前徐徐地升起，朝着梁柱之间飘去。他看到了旧年的柴草和椽子以一定的次序和间距铺排在上面，麦子的壳星星点点地浮现在四壁的泥墙上，当初它们是被掺和进去的，现在却呈现出一种镶嵌状。

快十点的时候，王贵缝完了裤子，把针线绕在一起收好，又把补好的裤子叠起来，叠成一个正方形，压到枕头下面。躺下之前，他先用一只手在腰上捶打了几下，然后上炕上躺下，把起云给他的那支烟点着，深深地吸了一大口。太香了！他不由得眯起了眼睛，感觉烟雾像二月里青蓝色的阳光一样正在从自己的脑子里飘过。

王贵对起云说，烟就应该在这个时候抽，这个时候抽才是一种真正的享受，又能充分地发挥烟的价值；干活儿的时候抽，一来浪费，二来也不方便，常常还会被呛出眼泪。起云认同王贵的说法，但是有的人却能够边干活儿边抽烟，烟叼在嘴上，半天也不拿下来，眼睛也不会流泪，手里的活儿还不耽误。他们两个人同时都想到了一个人，一个能够边干活儿边抽烟的人——贺兵。是的，贺兵就常常总是在做饭的时候叼着烟，透过脸前的烟雾，闭上一只眼，用另一只眼观察着锅里的情形。

“他那是成心要把烟灰掉到饭里，”王贵说，“然后搅和搅和，就给你端上来了。”

没有人从外面走过，院子里一片寂静。都已经这么晚了，老裴他们几个人还没有回来，按照正常的情形，他们早就应该回来了。

起云把脸转过来，面朝门口的方向躺着，这样，只要门口那里一有动静，他首先就能看见。炕是一个丁字形的炕，起云睡在短的这边，王贵的位置在长的那一溜上，紧挨着西墙。王贵头前面的那根柱子就属于王贵。每个人都有一根属于自己的柱子，可以把一些不太重要的不怕别人翻看或随手拿走的东西挂在上面，那样一来，就可以给睡觉腾出更多的地方，腿也能伸直了，翻身的时候也不会碰到旁边的人，非常的好。

抽完一支烟，王贵从炕上坐起来，又拿出自己的烟，扔了一支给起云，起云摆手的过程中，那支烟已越过几根柱子来到了脸前。想给自己也再点上一支时，王贵发现烟盒里已经空了，已经瘪成了两张纸。他有些不甘心地捏了捏，接着又把那个瘪下去的烟盒用两个手指撑开，朝里面看了一下，一丝失望的表情从他的脸上悄悄地掠过。他把那个空烟盒在手里用力而又不出声地握了一下，猛一抬头，忽然看见起云不知什么时候过来的，此时正站在他的面前，起云把他刚才扔过去的那支烟放到他的手上，对他说：

“你抽吧，我还有。”

王贵有些不好意思地朝起云笑了一下，很快又垂下眼帘，像是要把自己整个一个人都藏到那眼帘的后面去。他有些羞愧地说道：

“我记得是正好两支……”

有一位名叫郭小川的诗人，起云现在还能记起他的两句诗，写几名游击队员在青纱帐里休息，其中一名游击队员躺在地上，看着天，幻想着将来，说：

“等将来，胜利了，

狠狠心，一天抽它三颗烟。”

写的是如果能活下去，活到胜利的那一天，能到了那个时候，要准备挥霍一下，好好地享受一下，三支烟就是一个远大的目标。一个人一天就要抽掉三支烟，明显地有着挥霍的劲头，完全是一副早期的败家子的嘴脸和做派。王贵不知道郭小川，尽管他本人也常在附近一带的河滩和青纱帐里行走、休息。起云到门口转了一圈，又回到炕上准备躺下时，用眼睛瞥到王贵正把那支烟重新装回到那个揉皱了的烟盒里。

“咱们先睡吧，”王贵对起云说，“谁知道他们啥时候回来呢。”

两个人都躺下，又说了一会儿话，起云熄了灯。黑暗中，王贵说起了他的两个孩子，大的六岁，小的三岁，每次他一回去，四只小手就一齐上来翻他的包，使得包里看上去净是手。直到把包翻空，把头伸进去。稍大一点儿的那个头伸进去了，另外那个小一点儿的头就在包的外面哭，直到他从身上又掏出一个插着细棍儿的糖，哭声才会像断电一样突然止住，露珠一样的泪蛋蛋在河川般的笑容上欢快地滚着、跑着。

又说起他的兄弟姐妹们，有的和庄稼有关，有的和石灰有关，有的和皮革有关，有的和煤炭有关，每个人的后面又都牵扯、蜿蜒着不少的人。在淀粉厂洗土豆的妹妹，经过两三年时间的辛勤淘洗，好不容易把自己从清洗车间清洗出来，升迁至磅秤车间过秤，却一不小心怀了孕，肚子大得连腰都弯不下了，既不能弯腰看秤，又无法再回到清洗车间去。孩子满月后，她看见一个身材高挑的姑娘站在她原来的那台磅秤前弯着腰看秤，挺着胸记录。

“你二哥的腿后来锯了没有？”起云问道。

王贵没有回答。再一听，他的鼾声已经起来了，像雷声，又像一阵旋风，从很远的天边闷闷地一路滚过来，越来越近，到了眼前，然后就开始妖精一样地旋转、扭动。

起云闭上了嘴，又把被子往上拉了拉。

他不知道自己睡着了没有，只知道当老裴他们三个人回来的时候，他是醒着的。听见石富生正在用打火机点烟，打火机可能没气了，一连打了十几下才终于打着；点着烟以后，又开始大声地咳嗽、叹气。

等等……老裴好像是被小马背回来的？出了什么事呢？小马被压得哎哟哟地叫着，声音比人先进来。人进来后，炕上响起嗵的一声。

小马呼呼地喘着粗气，说：

“平时看你轻飘飘的，以为你没什么重量，没想到关键的时候也是死沉死沉的。”

听到小马这样说，起云就知道一定是出了什么事，怪不得他们回来得这么晚。他悄悄地把眼睛睁开一条缝，看见石富生抽完烟以后已经躺下了，把自己捂得严严实实的，连脸都看不见了。小马出去了一趟，回来后把屋门关上，熄了灯，也很快地上了炕躺下了。

黑暗中，轰隆一下，响起了石富生的鼾声，像是一座拔地而起的砖混的建筑物，事先没有任何的铺垫与过渡，突然就起来了，突然就竣工了，黑乎乎地矗立着！不像王贵的那种鼾声，有开头，有过程，闷雷一样地从很远的天边一路滚过来，先弱后强，逐渐放大。

不久，就在那两种异曲同工的鼾声的震撼中，小马也睡着了。年轻人，没经过什么事，一开始刚来了以后，睡觉成为他生活中最大的一道难题。每到夜晚，夹在那两种大山一样的鼾声中间，有一种求生不能求死不得的痛苦感觉，常常在半夜里独自坐起来，仇恨无比地看着睡梦中的酣畅淋漓的石富生，又看看如同正在赶夜路一样的王贵，一个人茫然四顾地坐着，漫漫长夜，鼾声震天，不知道什么时候才是个头，不知道何年何月深山里才能出太阳。

每天都是这样，你就必须得想办法让自己去适应，去习惯，要是不能适应，你就得瞪着眼挨到天亮。其实，万事都在于习惯，习惯了就好了，无非就是个呼噜声，从嗓子眼儿里发出来的，又不是真的枪炮声或爆炸声，于你的性命又无碍。你睡不着，首先就证明你不瞌睡，其次还说明你对身边的事太在意，太过于计较，你的心小得像一个棋子儿，甚至针眼，连一丝声音都容不下。声音又没有体积，也没有面积，不占地方，连一丝声音都容不下，还能指望你这样的人容得下别的什么。

老裴没脱衣服，头枕在自己的行李上，一直保持着小马把他放下来时的那个姿势。

黑暗中，起云听见老裴在低声呻吟，哼哼。

又听了一会儿，起云坐起来，披了一件衣服，慢慢地从炕上下来，找到了鞋，然后向老裴这边走过来。

他在老裴身边坐下，低声问道：

“回来得这么迟，出了什么事呢？”

听到起云的声音，老裴睁开了眼。“都怨我。”老裴说。

午后，他们三个人到了那个名叫李子沟的地方。第一车粪快要装完的时候，老裴突然脸朝下趴在了粪堆上。石富生和小马把他扶起来，看见他闭着眼睛，很难再睁开的样子，脸完全是一张死人的脸，灰白下面铺垫着永久的黑沉。石富生对小马说：“我见过不少死人，人死以后的脸就是他这样的。”两个人又掐又喊地揉搓了半天，老裴的眼睛才终于慢慢地睁开了一条缝，看见李子沟午后的光线米汤一样稀薄，颜色说白不白，说黄也不黄，只是雾茫茫的广阔无边，又深不见底，李子沟的树木、房屋都泡在那种米汤般的雾光里；又看见离他最近的地方有两张奇大无比的脸，大过车轮……不远处的几堆粪，山一样地沉默着，他不知道那几堆粪怎么会变得那么大，是什么时候变了的呢？眼睛望着，心里却越想越糊涂。他记得刚进到李子沟的那时，看见它们并不是耸立着的，也完全谈不上高大，而只是像一些年久的坟包一样稀稀拉拉地散落在村边。

听见远处有狗在叫。

他躺了一会儿，后来慢慢地站起来，拿起像他一样躺在地上的大号的方头锹，正要往车上装粪时，却又一次倒下了。石富生回头看了他一眼，没有作声，用力地铲起地上的粪扔进车里。小马扔下手里的铁锹，把他扶起来，扶到一个稍微干净一些的没有粪的地方，又捡来些别人遗漏的麦秸，捋顺了，垫到他的头下。

“你躺着别动了，”小马对老裴说，“我们装吧。”

这样一来，剩下的两车粪就得由石富生和小马两个人来装了。三个人都使着那种大号的方头锹，每一锹铲下去，都有几十斤重，端起来，再扔进车里。第一车已经装满了，远远地高出车帮，形成一个尖堆。石富生和小马两张铁锹啪啪地在上面拍着，尖堆在他们的熟练而老道的拍打下很快变得瓷实，光滑，如同一大尊黑亮亮的多棱镜。

老裴低声说着下午的事，他的头向旁边歪了一下，石富生就睡在他的那边，此刻正打着长长的呼噜，破布条一样地伸展着、抖动着。知道他确已睡实了，老裴转过脸来对起云说：

“一直都在骂，一路上就是骂回来的。”

“骂谁？”起云说。

“还能是谁，”老裴说，“当然是我，嫌我拖累了。也不怨他骂，今天确实拖累了他们。”

起云说：“你也不想昏过去。”

“我老了，干不动了，”老裴说，“谁也不愿意和我搭伴。把这个冬天混过去，明年我就不来了。”

“等明年春暖花开的时候，你就不这么想了。”起云说。

“我想通了。”老裴说，“即使再干十年又能如何，还不是个这么？永远也发不了。你干得多，他们要的也就多，你彻底不干了，他们也就不指望了。总有人指望着你，你就总也停不下来，就像有一根鞭子一直在后面赶着你。”

屋里是黑暗的，但并不寂静，有石富生和王贵两个人的鼾声在紧紧地呼应着，像是两条铁路，有时并排行驶着，有时又突然临时并轨，合在一起，轰隆隆地向前跑着，鸣叫着。这边，起云与老裴在低声说着话。起云问老裴回来后吃饭了没有，老裴说石富生和小马吃过了，他本人没有吃，因为他听小马说粥是凉的，他就没敢吃。吃了，这一夜就别想睡安稳了。

起云悄声对老裴说：“我出去一下。”

老猫一样地从屋里的地上穿过，到了门口，把门开了一道缝，刚好能容得下一个人出去。到了外面，天黑得连周围房屋的轮廓都看不大清，却明显地辽阔起来了，脸上一凉，鼻子一下就通了。那时候，他真切地体会到了广大那个词的含义，又广又大，又空又远，无边无际，人在那样的一个高远的世界里，就只是一根飘来飘去的毛，一粒滚来滚去的沙子。

夜里已有了冬天的味道。冬天好像已经来了，白天的时候藏起来，一到夜深人静的时候就出来了，像是先来打前站的。这样说来，那么，大队的人马一定正在来的路上，人喊马嘶，烟尘滚滚，簇拥着一个通红的严冬，一个白茫茫的世界。

到了磨坊里，开了灯，起云踩着一个凳子上去，伸手够着了那个悬空在房梁上的篮子，把中午时分放进去的那两块颜色金黄的点心拿出来，最里面包着的那一层白纸已经完全被油浸透了，变成了浅褐色，外面的那层报纸也油了。老裴真是可怜，脸磕破了，脑门上也鼓起了紫盈盈的包。一路上是趴在粪上回来的，昏昏沉沉中，耳朵里还得不断地接收着石富生的辱骂和沿途的风声。起云决定把这两块点心让给老裴吃了。早在炕上听见老裴低声呻吟的那时，这两块点心就从磨坊里的这个篮子内跳到了他的脑子里，亮闪闪地要出去，要向人炫耀它的美味，展示它的迷人的色泽。他想，行，我就成全你们。不过，那时候他想的是给老裴一块，自己留一块。但等后来听老裴说过完这个冬天以后，明年就不来了，又得知他从李子沟回来后晚上也没有吃饭，他忽然决定要把两块都给老裴，自己一块也不留。留下一块干什么呢？想想老裴，再想想自己，自己今天这一天吃得够好的了。早上，还没有吃早饭前，大部分的人都还空着肚子的时候，先已经吃下去半个卤得又香又烂的猪舌头；说是半个，其实也并不算小，要是一个小猪的舌头，就算是一整条，也还没那么大呢。平白无故的，肚子里就比其他的人多了许多的油水，别的人喝五碗汤也赶不上他那半个舌头，那是不能比的。事实胜于雄辩，一上午一下午的精力那么充沛，干了那么多的活儿，那就是最好的证明。中午呢，中午吃得也很饱，正是由于早上的营养，才能毫不犹豫地真心实意地将一块猪皮赠予老裴！王贵开玩笑说他仗义疏财，他觉得羞愧，比手指还要短小的一段猪皮，那叫什么财呢？但他送给老裴却是真心实意的。晚上，更是如他所愿，喝到了很久没喝的粥，两碗熬得相当不错的粥。此外还意外地得到一块鲜红的腐乳和一些汤汁，有它们辅佐着、点缀着，喝粥、吃馒头，可以变着花样来，别人谁能够那样？至于老裴，比别的人就更惨一些。老裴有什么呢？得到了什么呢？灰头土脸地干了一整天，到晚上睡觉的时候，落得个头破血流，得到的是几个紫盈盈的包，一身的粪味，肚子里还是空的，没有食物，更没有营养，只有一肚子气。

从磨坊里出来，锁好门，起云飞快地赶回来。

来到老裴的面前，起云尽量不弄出声音地把包在外面的两层纸打开。屋子里的人对这一类的声音是很敏感的，尤其是石富生，天生长着一个比警犬还要灵的鼻子。在关于吃的方面，他有着惊人的嗅觉和听力，一有个什么风吹草动，他总是最先察觉到；你即使把一个东西已经吃到了肚里，不留一点儿痕迹，他也能够从你脸前的气息里捕捉到一些蛛丝马迹，甚至是十分重要的证据，说出来也八九不离十，惊得你目瞪口呆，真魂出窍。不过，让起云略感安心的是，浸过油以后的纸已变得像布一样绵软，不再能发出那种让人担心的声音。起云放心了，他拿起一块，举到老裴的脸前，低声说道：

“吃吧。”

老裴愣了一下，接过去，先看了看，接着又闻了一下，低声问道：

“哪来的?”

“别管那么多，”起云对他说，“快吃吧。”

又说：“一共两块，你都把它吃了。”

老裴说：“你一块我一块。”

“我不吃，你赶快吃吧。”

老裴说：“你不吃我就不吃。”

老裴啊，让人说你什么好呢?

香气已经浓浓地弥散开了，起云有些心惊地看了看旁边，他主要是想看看睡在老裴一旁的石富生是否还睡得那么沉，那么实。但是，这一看，很快就让他发现了一个可以说非常不好的情况：石富生的呼噜停止了！

起云结结实实地吓了一跳！那一瞬间，他觉得自己的心一蹿老高，快要蹦出来了。石富生突然不打呼噜了，对于他那样一个常年不打呼噜就不睡觉的人来说，那意味着什么，说明了什么呢？说明石富生很快就要睁开眼醒过来了，说明在他刚才熟睡的时候已经成功地接收到了弥散在距离他不远处的那种浓浓的香气了。

老天哪！

他紧紧地注意着石富生那边的动静和反应，一旦石富生睁开眼醒过来，无论是对于老裴还是对于起云来说，都将会是一个极其麻烦的事情，糟糕到不能再糟。或许，说不定，石富生这会儿已经悄悄地醒过来了，正在黑暗中一声不吭地观察着他和老裴。不能排除这样的可能。老天哪，怎么这样捉弄人呢?

想了一下，起云忽然站起来，从那根属于老裴的柱子上扯下一件老裴的衣服，盖到剩下的那块点心上面。

盖好以后，他在心里想道，什么叫急中生智？这就是；什么叫急病乱投医？这就是。

然而这一刻的老裴却好像完全忘记了石富生的存在，忘记了常年睡在他身边的那个人，与他之间的距离不过一尺多，连二尺都不到。老裴把那块点心就举在脸前，坚持要让起云也吃一块，起云若是不吃，他也就不吃。

他心里有些恨恨的，恨老裴的麻烦和完全没必要的拖泥带水，甚至想一巴掌把老裴手里的那块点心打掉，让它滚落到遥远的黑暗里去，滚得越远越好，最好是一个没有人能看得见的地方。点心？就此时此刻来说，叫揪心或焦心或许更为合适。如果石富生突然睁开眼睛说一句话，突然翻身坐起来，看着他们，那就无论把它叫成什么都不为过。

“你也吃吧。”老裴低声对他说。

他没有理睬老裴，这个时候他真是不想和他说一个字，也不想再看他一眼。他急匆匆地在心里问自己，此时此刻的老裴是不是有些可憎、可恨？回答是肯定的，某些方面似乎业已超过了石富生，石富生只是可怕。

他越过老裴那年老的身体去看他旁边的那张脸。就在那时，他吃惊地注意到那张睡着的脸正在有一些变化，随即，石富生的鼾声就又响起来了，第一声“汽笛”拉过之后，他长长地出了一口气。

他注意到，鼾声响起之前，石富生的嘴先动了几下，像是要开口说话，他顿时就愣住了。以前只听过他打呼噜，并没有看见过呼噜在酝酿、响起之前的样子，今天算是全看见了。原来打呼噜之前也是有准备的，有小动作的，也是有来历的，并不是突然从石头缝里蹦出来的。

汽笛般的鼾声让起云感到一种莫大的安慰与轻松，他重新恢复了不久前的姿势，又拿起老裴的那件衣裳重新挂回到前面的柱子上去。在衣裳下掩盖了半天的那块点心又露了出来，他从上面掰下一小块，向老裴示意了一下，证明自己也吃了。

果然香酥无比。其实，这样的东西不用尝也能知道，一看就能看出来，上午温士玉给他的那时他就已经看出来了。他想，做厨师也是需要天分和悟性的，做什么都离不了这两样。从这个方面来说，贺兵实在没有理由嫉妒温士玉，他蒸的馒头都时好时坏，更别说让他去制作这样的点心。

老裴的那块点心不知是怎么吃进去的，几乎没看见他的嘴动过，也没听见一点儿声，手里的东西就没有了。

看见老裴吃完了，起云又把剩下的那大半块都给了他。自始至终，老裴像一个躺在炕上的无忧无虑的孩子，一直都不知道石富生曾差一点儿醒过来，曾差一点儿坐起来，那样的一种危险，一直都是起云一个人在担惊受怕，左掩右挡。

石富生的呼噜打得好好的，为什么会在中途停顿那么一会儿呢？起云后来想，一定是哪个地方卡住了，不通了，打不下去了，所以才会突然停下来。就像火车在半路上临时停车一样，等故障排除以后，就又拉响汽笛，轰隆隆地跑开了。是的，一定就是那样的，石富生刚才那不过是临时停车，后来的事实也足以能够证明，故障排除以后，果然很快就又走开了。

老裴吃完了，伸出舌尖把手指上的油舔了舔，又用手捏了一下那张被油浸染了的纸，对起云说：“真是可惜，这么多的油都跑到纸上去了。”

起云说：“要是在六〇年，这样的纸应该也能吃，甚至会是一种营养品，吃一张，至少能抵挡三四天。”

“六〇年？”老裴说，“现在要吃也能吃，烙得很薄的饼也就是这样的吧，还没有这么多油呢。六〇年的时候我已经是成年人了，我可是知道它的厉害，一点儿也不亚于核武器。”

“别以为我没见过，”起云说，“我也经历过，我也饿过。”

“你那时还是孩子，孩子们和大人的遭遇是完全不一样的。”

六〇年的那时自己在做什么呢？黑暗中，起云把那两张纸包起来，揉成一团，扔到了门外的一个铁桶里。他不想让屋里的其他人在明天早上起来后看见它们。

老裴的头往旁边歪了一下，看了一会儿，然后又转过来，脸冲着起云，低声说道：

“兄弟，你没把我当外人，我也不把你当外人。我跟你说实话，我这个身子其实是个秧子了，不比从前了，好多种病，最厉害的就是心脏病，心不行了，像是一件补丁摞补丁的旧衣裳，稍微使得劲大一点，就又破了。”

“从来没听你说起过。”

“那哪能说呢，千方百计地遮掩有时候还遮掩不住呢，说了谁用你呢？就得瞒着，假装身体健康，装得像没事的人一样。人家问你，‘身体行吗？能顶下来吗？’你就得说‘行，没问题，非常的健康。’还不能让人看出来你是虚的、装的。”

其实呢，其实当然是非常的不健康，甚至和健康这个词就不沾边儿，那是属于别人的一个词。不说别的，就说像今天下午往车上装粪，那一关就让他觉得自己无论如何也过不去，那么宽大的一个方头锹，一锹铲起来，总有几十斤，还得举起来扔进车里，至少得举到脸那么高，你才能准确地扔进去。每往上举一寸两寸，也都会用尽他全身的力气，就像在泥地里抽水，抽得干干的、尽尽的，把湿泥抽成干土，那不能不让他从心里感到害怕，觉得胆怯，一种看不见头的没有边际的忧愁和恐惧长久地蛰伏在他的眼睛里。三下五下，十几下，他能咬着牙挺过去，可一下午的活儿绝不止那么几下，而是无数下。也并不是光你一个人要铲无数下，别人也都一样，关键是你自己不行了，这才是问题的根本所在。其实他从来都不怕干活儿，甚至一直都非常喜欢劳动，可如今，一切都已超出了他的能力范围。他甚至常在心里烧香祷告，盼望老天能早一点把他收走，因为他觉得自己再也支撑不下去了。

拉着起云的手，一再让起云不要说出去，不要让这里的任何一个人知道。

起云说："放心吧。"

托住他的脖子，先把枕头撤出来，再把枕头下的被子搬出来，展开后盖到他的身上，再把枕头重新放回去，把自己的手从他的脖子下抽出来。又从地上捡起他的帽子，挂到那根属于他的柱子上。时间长了，起云慢慢地发现柱子很像是一位以木头的面目出现的神，常常总是默不作声地看护着在它旁边睡觉的人，需要把自己的脸和目光暂时隐藏一会儿的时候，它就是一种依靠。有一根柱子在脸前和没有一根柱子在脸前是大不一样的。起云自己就有这样的体会，一个人有时候不需要看见任何一种东西，希望眼前是空的，静的，一无所有的。

夜像是进入了深水地段。老裴说：

"你去睡吧，明天还有那么多事呢。"

明天真的还有不少事呢。

回到自己的铺位上以后，起云一边脱衣服，一边想道，明天，吃过午饭以后，要是没有别的事，就去扎护栏，扎到五点，完成四十米应该是有把握的。就怕半路再岔出别的什么事情来，那就无法估计了。要是一件简单的事，那也还好说，要是一件十分棘手的十分难缠的事，那就完全没准了，事先无论筹划得多好都没有用，到时候一切的计划和预想都会被打得粉碎，七零八落，烟消云散。比如，他正要去棚子里吃饭，突然通知他，让他跟着车出去帮着买东西，搬东西，那就遥远了，那就没准了，有可能当天都回不来呢。要是路上再碰到一个什么事，那就更没准了，谁也说不上啥时候才能回来。就算当天能赶回来，也要到半夜了。他就常听见有汽车在那个时候回来，嗡嗡地停在外面叫门，罗成万披着衣服出来，打开其中的一个探照灯，确认无误后，方才去开大门。汽车怒吼着开进来，沉重地转着身，车上有时候是一车红木家具，有时是从宽到窄的各式的屏风，或者大大小小的保险柜。那时候就需要大家都起来去抬东西，不少人就是在那些有星星的夜晚里才开始知晓世上有些木头天生就比铁重，比钢重！这样的发现很快就驱散了睡意，开阔了眼界，从而修正了差不多半辈子以来的错误认识和糊涂观念。

比如，他正在磨坊里推磨或生火，忽然有人跑来告诉他，让他做完豆腐以后，赶快出去上车，去六十公里以外的一家医院里帮个忙。第一次碰到这样的事的时候，他的脑子里糊涂得像一锅粥，完全不知道自己能帮上什么忙，梦游一般地坐上了去往医院的汽车，一路上猜想了好多种可能，后来才知道他的那些猜想全都不对，甚至没有一种是接近的。去了那里才知道，原来是主人的一位亲戚正在那里动手术，急需要他这个血型的血。救人的事他愿意干，更何况还是主人的亲戚，无论从哪个方面来说都是应该的，没说的。办完事回来后，温士玉所在的那个厨房通知他去领取十五公斤带皮的花生，作为对他的补偿，同时也能为他补血。要那么多花生干什么呢？又没机会吃，也没地方吃，后来在他的要求下按中间价给他折成了钱。迄今为止，这样的去医院帮忙的事一共做过两三回，有一回还额外地得到一块布料。当温士玉把那块用纸包着的够裁剪一身衣服的布料送给他时，起云愣住了。他吃惊的不是送给他布料这件事本身，而是惊讶于这样的东西竟然也是经由温士玉的那双手送出来的！要知道，布料是用来穿的，又不是吃的，怎么会出现在厨房里呢？要知道，温士玉再高级，也毕竟是一个厨师啊！从那以后，温士玉在他的眼里也成了一棵大树，其地下的根须已不知延伸到多远。很多人在这个世界上都里勾外连，盘根错节，只有他不是。

就是在那次，温士玉还向他建议，如果不愿意做一身上下一样颜色的衣服，不妨可以考虑做一件大衣。温士玉是一番好意，能看出来，但他没有往大衣上面想过。穿一件崭新的大衣，在磨坊里推磨、烧火、点卤水，那会是一副什么样的情景呢？他想也没有想过。

比如，在一个天气晴朗的上午，豆腐也出了锅，正在压制成型中。在等待的那一会儿间隙里，他在磨坊外面的窗户前擦玻璃。一扇还没有擦完，就有人踢踢踏踏地跑过来，说玻璃先不要擦了，赶快去做一件重要的事。模样像是失了火。跟着去了才知道是围墙西北角那里被掏出一个窟窿，窟窿不算小，别说往进钻一个人，钻一头熊也绰绰有余。看过后，回来就先把压好的豆腐送到温士玉那里去，然后开始准备修墙的相应的材料，水泥、沙子、砖、钢筋，再用一个桶搅拌一些混凝土，一并拿过去。西北角那一带虽说常有强硬的风没日没夜地吹着，可也不至于能把那么厚实的围墙吹出那么大一个窟窿，他当然一看就明白那是怎么来的了。他也知道该如何修补，先把那些一米多长的钢筋竖着打进去，固定好，再用提来的混凝土浇灌一下，然后砌砖，抹水泥。墙里的东西渐渐地都看不见了，新砌起来的那一部分砖像一朵硕大的花一样盛开在围墙上，过往的人都能看到。一个常在那一带放骡子的人说，补得真好，像我们过去身上的补丁，像一位巧手的娘。

黑暗中，他把脱下来的衣服压到被子上又把被子拉到鼻子以下。黑暗原来也是有气味的，他忽然觉得自己闻到了那种黑暗的气味。

他盯着窗户看了一会儿，然后闭上了眼，窗外是一个更加黑暗的世界，没有星星，没有月亮，大门廊道里的那盏灯也早已被罗成万熄灭了，一对探照灯也在旷远的黑暗中沉睡着。冬天就要来了，一年四季里，只有冬天的夜晚才是最黑暗的夜晚。

"将来呀，吃饭不要钱，想吃什么你就去吃；穿衣裳也不要钱，看中了哪一件，穿回来就行了。"

是窦卫的声音吧？远远地从他的心底响起，咕咕地冒着气泡，像是要浮出水面。

窦卫的话一下就把他噎住了。是一个深秋的晚上，他们吃着烫手的土豆，年轻的窦卫已经基本掌握了山区里吃土豆的要领，而他却被噎住了。噎住他的不是土豆，而是窦卫的那一番话。他吃惊地看着窦卫，好一阵说不出话来。

"会有那样的事？那是一个怎样的社会呢？"

"傻瓜啊！那就是共产主义呀，那就是我们常说的共产主义社会呀！"

"真的会有那样的时候吗？"

“会有的，当然会有的。我们现在不是正在朝着那个方向奋斗吗，全国人民一条心。”

“到那时就不再吃土豆了吗?”

“土豆是多好的东西呀，为什么不吃呢?”

“唉——”

“没有阶级，没有仇恨，没有剥削，没有压迫，没有嫉妒，更没有陷害与争斗和不择手段……你有三间房，一处院子。你曾经的仇人有五间房，外带一个小花园，他从此再也不会仇恨你，算计你，想恨也恨不起来了。嫉恨历来都只是针对物质财富和名声的多寡，从来没有人去嫉恨别人的灵魂和精神世界。他反过来会担心你对他和他的家人会形成威胁，担心你前仇未释，会隐藏在他的花园里和他过不去，谋害他。”

“……”

“你呢，也根本不需要去谋害他，那时候，谁都不会去谋害谁，想都不会往那些方面去想。起风了，你走在街上，觉得自己需要一件大衣，于是你就去挑一件；有短袖衫也在那里挂着，但是因为你不需要，所以你也就不会去挑。每个人都是冲着自己的需要去的，不需要的就不拿，再好也用不着，因为拿回去也没用；真正到你需要的时候，你再去拿也不晚。”

“售货员就不管吗？眼睁睁地看着你不给钱就把大衣穿走了?”

“没有售货员了，也没有货币了，因为社会上从此不再有任何的交易！你去挑衣裳，你自己就是售货员，你既是顾客，同时也是售货员。”

“都把好衣裳穿走了，剩下那些不好的咋办呢？给谁去?”

“都是好衣裳，没有不好的。更何况，人各有志，你认为不好的，恰恰是另一个人最喜欢的。”

“那倒是。我们周校长就有一件绒线衣，要我看吧，一点儿也不好看，颜色像猪血，要多难看就有多难看。可周校长本人却非常喜欢，喜欢得不得了，总也舍不得穿，每年过年的时候才拿出来穿两天，到县里开会的时候穿一下，平时都不穿，叠在柜子里。”

“那么，这件衣裳到底是一件好衣裳还是一件坏衣裳呢？对你来说，肯定认为不好，你永远也不会去挑它；而对于你们周校长来说，无疑是一件心爱之物，一去了，他就看中了。”

“我明白了，这样，人与人之间永远也不会因为挑衣裳打起架来。”

“不可能有打架的事发生。除了眼光的不同，还有道德的力量，社会文明的程度，更有物质的极大丰富作保证。那时候，如果有一百个周校长，就会有二百件、三百件那样的衣裳挂在那里等着他们去挑，那怎么会打起来？一百个周校长互相打起来？更重要的是，谁如果做出那种不堪的事，谁就会被整个社会所鄙视、唾弃，他自己也会没脸见人。”

“要是人人都去吃肉，剩下那么多粗粮怎么办？喂马？喂猪？”

“你看你，又来了，就记住个肉！我的同志，并不是所有的人都喜欢吃肉，就有不喜欢的。世界上最好的东西难道是肉么？肯定不是。就算是，吃多了也会腻，会不由自主地想念粮食，想念蔬菜，想念清淡的东西。”

那怎么可能呢，怎么可能会腻呢？他看着窦卫，这一点他觉得他不能说服自己，他无论如何也不会相信有人会扔下肉不要而直奔粗粮过去，除非那是一个真正的傻子。而事实上，傻子们也并不傻，关键的时候也总是能心明眼亮地分得清好歹。姚湾村的喜荣，疯了有好多年了，谁家里一办喜事，他就会准时地出现在谁家的筵席上，看着满桌子的盘子，指指点点，只要肉，别的都不要。能说喜荣傻吗？

“那是真正文明的时代，每个人都具有高度的修养和觉悟，没有哄抢，没有损人利己……你也不可能顾头不顾尾地去抢肉吃，让自己闹出天大的笑话。那种时候，让你抢你也不会去抢。肉算什么，有一点儿就够了，多了就是累赘，给你你也不会要，还盼着能匀给别人。”

也许他说的是对的？三十多年前的一壶水在炉子上烧开了，咝咝地喷吐出湿润的白汽，树枝的影子映在白纸的窗户上。他又从下面的炉灰里扒出两个焦黄的土豆，递给窦卫一个，自己一个，两个人慢慢地吃着，土豆里的热气在他们的脸前幽幽地冒着。

他翻了一个身，盯着黑洞洞的墙壁看了一会儿，很快又闭上了眼。多少年过去了，窦卫说的那种景象不但没有到来，照现在的情形看，倒好像是越来越远了。

两个小时以后，外面的鸡叫了第一遍，但他又没有听见。

反倒是老裴听见了，老裴是被脸上的伤疼醒的。老裴从炕上坐起来，摸着黑越过好几具身体，来到他的头前，轻轻地推了推他，低声说道：“醒一醒吧，我听见鸡已经叫了。”

二〇〇八年三月九日

编后记

除了另外三部长篇小说以及部分短篇小说由于版权等原因未能收入外，这次编辑出版的作品系列囊括了我目前面世的全部作品，共计有长篇小说六部、中篇小说四十四部、短篇小说三十七部。在各册的编排上，力求和谐。不过，因篇幅字数的差异，有时又确难做到内容与风格上的高度一致甚至相近，如此，同一册之中，有时会有完全不同面目的作品并存。阅读一本风格内容相近的书犹如在一个熟悉宁静的地方漫步，反之，则如同在同一座山上浏览四季；对于阅读者来说，很难说哪一种方式更好。也许，这中间并不存在可比性。此外，部分篇章中偶有另造之词句，我视之为自己之词句，更视之为一个写作者对于语言、对于表达所做之努力或曰贡献。我不喜并厌恶被无数人咀嚼过无数遍的词句及语言，故在与各册编辑商榷后，使它们得以保留。保留它们，也意味着保留了我之所思所想，更是一次与它们生离死别之苦痛的避免。

这套作品系列，贯穿了我迄今为止的写作生涯，从最早到最近。

感谢此系列最早的策划者续小强、孟绍勇二位青年才俊，感谢北岳文艺出版社，感谢北岳文艺出版社众位编辑朋友在此系列的编辑、校阅、出版过程中付出的大量艰辛的劳动和努力，她们认真、求真、严谨细致的工作作风和编辑精神给我留下了深刻难忘的印象，也使我深为感动。

吕　新

二○一七年十月二十四日